Diogenes Taschenbuch 64/VIII

W0060357

Jules Verne

Der Kurier des Zaren

Michael Strogoff
Band I

Übersetzt von Karl Wittlinger
Mit sechsundvierzig Stichen
von Ch. Barbant
nach Zeichnungen von J. Férat
und einer Landkarte

Diogenes

Der Titel des Originals lautet
›Michel Strogoff‹ (J. Hetzel, Paris 1876)
Die Illustrationen sind der
französischen Erstausgabe entnommen
Die Erstausgabe dieser Neuübersetzung
erschien 1969 im Diogenes Verlag

Veröffentlicht als Diogenes Taschenbuch, 1977
Alle Rechte vorbehalten
Copyright © 1969 by
Diogenes Verlag AG Zürich
100/77/E/1
ISBN 3 257 20401 9

INHALT

I	Ein Fest im Neuen Palais	17
II	Russen und Tataren	23
III	Michael Strogoff	42
IV	Von Moskau nach Nishny-Nowgorod	55
V	Eine Verordnung	83
VI	Bruder und Schwester	105
VII	Die Wolga stromabwärts	118
VIII	Die Kama stromaufwärts	136
IX	Tag und Nacht im Tarantas	153
X	Gewitter im Ural	170
XI	Hilferufe	188
XII	Die Herausforderung	210
XIII	Über allem die Pflicht	235
XIV	Mutter und Sohn	253
XV	Die Barabasümpfe	274
XVI	Der letzte Versuch	292
XVII	Sprüche und Verse	314

ERSTES KAPITEL

EIN FEST
IM NEUEN PALAIS

»Sire – noch eine Depesche!«

»– aus?«

»– Tomsk.«

»Darüber hinaus ist die Leitung unterbrochen?!«

»Nach Osten – ja. Seit gestern.«

»Dann lassen Sie stündlich ein Telegramm nach Tomsk schicken, General. Wir müssen auf dem laufenden bleiben.«

»Jawohl Sire«, antwortete General Kissoff – und damit war das kurze Gespräch vorerst beendet.

Ein Gespräch, das gegen zwei Uhr morgens stattfand – im Neuen Palais, wo eine glanzvolle Soirée gerade ihren Höhepunkt erreicht hatte.

Pausenlos spielten die Kapellen der Regimenter von Preobrajensky und Paulowsky die exklusivsten Nummern aus ihrem Repertoire: Polkas, Mazurkas, Walzer und Schottische. Unermüdlich rauschten die Tanzpaare durch die Fluten prächtiger Salons, durch deren Fenster man hinübersehen konnte auf das ›alte Steinhaus‹, in dem sich schon so viele grauenvolle Schicksale erfüllt hatten, das aber in dieser Nacht nur Melodien und Gelächter als flüchtiges Echo zurückwarf.

Der Oberhofmarschall fand bei der Ausübung seiner delikaten Pflichten ringsum bereitwillige Unterstützung. Die Großfürsten selbst kümmerten sich um die Arrangements der Tänze ebenso wie ihre Adjutanten, die Kammerherren vom Dienst und die Palastoffiziere. Die diamantenüberladenen Großfürstinnen und die Hofdamen in ihren Galatoiletten gingen den Gattinnen und Töchtern der hohen Militärs und Zivilbeamten dieser ›alten Stadt aus weißen Quadern‹ mit bestem Beispiel voran.

Als der Auftakt zur Polonaise geblasen wurde – als die Gäste aller Rangordnungen zusammenströmten, um sich aufzustellen zur großen Promenade, die ja bei solchen Anlässen den Ausdruck und die Bedeutung eines Nationaltanzes erlangt, da bot das bunte Gemisch der spitzenüberrieselten Ballroben und der ordenübersäten Uniformen unter dem Kerzenhimmel von hundert Kronleuchtern, deren Geglitzer durch die ungeheuren Wandspiegel noch verdoppelt schien, ein unbeschreibliches Bild.

Es war einfach – überwältigend!

Der große Salon – der am üppigsten ausgestattete Raum im Neuen Palais – gab dieser Soirée hoher und höchster Würdenträger und ihrer Damen einen entsprechend glanzvollen Rahmen. Die reich freskierte und stuckierte Gewölbedecke, deren Vergoldungen durch die Patina schon angenehm matt geworden waren, schien von einem

Sternenmeer überflutet. Der Brokat der Gardinen und der in schweren Falten fließenden Portièren färbte sich in warmen, satten Tönen – nur die Kanten der kostbaren Stoffe hoben sich lebhafter ornamentiert heraus.

Durch die Scheiben der großen Rundbogenfenster drang das Licht nur wenig gedämpft in die Nacht und fiel grell in die pechschwarze Umgebung dieses glitzernden Palastes, in dem – aus einiger Entfernung gesehen – eine Feuersbrunst zu wüten schien.

Diese aufregenden Kontraste fesselten auch diejenigen unter den Gästen, welche sich nicht am allgemeinen Tanz beteiligten. Sie standen in den Erkern und Fensternischen und schauten über die Dächer, hinüber zu den riesigen Silhouetten der beiden Glockentürme, die sich in der Ferne nur ganz schwach vom Himmel abhoben.

Unten auf dem Pflaster klirrten die Wachen in gemächlicher Monotonie auf und ab. Das Gewehr hatten sie waagerecht über der Schulter, die Spitzen der Pickelhauben blitzten manchmal unterm Widerschein eines Lichtstrahls auf.

Der Gleichschritt dieser Posten war bestimmt sauberer als manche Tanzfigur auf dem Parkett. Ab und zu hörte man Kommandos und Losungsworte, oder eine Trompete schmetterte ihr helles Signal in die Melodien des Orchesters hinein.

Noch weiter unten lagen massige Kolosse drohend schwarz in den ungeheuren Lichtkegeln der

Fenster. Das waren die Schiffe auf dem Fluß, dessen Wellen im grellen Widerschein vieler kleiner Leuchtfeuer an den untersten Stufen der Terrasse des Palastes leckten.

Der Herr des Hauses und Gastgeber dieses verschwenderischen Festes, den General Kissoff mit ›Sire‹ angeredet hatte, einem Titel, der nur dem Souverän zustand – er war schlicht und unauffällig in der Uniform eines Offiziers der Gardejäger erschienen. Darin lag keine Überheblichkeit, es war vielmehr der Habitus eines Mannes, der auf Luxus keinen Wert legt. So stach er denn auch in eigentümlich spartanischer Weise von der prunkvollen Menge ab, die sich natürlich um ihn drängte. Er schien fast ein Fremder – und er war es sogar! Denn viel wohler hätte er sich gefühlt inmitten seiner Eskorte von Georgiern, Kosaken und Lesghiern, seiner Reiterleibwache in ihren prächtigen kaukasischen Uniformen.

Er war ein großer, schlanker Mann mit freundlichem Gesicht und von ruhigem Auftreten. Nur seiner Stirn konnte man die Sorgen ablesen, die ihn drückten.

Zwar ging er in jovialer Gelassenheit von Gruppe zu Gruppe, aber er sprach wenig. Weder das lachende Geplauder der jungen Leute noch die gepflegte Konversation der Damen konnten ihn ablenken; nicht einmal die interessanten Gespräche der zahlreichen ausländischen Diplomaten, die an seinem Hof akkreditiert waren.

Zwei oder drei der aufmerksamsten unter ihnen hatten längst die Unruhe bemerkt, die ihr hoher Gastgeber so meisterhaft verbarg. Doch war ihnen der Grund unerklärlich, und so erlaubten sie sich auch nicht, danach zu fragen.

Für sie stand nur eines fest: Der Hausherr wollte vermeiden, daß die allgemeine Feststimmung durch ein Geheimnis, das offensichtlich nur er kannte, in irgendeiner Weise beeinträchtigt würde. Und da er in der selten glücklichen Situation einer Majestät war, dem fast eine ganze Welt – sogar in Gedanken – zu gehorchen sich angewöhnt hatte, nahm die Soirée ihren nicht einmal durch den geringsten Verdacht gestörten Verlauf.

General Kissoff wartete, nachdem er dem Gardeoffizier die Depesche aus Tomsk übergeben hatte, auf die Gnade, sich zurückziehen zu dürfen.

Seine Majestät aber waren nur schweigend beiseite getreten; hatten das Blatt aufmerksam studiert, und dabei waren die Falten auf seiner Stirn tiefer geworden. Seine Hand hatte unwillkürlich nach dem Degenknauf gegriffen, um dann für wenige Sekunden die Augen zu bedecken: als ob ihn das Flackern der vielen tausend Kerzen blende und er den Schatten brauche, um sich konzentrieren zu können.

»Wir sind also«, stellte er fest und führte General Kissoff in eine Fensternische, »seit gestern ohne jeden Kontakt mit dem Großfürsten.«

»Keine Verbindung mehr! – Und die Befürchtung liegt nahe, unsere Depeschen werden bald
nicht mehr über die Grenze nach Sibirien hinaus-
kommen.«

»Aber die Truppen im Amurgebiet und die von

Jakutsk und in Transbaikalien hat Ihr Marschbefehl nach Irkutsk doch noch erreicht?!«

Der General nickte: »Es war das letzte Telegramm, das wir noch über den Baikalsee brachten.«

»Aber in die Hauptquartiere Jenisseisk, Omsk, Semipalatinsk und Tobolsk haben wir seit Beginn der Invasion immer noch unseren direkten Draht?!«

»Jawohl, Sire, unsere Telegramme kommen zuverlässig an. Das läßt mit Sicherheit darauf schließen, daß die Tataren zu dieser Stunde weder den Irtysch noch den Obi überschritten haben.«

»Und noch keine Spur von dem Verräter Iwan Ogareff?«

General Kissoff schüttelte den Kopf: »Der Oberbefehlshaber der Sicherheitspolizei hat keine Ahnung, ob Ogareff inzwischen die Grenze passieren konnte oder nicht.«

»Lassen Sie seinen Steckbrief nach Nishny-Nowgorod, Perm, Jekaterinburg, Kassimow, Tjumen, Ischim, Omsk, Elamsk, Kolywan, Tomsk – grundsätzlich an sämtliche Stationen – durchgeben, zu denen unsere Leitungen noch frei sind.«

»Zu Befehl, Ew. Majestät!«

»Und weiterhin strengste Geheimhaltung!«

Nach einer stummen Ehrenbezeigung mischte sich der General zunächst wieder unbefangen unter die Gäste und verließ dann unbemerkt und unbeachtet die Salons.

Der Offizier blieb noch eine Weile sehr nach-
denklich stehen. Als er sich wieder den einzelnen
Gruppen von Militärs und Attachés zuwandte,
hatte er die Beherrschung, die ihm einen Augenblick verlorengegangen war, völlig wiedergefunden.

Allerdings waren die äußerst ernsten Hinter-
gründe des kurzen Dialogs keineswegs so unbekannt, wie der Souverän und sein General glauben
mochten. Noch sprach man zwar nicht offiziell
davon, nicht einmal ›hinter den Kulissen‹, denn
Meldungen über diese Angelegenheit waren noch
nicht freigegeben. Trotzdem gab es bereits eine
Reihe von hochgestellten Persönlichkeiten, denen
mehr oder weniger genaue Informationen über die
Vorgänge jenseits der Grenze zugegangen waren.

Doch über Gerüchte unterhielt man sich nicht,
selbst unter den Diplomaten wurden nicht einmal
Andeutungen laut.

Nur zwei Gäste, die weder Uniform noch zivile
Auszeichnungen trugen – also dieser illustren Gesellschaft überhaupt nicht als zugehörig legitimiert
schienen –, besprachen die Sachlage mit gedämpfter
Stimme. Und offenbar hatten sie darüber erstaun-
lich detaillierte Kenntnisse.

Woher wußten diese beiden ›gewöhnlichen
Sterblichen‹ von Dingen, bei denen selbst einfluß-
reiche Minister und Generale sich nur auf sehr un-
zuverlässige Quellen stützen konnten? Hatten sie
Zwischenträger, die anderen nicht zur Verfügung

standen? Oder besaßen sie einen sechsten Sinn, waren sie begabt mit einem besonderen Vorgefühl für Ereignisse, die sich jenseits des Horizonts abspielten, der das Auge des Durchschnittsbürgers begrenzt? Hatten sie eine spezifische Witterung für Neuigkeiten?

So mußte es wohl sein: Der Beruf, der sie zwang, von Informationen zu leben, hatte ihre Natur völlig verändert. Man war versucht zu glauben, daß sie in dieser Richtung einen geradezu animalischen Spürsinn entwickelt hatten.

Es waren zwei hager aufgeschossene Burschen, der eine Engländer, der andere Franzose. Dieser war sonnenverbrannt wie ein Provenzale, jener rotbackig wie ein Gentleman aus Lancashire. Der knappe und frostige Anglo-Normanne schien sein Phlegma in Worten und Gesten nur dann zu überwinden, wenn in ihm eine geheime Feder abschnurrte, was in ziemlich regelmäßigen Abständen geschah. Der lebhaft übersprudelnde Gallo-Romane dagegen teilte sich gleichzeitig mit den Lippen, den Augen und den Händen mit. Seine Gedanken rieselten aus zwanzig verschiedenen Kommunikationsquellen, wogegen seinem Partner nur eine einzige zur Verfügung stand – und die war im Kopf festgenagelt.

Die Unterschiedlichkeit der beiden Männer konnte den oberflächlichen Betrachter leicht zu einem Fehlurteil führen. Wer jedoch etwas von Physiognomien verstand und die beiden aus der

Nähe studierte, mußte den charakteristischen Kontrast bald in die Feststellung zusammenfassen: Der Franzose war ›ganz Auge‹, der Engländer ›ganz Ohr‹.

Tatsächlich war das Auge des einen durch fortwährende Übung außerordentlich wach und scharf geworden. Die Netzhaut übertraf in ihrer Reaktionsempfindlichkeit die des raffiniertesten Falschspielers, der die Karte schon beim blitzschnellen Mischen erkennt oder an gezinkten Zeichen, die kein anderer wahrnimmt. Der Franzose besaß also in höchster Vollendung das, was man das ›optische Gedächtnis‹ nennt.

Beim Engländer dagegen war der Gehörsinn besonders ausgebildet. Sein Ohr registrierte jeden Laut und jeden Ton fehlerfrei und katalogisierte ihn dann unerbittlich für alle Zukunft. Eine Stimme, die er nach zehn oder zwanzig Jahren wieder hörte, zog er einfach aus der Schublade seiner akustischen Erinnerung; es kam nie vor, daß er einen Ton verwechselte. Seine Ohrmuskeln waren zwar nicht so beweglich wie bei manchen Tieren; immerhin hat die neue Forschung erwiesen, daß auch das menschliche Ohr nur ›nahezu‹ starr bleibt. Und das berechtigt uns wohl zu der Annahme, daß der Engländer seine Ohrmuscheln wenigstens genügend weit stellen, strecken und verschieben konnte, um die jeweiligen Schallwellen im relativ günstigsten Einfallswinkel aufzunehmen.

Hier muß bemerkt werden, daß die Vollkommenheit in der Ausbildung von Auge und Ohr den beiden Männern bei ihrer beruflichen Tätigkeit außerordentlich zustatten kam. Der Engländer war nämlich Korrespondent des *Daily Telegraph,* der Franzose Berichterstatter des – welcher Zeitung oder welches Zeitungskonzerns, das behielt er für sich. Wenn man ihn fragte, antwortete er verschmitzt, er arbeite für ›seine Cousine Madeleine‹.

Überhaupt war der Franzose bei aller Nonchalance seines Auftretens und Benehmens ein unbestechlich scharfer Beobachter. Er schwätzte den ganzen Tag, und dabei erfuhr man von ihm – nichts! Mit keiner Silbe verriet er seine eigentlichen Absichten. Schweigend saß er in dem Wortschwall, den er um sich aufrichtete, und im Grund war er viel verschlossener und diskreter als sein Kollege vom *Daily Telegraph.*

Wenn beide an dieser in der Nacht vom 15. zum 16. Juli im Neuen Palais gegebenen Soirée teilnahmen, so taten sie das in ihrer Eigenschaft als Reporter, und zwar, um ihre fernen Leser bestens zu informieren.

Natürlich waren diese Männer von ihrer Aufgabe begeistert. Für sie war ihr Beruf ebenso ein aufregender Sport wie eine heilige Mission. Wie Jagdhunde stürzten sie sich auf jede Fährte unbekannter Neuigkeiten. Nichts schreckte sie zurück. In beiden floß das kalte Blut des wahren Helden der Feder, den nichts aufregen kann. Wahrhafte

Jockeys dieser steeple-chase – dieser Jagd nach Sensationen –, sprangen sie über Hecken, überquerten Flüsse, setzten über jede Hürde mit dem Fanatismus des echten Vollblüters, der ›siegen will oder sterben‹.

Und ihre Auftraggeber waren nicht kleinlich. Sie wußten, daß Geld immer noch das Mittel ist, sich am schnellsten und zuverlässigsten zu informieren. Und zu beiden Männern konnte man volles Vertrauen haben. Weder dem einen noch dem anderen wäre es jemals eingefallen, private Interessen zu verfolgen. Sie horchten und sahen nur auf, sobald es um Politik ging oder wenn allgemeine öffentliche Belange auf dem Spiel standen.

Mit einem Wort: Sie waren – diese Begriffe haben sich in den letzten Jahren eingebürgert – zwei der großen ›politischen Korrespondenten und Kriegsberichterstatter‹.

Bei näherer Betrachtung fällt indessen auf, daß beide Journalisten ziemlich unterschiedliche Perspektiven hatten, den Tatsachen und deren Konsequenzen gegenüber. Jeder hatte seinen ganz spezifischen Blickwinkel und kam demnach zu einem ganz subjektiven Urteil. Da sie jedoch beide mit der gleichen Unverblümtheit ihre Meinung veröffentlichten und nie etwas zu vertuschen suchten, kann ihnen ihre ausgeprägte Individualität nicht zum Vorwurf gemacht werden.

Der französische Reporter hieß Alcide Jolivet, der Name des Engländers war Harry Blount.

Sie trafen einander anläßlich der Soirée im Neuen Palais zum erstenmal – jeder, um seiner Zeitung über dieses gesellschaftliche Ereignis zu berichten. Ihr unterschiedliches Temperament in Verbindung mit dem gesunden Mißtrauen dem Kollegen gegenüber war natürlich nicht die beste Voraussetzung für spontane gegenseitige Sympathie. Trotzdem gingen sie einander nicht aus dem Weg, im Gegenteil: Sie suchten einander, jeder in der stillen Hoffnung, den andern auszuhorchen.

Zwei große Jäger, die das gleiche Revier beschlichen. Das Wild, das der eine übersah, konnte dem andern vor die Flinte laufen, und es lag in beiderseitigem Interesse, immer auf Seh- und Hörweite Fühlung zu halten.

So saßen sie an diesem Abend sozusagen nebeneinander ›auf dem Anstand‹. Und witterten, daß irgend etwas in der Luft lag.

›Und wenn es nur ein Schwarm Wildenten wäre‹, sagte sich Alcide Jolivet, ›eine Schrotladung sind die auch wert!‹

Die beiden Reporter kamen also ins Gespräch. Es war kurz nachdem General Kissoff die Salons unauffällig verlassen hatte; und beide tasteten einander zunächst vorsichtig ab wie zwei Boxer in der ersten Runde.

»Ich muß sagen, Monsieur – dieses kleine Fest ist ganz reizend«, begann Alcide Jolivet. Als Franzose liebte er es, jede Unterhaltung mit einer unverbindlich liebenswürdigen Phrase einzuleiten.

»Ich habe durchgegeben: splendid«, antwortete Harry Blount mit frostigem Gesicht. Dabei ließ er das Wort ›splendid‹, welches für jeden Bürger des Vereinigten Königreichs den absoluten Superlativ bedeutet, wie einen Pfeil von der Zunge schnellen.

»Allerdings«, fügte Alcide Jolivet hinzu, »hielt ich es für angebracht, meine Cousine darauf aufmerksam zu machen –«

»Ihre Cousine?« Harry Blount unterbrach seinen Kollegen und schaute ihn sehr verwundert an.

»Ganz recht« – Alcide Jolivet nickte bestätigend: »Mit meiner Cousine Madeleine stehe ich in ständigem Briefwechsel. Ein unbeschreiblich neugieriges Mädchen, meine Cousine. Heute hatte ich das dringende Bedürfnis, ihr mitzuteilen, daß mir die Stirn des Souveräns im Schatten besorgter Wolken zu liegen scheint.«

»Meinem Gefühl nach liegt sie unter strahlender Sonne«, antwortete Harry Blount – vielleicht in der Absicht, seine tatsächlichen Wahrnehmungen noch zurückzuhalten.

»Dann haben Sie Ew. Majestät also auch in Ihrer Spalte des *Daily Telegraph* ›erstrahlen‹ lassen?«

»Warum nicht?«

»Erinnern Sie sich, Mister Blount«, fuhr Alcide Jolivet fort, »was damals – 1812 – in Zakret passiert ist?«

»So deutlich, als wäre ich selber dabeigewesen, Monsieur«, erwiderte der englische Reporter.

»Eben«, meinte darauf Alcide Jolivet, »dann dürfte Ihnen auch nicht entgangen sein, daß man seinerzeit bei einem Hofball zu Ehren Alexanders die Nachricht brachte, die Vorhut Napoleons habe zur gleichen Stunde den Njemen überschritten. Trotz der ungeheuren Bedeutung dieses Vorfalls – er konnte dem Zaren Thron und Reich kosten – ließ Alexander den Ball weiter ablaufen, als sei nichts geschehen. Keiner der Gäste hatte eine Ahnung –«

»– so wenig wie unsere Gäste eine Ahnung haben von der Nachricht, die General Kissoff dem Souverän überbrachte: daß die Drahtverbindungen zwischen der Grenze und dem Gouvernement Irkutsk durchgeschnitten sind.«

»Sie kennen also doch einige Details?«

»Sie nicht?«

»O doch! Immerhin ist mein letztes Telegramm noch bis Udinsk durchgekommen«, bemerkte Alcide Jolivet mit einer gewissen Schadenfreude.

»Meines leider nur bis Krasnojarsk –« Harry Blount mußte sich geschlagen geben.

»Wissen Sie auch schon, daß der Marschbefehl an die Truppen von Nikolajewsk unterwegs ist?«

»Jawohl, Monsieur, und gleichzeitig geht den Kosaken im Gouvernement Tobolsk telegraphisch der Mobilmachungsbefehl zu.«

»So ist es, Mister Blount. All diese Maßnahmen sind mir genau bekannt. Und Sie dürfen mir glauben, meine süße kleine Cousine wird das morgen früh in ganz Paris herumerzählen.«

»Die Leser des *Daily Telegraph* werden es morgen ebenso früh erfahren, verlassen Sie sich drauf, Monsieur Jolivet!«

»Dann ist ja alles in Ordnung! Man muß eben die Augen offen halten!«

»Und die Ohren!«

»Ich würde ganz gern mal wieder einen interessanten Feldzug mitmachen!«

»Ich auch!«

»Na schön. Vielleicht treffen wir uns bald wieder und haben dann ein weniger sicheres Parkett unter den Füßen als hier in diesem Saal!«

»Weniger sicher, aber auch –«

»– weniger glatt«, lachte Alcide Jolivet und griff seinem Kollegen unter die Arme, denn dieser war beim Rückwärtsgehen ausgeglitten.

Die beiden Journalisten trennten sich, und jeder war einigermaßen beruhigt: Der andere schien nicht mehr zu wissen als er selbst.

In diesem Augenblick wurden drei Flügeltüren der anstoßenden Säle weit geöffnet. Und man sah hinein in die Speiseräume: große und prächtig hergerichtete Tische, überladen mit kostbarem Porzellan und goldenen Gefäßen. Auf der mittleren, den Prinzen, Prinzessinnen und Mitgliedern des diplomatischen Corps reservierten Tafel glänzte ein Gedeck von unschätzbarem Wert: Juwelierarbeit Londoner Provenienz. Und um dieses Meisterwerk herum spiegelten sich unter dem Glanz der Lüster die unzähligen Stücke des herrlichsten Geschirrs, das jemals die Manufakturen von Sèvres verlassen hatte.

Die Gäste des Neuen Palais begaben sich in die Speisesäle.

Da kam General Kissoff zurück und trat mit schnellen Schritten auf den Offizier der Gardejäger zu.

»Immer noch unterbrochen?«

Und der General mußte es bestätigen: »Östlich Tomsk ist kein Durchkommen mehr.«

»Sofort einen Kurier!«

Der General verschwand, ebenso der Offizier. Ungeachtet seiner Pflichten als Gastgeber zog er sich in sein Arbeitskabinett zurück.

Es war ein großes Eckzimmer, mit massiven Eichenmöbeln schmucklos ausgestattet. Nur wenige Bilder in Öl, ein paar davon von Horace Vernet, hingen an den Wänden.

Der Offizier riß eine Flügeltür auf – so hastig, als sei er am Ersticken. Dann trat er hinaus auf den Balkon und sog mit gierigen Lungen die würzige Luft der warmen Julinacht ein.

Vor ihm lag unterm matten Licht des Mondes die Festung, aus der zwei Kathedralen, drei Paläste und das Zeughaus hochragten. Rund um den Festungsgürtel zeichneten sich deutlich drei verschiedene Stadtteile ab: Kitai-Gorod, Boloi-Gorod und Zemlianoi-Gorod, die ausgedehnten europä-

ischen, tatarischen und chinesischen Viertel. Über
allem Türme und Minaretts und die Kuppeln von
dreihundert Kirchen mit silbernen Kreuzen auf
grünen Dächern.

Ein kleiner Fluß glänzte mit vielen Windungen

unter den bleichen Strahlen des Mondes. Das Ganze war ein wunderbares Mosaik von tausend in dieser Nachtstunde nur zu ahnenden Farben und lag eingeschlossen in einer zehn Meilen langen Mauer.

Der Fluß hieß Moskwa, die Stadt Moskau, die Festung war der Kreml. Und der Gardejägeroffizier, der mit vor der Brust verschränkten Armen und voller Sorgen auf dem Balkon stand und nur noch mit halbem Ohr die Musik und das Gelächter hörte, die sich vom Neuen Palais aus auf die alte Stadt der Moskowiter legten –: das war der Zar.

ZWEITES KAPITEL

RUSSEN UND TATAREN

Wenn der Zar seinen Galaabend für die Spitzen der Zivil- und Militärbehörden gegen jede Gepflogenheit der Etikette in genau dem Augenblick verließ, als das Fest seinen glanzvollen Höhepunkt erreichte, so hatte das einen gewichtigen Grund: Jenseits des Ural braute sich ein gefährliches Unwetter zusammen.

Es war kein Zweifel mehr möglich: Eine großangelegte Invasion drohte die sibirischen Provinzen der russischen Oberherrschaft zu entziehen.

Das asiatische Rußland, bekannt unter dem Sammelbegriff ›Sibirien‹, hat eine Ausdehnung von fünfhundertsechzigtausend Quadratmeilen und eine Bevölkerung von ungefähr zwei Millionen.

Dieses Gebiet erstreckt sich vom Ural, der es vom europäischen Rußland trennt, bis zu den fernen Küsten des Pazifischen Ozeans. Die südliche Begrenzung – gegen Turkestan und das Chinesische Reich – ist über weite Strecken nur ungenau festgelegt, wogegen im Norden die Arktis vom Kara-See bis zur Behringstraße reicht.

Verwaltungstechnisch ist das Land aufgeteilt in die Gouvernements oder Provinzen Tobolsk, Jenisseisk, Irkutsk, Omsk und Jakutsk. Daneben gibt es zwei Distrikte, Okhotsk und Kamtschatka, und schließlich noch die beiden Landstriche, die zur Zeit dem moskowitischen Regime unterstehen – es ist die Heimat der Kirgisen und der Tschuktschen.

Diese ungeheuren Steppen, die sich in ihrer Ost-westausdehnung über hundertzehn Längengrade erstrecken, sind das Deportationsgebiet für Verbrecher; das Exil für die Unglücklichen, die ein ›Ukas‹ mit Verbannung belegte.

Zwei Generalgouverneure repräsentieren die Herrschaft des Zaren in diesem unermeßlichen Reich. Der eine hat seinen Hof in Irkutsk, der Metropole des östlichen Sibiriens. Der andere residiert in Tobolsk, der Hauptstadt von Westsibirien.

Beide Territorien trennt der Tschuma, ein Neben-
fluß des Jenissei.

Noch führt keine Bahnlinie durch die unendlich
weiten und auch unendlich fruchtbaren Ebenen. Es
gibt keinen Schienenweg, auf dem man die Boden-
schätze abtransportieren könnte, die große Gebiete
Sibiriens unter der Erde noch wertvoller erscheinen lassen als auf ihrer Oberfläche.

Im Sommer reist man im Tarantas oder in der
Telega, im Winter hat man die Schlitten.

Nur eine einzige Verbindung verläuft vom
Westen bis zu den östlichen Grenzen. Das ist die
nicht weniger als achttausendfünfhundertsechsund-
dreißig Kilometer lange Telegraphenleitung. Sie
geht vom Ural über Jekaterinburg, Kassimow,
Tjumen, Ischim, Omsk, Elamsk, Kolywan, Tomsk,
Krasnojarsk, Nishny-Udinsk, Irkutsk, Verkne-
Nertschinsk, Strelinsk, Albazine, Blagowstensk,
Radde, Orlomskaja, Alexandrowskoe nach Niko-
lajewsk; und jedes Wort, das die Endstation er-
reicht, kostet über sechs Rubel – das sind zwanzig
Goldmark.

In Irkutsk gabelt sich der Draht; eine Zweig-
leitung biegt südöstlich ab nach Kjachta an der
mongolischen Grenze. Dort werden die Depeschen,
pro Wort dreißig Kopeken, von chinesischen Beamten aufgenommen, und sie erreichen dann etwa
vierzehn Tage später Peking.

Eben dieser Draht war also durchgeschnitten
worden, zuerst zwischen Jekaterinburg und Niko-

lajewsk, dann östlich Tomsk und schon wenige Stunden später zwischen Tomsk und Kolywan.

Und die schnelle Folge der Hiobsbotschaften hatte den Zaren nach der zweiten Meldung General Kissoffs veranlaßt, dem Überbringer nur noch kurz zu antworten: »Sofort ein Kurier!«

Nun stand er also bewegungslos am Fenster seines Kabinetts und wartete, bis die Posten wieder die Tür öffneten. Er drehte sich um, der Oberbefehlshaber der Sicherheitspolizei trat ein und salutierte.

»Komm, General«, befahl der Zar kurz. »Sag mir alles, was du über diesen Iwan Ogareff weißt.«

»Ein äußerst gefährlicher Mensch, Sire«, erwiderte der Polizeichef.

»Hatte zuletzt den Rang eines Obersten?!«

»Jawohl, Sire.«

»Ein intelligenter Offizier?«

»Allerdings – sehr intelligent. Leider völlig haltlos und von einem krankhaften Ehrgeiz, der vor nichts zurückschreckt. Er war in einige sehr üble Intrigen verwickelt, so daß ihn Seine Hoheit der Großfürst erst degradieren und später sogar nach Sibirien schicken mußte.«

»Wann war das – ungefähr?«

»Vor zwei Jahren. Sechs Monate später haben ihn Ew. Majestät Gnade amnestiert. Er durfte nach Rußland zurück.«

»Und seither war er nicht wieder in Sibirien?«

»Doch, Sire – aber diesmal freiwillig«, entgeg-

nete der General. Und fügte mit belegter Stimme
hinzu:

»Ich kannte noch die Zeit, in der man aus Sibirien nicht mehr zurückkehrte.«

»Mag sein. Aber solange ich lebe, soll Sibirien

ein Land bleiben, aus dem man auch wieder zurückkommen kann.«

Es stand dem Zaren zu, diesen Satz mit Nachdruck zu betonen. Denn er hatte durch seine hu-
mane Regierungsweise zur Genüge bewiesen, daß
auch die Justiz ein Apparat sein kann, der in
menschenwürdiger Weise funktioniert.

Der Polizeichef schwieg. Er war offensichtlich
kein Freund großzügiger Maßnahmen dieser Art.
Er vertrat den Standpunkt: Wer den Ural als
Staatsgefangener überschritten hat, sollte nicht in
die Lage kommen, dies noch einmal zu tun. Daß
die neue Regierung mit dieser guten Tradition gebrochen hatte, bedauerte er aufrichtig, und es
schien ihm auch höchst bedenklich: keine lebens-
längliche Verbannung mehr – außer für Mord und
Totschlag?! Politische Sträflinge, die täglich zu-
rückkamen aus Tobolsk, von Jakutsk, von Irkutsk
– was sollte dieser Unsinn?

Der Polizeichef war unter dem autokratischen
Gebrauch der ›Ukase‹ aufgewachsen, die jede Amnestie ausschlossen, und inzwischen ein alter Mann
geworden. Die vom Zaren praktizierte fort-
schrittliche Art zu regieren paßte nicht mehr in
seine Welt. Aber er hatte zu schweigen und zu
warten, bis der Zar ihn weiter fragte.

Das dauerte nicht lange. »Ist dieser Iwan Ogareff
nach seiner zweiten, freiwilligen Sibirienreise, über
deren Motive man übrigens wenig weiß – ist er
danach erneut in Rußland aufgetaucht?«

»O ja, Sire!«

»Aber die Polizei hat seine Spuren nicht weiter verfolgt?!«

»Doch – natürlich! Gefährlich werden Verbannte ja erst nach ihrer Amnestie!«

Diese Antwort kam spontan; der Polizeichef sah an der Reaktion, daß er etwas zu weit gegangen war.

Aber der Zar wußte, daß die Kritik von der echten Sorge eines treuen Veteranen diktiert war, und so unterließ er jede Zurechtweisung und fragte weiter:

»Wo wurde Iwan Ogareff zuletzt gesehen?«

»Im Gouvernement Perm.«

»In einer Stadt?«

»In Perm selbst.«

»Was trieb er dort?«

»Nichts – dem Anschein nach. Er hat sich offensichtlich bemüht, nicht aufzufallen.«

»Stand er unter Polizeiaufsicht?«

»Nein, Sire.«

»Wann hat er Perm verlassen?«

»Irgendwann im März.«

»Und ging wohin?«

»Das wissen wir nicht.«

»Sie haben also jede Spur von ihm verloren?!«

»Leider, Sire!«

»Aber ich nicht«, antwortete der Zar. »Mein Geheimdienst hat mir, nicht über Ihre Büros, Informationen zukommen lassen, die ich in Anbetracht der gegenwärtigen Entwicklung jenseits des Ural nicht anzweifeln kann. Sie stehen in deutlichem Zusammenhang mit dem Verschwinden Ogareffs.«

»Wollen Sie damit sagen, Sire –«, rief der Polizeichef erschrocken aus, »daß Iwan Ogareff bei der Tatareninvasion die Hand mit im Spiel hat?«

»Genau das, General – und noch einiges, was du auch nicht weißt: Iwan Ogareff ging von Perm auf direktem Weg über den Ural nach Sibirien. Dort hat er in den Steppen der Kirgisen zunächst die Nomadenstämme aufzuwiegeln versucht, wie es scheint: nicht ohne Erfolg. Dann ist er weiter südlich vorgedrungen bis in das unabhängige Turkestan. Dort fand er in den Khanaten von Bukhara, Khokhand und Kunduz Häuptlinge, die bereit waren, ihre Tatarenregimenter in unsere sibirischen Provinzen zu werfen und dort einen allgemeinen Aufstand gegen die russische Vormachtstellung in Asien anzuzetteln. Diese ganze Verschwörung konnte mit großem Geschick sehr lange geheimgehalten werden. Und jetzt ist das Gewitter losgebrochen – aus heiterem Himmel; sämtliche Verbindungen zwischen Ost- und Westsibirien sind abgeschnitten. Dazu kommt, daß Iwan Ogareff persönliche Gründe hat, sich an meinem Bruder zu rächen, das heißt: ihn zu ermorden.«

Der Zar ging rasch auf und ab, seine Stimme war erregt. Der Polizeichef antwortete nicht. Er dachte nur daran, daß so etwas zu ›seiner‹ Zeit, als

30

es den Herrschern aller Reußen nicht im Traum eingefallen wäre, einen Verbannten zu amnestieren, niemals möglich gewesen wäre.

So verstrichen einige Augenblicke in völliger Ruhe, dann ging er zum Zaren hin, der – das Gesicht in den Händen vergraben – auf einem Fauteuil Platz genommen hatte.

»Ew. Majestät«, sagte er, »haben zweifellos alle Vorbereitungen getroffen, um die Invasion sofort aufzuhalten und zurückzuschlagen?!«

»Ja«, antwortete der Zar. »Das letzte Telegramm, das nach Nishny-Udinsk durchkam, hat die Truppen der Gouvernements Jenisseisk, Irkutsk und Jakutsk und auch die der Amurprovinzen und des Gebietes um den Baikalsee mobilisiert. Gleichzeitig rücken die Regimenter von Perm und Nishny-Nowgorod in Eilmärschen an die Grenze des Ural vor. Leider werden sie selbst bei größter Anstrengung Wochen brauchen, bis es zur ersten Feindberührung mit den Tataren kommen kann.«

»Und Ew. Majestät Bruder, Seine Hoheit der Großfürst, sind in diesem Augenblick völlig auf die eigene Garnison angewiesen?«

Der Zar nickte: »Wir haben nach Irkutsk keinerlei Verbindung mehr.«

»Immerhin muß er aus den letzten Depeschen noch erfahren haben, daß Gegenmaßnahmen angelaufen sind und daß man versuchen wird, mit Hilfe unserer sibirischen Regimenter eine eventuelle Belagerung seiner Residenz zu sprengen!«

»Das kann er sich vorstellen. Aber er weiß nicht, daß dieser Iwan Ogareff sich inzwischen einen ganz teuflischen Plan ausgedacht hat: Er will sich – unter falschem Namen – meinem Bruder als Militärexperte zur Verfügung stellen. Und hat er erst einmal sein Vertrauen, wird es ihm leicht sein, den Tataren die Stadt beim ersten Angriff in die Hände zu spielen; und meinen Bruder selbst natürlich auch. Was die Bestien dann mit ihm anstellen –?! Und alle diese Mutmaßungen beruhen auf sehr konkreten Informationen. Mein Bruder muß unbedingt und auf dem schnellsten Weg von diesen Vorgängen in Kenntnis gesetzt werden!«

»Das wäre nur möglich durch einen tüchtigen und couragierten Kurier.«

»Auf ihn warte ich.«

»Und er müßte sich außerordentlich beeilen. Denn – Sie gestatten mir die Bemerkung, Sire« –, fügte der Polizeigewaltige hinzu, »dieses Sibirien ist überschwemmt von Elementen, die nur darauf warten –«

Der Zar unterbrach: »Du unterstellst doch nicht den russischen Deportierten, daß sie sich den Tataren anschließen?!« Er empfand die Andeutung seines Polizeichefs beinahe als persönliche Beleidigung.

»Pardon, Majestät«, stotterte der General; denn tatsächlich war dies der Verdacht, der sich sofort wieder in seinem mißtrauischen Kopf eingenistet hatte.

»Ich traue meinen Verbannten mehr Loyalität zu!« sagte der Zar.

Und der Polizeichef gab zu bedenken: »Es sind ja nicht nur politische Sträflinge in Sibirien –«

»Deine Verbrecher, meinst du?! Mit denen tu,

was du willst! Das ist doch der Auswurf der Menschheit! Die haben natürlich kein Vaterland! Aber diese Revolte – vielmehr diese Invasion – richtet sich ja nicht gegen mich, sondern gegen Rußland, gegen die Heimat! Und die Verbannten wollen ja wieder einmal zurück und wissen, sie werden zurückkommen! Nein nein, es gibt keinen echten Russen, der auch nur einen Augenblick mit dem Gedanken spielt, zu den Tataren überzulaufen, um das zu zerstören, was ihm selber gehört!«

Der Zar hatte guten Grund, dem Patriotismus auch derer zu vertrauen, die vorübergehend in unfreiwilligem Exil lebten. Er hatte die Toleranz zum Prinzip seiner Justiz gemacht. So wurden unter seiner persönlichen Überwachung jene vordem so grausamen ›Ukase‹ praktisch aufgehoben, und das garantierte ihm die Unterstützung der russischen Bevölkerungsteile bei der Abwehr des Aufstands. Trotzdem bestand noch genug Anlaß zur Besorgnis; vor allem, weil zu befürchten war, daß sich ein Großteil der Kirgisen dem Aufstand anschließen würde.

Die Kirgisen lassen sich in drei Völker einteilen: in das große, das kleine und das mittlere. Gemeinsam zählen sie ungefähr vierzigtausend ›Zelte‹, das heißt etwa zwei Millionen Menschen.

Unter den verschiedenen Stämmen gibt es einige, die völlig unabhängig sind. Andere erkennen entweder die russische Souveränität an oder die der

34

Khanate von Khiwa, Khokhand oder Bukhara – das heißt, die der mächtigsten Häuptlinge von Turkestan. Das ›mittlere Volk‹ ist das wohlhabendste und demzufolge auch das bedeutendste und einflußreichste. Seine Lager ziehen sich über das ganze Gebiet zwischen dem Sara-Su, dem Irtysch, dem oberen Ischim und dem Hadisang- und Aksakalsee hin. Das ›große Volk‹, das die weiter östlich gelegenen Landstriche durchstreift, dehnt sich bis zu den Gouvernements Omsk und Tobolsk aus. Sollten sich all diese Kirgisenvölker zu einer gemeinsamen Rebellion vereinigen, würden sie ganz Nordasien überfluten und das Sibirien östlich des Jenissei vom russischen Mutterland losreißen.

Nun sind diese Kirgisen reine Amateure der Kriegskunst. Man kann sie nicht einmal reguläre Soldaten nennen. Ihre Taktik geht über nächtliche Überfälle auf Karawanen kaum hinaus. Levchine sagt von ihnen: »Ein Trupp tüchtiger Infanteristen in geschlossenem Karree verteidigt sich leicht gegen eine zehnfache Übermacht von Kirgisen. Und eine einzige Kanone wird mit einer halben Kirgisenarmee fertig.«

Aber selbst wenn diese Behauptung zutrifft, muß man erst ein Karree Infanterie zur Hand haben – dort, wo man sie braucht. Ebenso wie die Kanone, die vorerst noch im Depot irgendeiner russischen Provinz stand, zwei- oder dreitausend Werst von dem Feind entfernt, den sie vernichten

sollte. Und zu beiden Seiten der einzigen Fahr-
straße von Jekaterinburg nach Irkutsk sind die
teilweise versumpften Steppen kaum, für schwere
Waffen überhaupt nicht, passierbar. Man mußte
zweifellos mit Wochen rechnen, bis russische Truppen in der Lage sein würden, die einzelnen Tata-
renverbände einzukesseln und aufzureiben.

In Omsk lag das militärische Hauptquartier
von Westsibirien. Von dieser Stadt aus sollten die
Kirgisen in Schach gehalten werden. Ungefähr
dort verlaufen auch die Grenzen, die schon oft
von halb unterjochten Nomadenstämmen überrannt worden waren. Deshalb hatte man im russischen Generalstab Grund zur Annahme, daß
Omsk jetzt am unmittelbarsten bedroht sei.

Wahrscheinlich war die Kette von Stützpunk-
ten, die sich von dieser Stadt aus bis Semipalatinsk
hinzog und von Kosakeneinheiten gehalten wurde,
sicher schon an mehr als einer Stelle durchbrochen.
Und die Befürchtung lag nahe, daß die ›Groß-
sultane‹, welche die einzelnen Distrikte der Kirgisen regierten, teils freiwillig, teils unter Zwang
die Herrschaft der Tataren und Muselmänner an-
erkannten, wobei sich der ohnehin schon ange-
staute Haß dieser unterdrückten Völker durch den
neu hinzukommenden Antagonismus zwischen
griechisch-orthodoxer Kirche und Islam verdop-
peln mußte.

Tatsächlich versuchten die turkestanischen Tataren, vor allem die aus den Khanaten von Bu-

36

khara, Kunduz und Khokhand, schon lange mit allen Mitteln – Bestechung, Erpressung und nackter Gewalt – den Moskowitern ihre Vormachtstellung im Gebiet der Kirgisen streitig zu machen.

Nur wenige Worte über diese Tataren.

Sie gehören zwei verschiedenen Rassen an, der kaukasischen und der mongolischen.

Zu der kaukasischen Rasse, von der Abel de Rémusat sagt: »Sie kann in Europa als das Schönheitsideal schlechthin bezeichnet werden, denn alle Völker dieses Kontinents stammen von ihr ab«, gehören sowohl die Türken als auch die Eingeborenen persischer Herkunft.

Die rein mongolische Rasse finden wir, außer natürlich bei den Mongolen selbst, bei den Mandschus und bei den Tibetanern.

Die Tataren, die damals das russische Imperium bedrohten, waren Angehörige der kaukasischen Rasse und kamen vornehmlich aus Turkestan. Dieses immense Gebiet ist in verschiedene Staaten unterteilt, die von Khans – daher auch der Name Khanat – regiert werden. Die wichtigsten Khanate sind die von Bukhara, Khokhand, Kunduz usw.

Zu jener Zeit war das Khanat von Bukhara das einflußreichste und mächtigste. Mehr als einmal schon war es zu bewaffneten Auseinandersetzungen gekommen zwischen Rußland und jenen Häuptlingen, die aus Machthunger und politischer Eifersucht die Unabhängigkeit der Kirgisen gegen die Ansprüche der Moskowiter in Schutz nahmen. Der Häuptling, der im Augenblick regierte, er hieß Feofar-Khan, folgte also nur einer guten alten Tradition.

Das Khanat von Bukhara erstreckt sich vom einundvierzigsten bis zum siebenunddreißigsten Grad nördlicher Breite und vom einundsechzigsten bis zum sechsundsechzigsten Grad östlicher Länge, das heißt über eine Fläche von fast zehntausend Quadratmeilen.

Die Bevölkerung schätzt man auf zweieinhalb Millionen, die Armee auf etwa sechzigtausend Mann Fußvolk – sie wächst aber im Krieg rasch auf das Dreifache an – und auf etwa dreißigtausend Berittene.

Es ist ein reiches Land, voller Herden, mit üppiger Vegetation und sicher auch sehr ergiebigen Bodenschätzen.

· Durch den Beitritt von Balkh, Aukoi und Meimaneh hat es sich nicht unwesentlich erweitert. Man zählt dort inzwischen schon insgesamt neunzehn respektable Städte.

An ihrer Spitze steht Bukhara. Umgeben von einer acht englische Meilen langen und von Wehrtürmen flankierten Mauer, gilt diese berühmte Stadt, die schon Avicenna und andere Gelehrte des zehnten Jahrhunderts erwähnten, als Mittelpunkt muselmanischer Wissenschaften. Bukhara nimmt unter den Metropolen Zentralasiens seinen unbestrittenen Platz ein.

Samarkand, mit dem Mausoleum Tamerlans und seinem Palast mit dem ›blauen Stein‹, auf dem jeder Khan beim Antritt seiner Herrschaft Platz nehmen muß, wird von einer ungemein starken Zitadelle geschützt.

Karschi – mit seiner dreifachen Stadtmauer, ist eine Oase inmitten sumpfiger, von Schildkröten und Eidechsen wimmelnden Steppen und praktisch uneinnehmbar.

Tschardjui wird von seiner fast zwanzigtausend Seelen zählenden Bevölkerung verteidigt. Schließlich Katta-Kurgan, Nurata, Djizah, Paikande, Karakul, Khuzar und noch einige andere; sie alle bilden einen Igel von Befestigungen, dem man kaum beikommen kann.

So ist dieses durch Gebirge geschützte und durch Steppen isolierte Bukhara tatsächlich ein militärisch durchaus ernstzunehmendes Staatsgebilde; Rußland mußte schon immer ganz beträchtliche Streitkräfte aufbieten, um es zu befrieden.

Damals herrschte nun der ehrgeizige und barbarische Feofar über diesen Winkel des Tatarenreichs. Unterstützt von den anderen Khans – vor allem denen Khokhands und Kunduz', zwei grausamen und beutegierigen Kriegern, die alles mitmachten, was sie bereichern konnte – und von den Häuptlingen, welche die zentralasiatischen Stämme anführten, stellte er sich an die Spitze der Invasion.

Der eigentliche Initiator und die Seele dieser

ganzen Unternehmung war jedoch ein anderer: Iwan Ogareff.

Dieser Deserteur, blind vor sinnlosem Ehrgeiz und unbändigem Haß, hatte inzwischen die ersten Truppenbewegungen so dirigiert, daß man zunächst die einzige große sibirische Straße unter Kontrolle bekam.

In seinem Größenwahn bildete er sich tatsächlich ein, Rußland besiegen zu können. Auf seinen Rat überschritt der Emir – diesen Titel legen sich alle Khans von Bukhara zu – die russische Grenze. Er fiel in das Gouvernement Semipalatinsk ein, wo sich die wenigen Kosakenposten natürlich vor seiner Übermacht zurückziehen mußten. Dann drang er über den Balkhachsee vor und rekrutierte Verstärkungen unter den dort ansässigen Kirgisen. Raubend und brandstiftend wälzten sich seine Horden von Stadt zu Stadt. Wer sich unterwarf, wurde Soldat, wer Widerstand leistete, wurde umgebracht.

So marschierte und ritt er immer weiter, gefolgt von dem obligatorischen Troß eines orientalischen Souveräns – vielen Frauen und noch mehr Sklaven; er dachte überhaupt nicht an die Konsequenzen und fühlte sich als moderner Dschingis-Khan.

Wo stand er im Augenblick? Wie weit waren seine Mordbrenner vorgedrungen zu der Stunde, als die Nachricht von der Invasion in Moskau eintraf?

Wie weit hatten demnach die russischen Truppen zurückweichen müssen? Niemand konnte es sagen – es gab keine Verbindungen mehr.

Warum nicht? Waren es nur einzelne Reiter aus der Vorhut der Tatarenarmee, die den Draht zwischen Kolywan und Tomsk durchgeschnitten hatten? Oder waren die Provinzen von Jenisseisk bereits erobert, vielleicht sogar schon fest in den Händen des Emirs? Stand das ganze südliche und westliche Sibirien in Flammen? Hatte der Aufstand schon auf die Gebiete im Osten übergegriffen?

Keiner wußte es. Der einzige Bote, der weder Frost noch Hitze kennt, weder das Eis des Winters noch die Glut des Sommers und dahinfliegt mit der Geschwindigkeit des Blitzes – der elektrische Funke: er konnte nicht mehr die Steppen durchlaufen. Er konnte den Großfürsten nicht mehr erreichen und ihn vor der Gefahr warnen, die ihm in Irkutsk drohte – durch den größenwahnsinnigen Deserteur Iwan Ogareff.

Es gab nur eine Möglichkeit, die telegraphische Verbindung halbwegs zu ersetzen: ein Kurier. Aber war das überhaupt eine Chance? Dieser Mensch hätte eine Strecke von fünftausendzweihundert Werst zurückzulegen, zwei Drittel davon jenseits des Ural, mitten durch feindbesetztes Gebiet. Überforderte ein solches Unternehmen nicht die Kräfte auch des besten Mannes – seinen Verstand ebenso wie seinen Mut?

›Ob ich diesen Menschen finden werde?‹ fragte sich der Zar.

DRITTES KAPITEL

MICHAEL STROGOFF

Wenig später öffnete sich wieder die Tür zum Kabinett Seiner Majestät – und der Posten meldete General Kissoff an, der sofort eintrat.

Der Zar ging ihm ungeduldig entgegen:

»Wo ist der Kurier?«

»Wartet im Vorzimmer!«

»Und du glaubst, es ist der richtige Mann?!«

»Ich verbürge mich für ihn!«

»Hat er bei der Leibwache Dienst getan?«

»Jawohl, Sire.«

»Palastwache?«

»Auch.«

»Du kennst ihn?«

»– persönlich. Er hat schon einige verdammt schwierige Sonderaufgaben mit großer Bravour gelöst.«

»– im Ausland?«

»Vor allem in Sibirien!«

»Ist er selber –?«

»– Sibirier, geboren in Omsk.«

»Intelligent, couragiert und von der nötigen Disziplin –?«

»Er bringt alles mit, was ein Mann braucht, der auch dort durchkommen will, wo alle anderen längst versagt oder aufgegeben haben.«

»Wie alt?«

»Dreißig.«

»Gesund, kräftig?«

»Ich kenne keinen, der Hunger und Strapazen, Hitze und Frost besser erträgt.«

»Ich brauche einen Kerl von Eisen!«

»Das ist er! Und hat ein Herz aus reinem Gold!«

»Sein Name?«

»Michael Strogoff.«

»Soll kommen!«

General Kissoff verschwand und kam sofort zurück – mit dem Mann, den er für die Mission des Zaren ausgesucht hatte.

Michael Strogoff war groß, schlank, kräftig, mit breiten Schultern und mächtiger Brust. Seine eckige Stirn verriet deutlich die besten Eigenschaften der kaukasischen Rasse. Arme und Beine schienen als Hebel geschaffen zur Ausführung kraftvoller, exakter Bewegungen.

Man sah diesem gutgebauten, sympathischen Menschen sofort an, daß er psychisch nicht leicht zu beeinflussen und physisch nicht einfach von der Stelle zu rücken war. Wo er einmal Fuß gefaßt hatte, schlug er Wurzeln.

Auf seinem nicht gerade kleinen Kopf kräuselte sich üppiges Haar, dessen Locken sogar noch unter der moskowitischen Mütze hervorschauten.

Sein gewöhnlich etwas blasses Gesicht bekam nur Farbe, wenn ihn etwas aufregte oder beson-

ders lebhaft interessierte; dann trieb ihm sein
leidenschaftliches Temperament das Blut in die
Wangen. Seine tiefblauen Augen leuchteten in
selbstbewußter Offenheit unter der vollen Sichel
seiner fast immer unmerklich zusammengezogenen

Augenbrauen und waren Ausdruck jenes ›leiden-schaftslosen Mutes, der den wahren Helden aus-zeichnet‹ – wie die Physiologen es ausdrücken.

Dazu noch die gerade Nase über dem symme-trischen Mund und schmale, wenig vorspringende Lippen – alles Merkmale des großzügigen und an-ständigen Mannes.

Michael Strogoff war ein ausgesprochen ent-schlußfreudiger Mensch. Er wußte immer sofort, was zu tun sei. Man konnte sich nicht vorstellen, daß er irgendwo stand, unentschlossen die Nägel kaute oder sich hinter den Ohren kratzte oder von einem Bein aufs andere trat.

Sparsam in Gesten und Worten, stand er vor sei-nen Vorgesetzten wie eine Säule. Ging er dann an die Ausführung des Befehls, so bewegte er sich leicht und sicher, mit dem Selbstbewußtsein und der Lebhaftigkeit des Mannes, der seiner Kraft und seiner Intelligenz vertrauen darf. Immer schien er etwas vorzuhaben und keine Zeit verlie-ren zu dürfen.

Michael Strogoff trug eine elegante Uniform, ähnlich der von berittenen Feldjägeroffizieren: Sporenstiefel, enge Hosen, pelzbesetzte Pelerine mit gelben Schnüren auf braunem Grund. Auf sei-ner breiten Brust funkelten ein Kreuz und ver-schiedene Auszeichnungen.

Er gehörte zur Sondertruppe der Kuriere des Zaren und stand bei dieser Eliteeinheit im Offi-ziersrang. Wenn man ihn gehen sah oder ihm ins

Gesicht schaute, erkannte man sofort – und das war auch der erste Eindruck des Zaren: dieser Mann lebte in der Welt unbedingten Gehorsams und besaß damit die für einen Russen wichtigste Tugend – eine Eigenschaft, von der der berühmte Schriftsteller Turgenjew meint, sie sei das Fundament, das im Reich der Moskowiter jedermann braucht, um die Leiter seines Erfolges aufzustellen.

Fassen wir zusammen: Wenn es also überhaupt einem Menschen gelingen konnte, diese Reise von Moskau nach Irkutsk in der gegenwärtigen Situation durchzustehen, das heißt, von den Rebellen unerkannt alle Hindernisse und Gefahren zu überwinden – dann mußte dieser Mann Michael Strogoff heißen.

Ein glücklicher Umstand kam ihm naturgemäß besonders zustatten: Er kannte das Land und vor allem die Strecke, die er zurückzulegen hatte, sehr genau und beherrschte auch die Sprachen der Einheimischen, nicht nur, weil er schon überall gewesen war, sondern weil er auch – wir erwähnten es schon – selbst gebürtiger Sibirier war.

Sein Vater, der vor zehn Jahren verstorbene Peter Strogoff, wohnte in Omsk, der Hauptstadt des gleichnamigen Gouvernements. Seine Mutter, Marfa Strogoff, lebte jetzt noch dort.

Und in den umliegenden Provinzen Omsk und Tobolsk war es, wo der berühmte sibirische Jäger Peter Strogoff seinen Sohn Michael ›geschmiedet‹

46

hatte, wie der landläufige Ausdruck für eine solche Lehrzeit hieß.

Sommer und Winter, unter glühender Hitze ebenso wie in grimmigster Kälte, durchstreifte er die endlosen Steppen, arbeitete sich durch Lärchen- und Weidengebüsch, jagte durch die düsteren Kiefernwälder, stellte seine Fallen, folgte dem kleinen Wild mit der Flinte und dem großen mit Wurfspieß und Weidmesser.

Unter ›großem Wild‹ verstand man den sibirischen Bären, ein fürchterliches, starkes und sehr angriffslustiges Tier, dessen Größe die seiner Artverwandten im Polargebiet beinahe übertrifft.

Peter Strogoff hatte mehr als neununddreißig dieser Bären erlegt, das heißt, auch schon den besonders kritischen vierzigsten. Denn wenn man russischen Jagdgeschichten einigen Glauben schenkt, so weiß man, wie viele Jäger neununddreißig Bären erlegten und dann vom vierzigsten selber geschlagen wurden.

Peter Strogoff hatte diese Unglückszahl also glücklich hinter sich gebracht, ohne dabei auch nur eine Schramme abzubekommen. Und von da an begleitete der damals elfjährige Michael seinen Vater bei allen Jagdzügen.

Die erste Zeit trug er nur die ›Ragatina‹. Das ist ein Gabelspieß, mit dem er seinem Vater, der meist nur das blanke Messer in der Hand hatte, im Notfall zu Hilfe kommen konnte.

Aber schon mit vierzehn Jahren erlegte er dann

ganz alleine seinen ersten Bären, was ihm übrigens ganz selbstverständlich vorkam. Er zog ihm das Fell über die Ohren und schleppte es nach dem mehrere Werst entfernten Haus seines Vaters; und das erfordert bei dem enormen Gewicht einer solchen riesigen Bärenhaut schon beträchtliche Kraft und Energie – für einen vierzehnjährigen Jungen.

Dieses Leben bekam ihm natürlich ausgezeichnet; und als er den Kinderschuhen entwachsen war, konnte ihn nichts mehr umwerfen: weder Frost noch Hitze, weder Hunger noch Durst, weder Anstrengung noch Entbehrung.

Mit einem Wort: Er war, genau wie die Jakuten im rauhen Polargebiet –, ein Bursche aus Eisen. Zwei Tage ohne zu essen, zehn Nächte ohne zu schlafen – das waren für ihn gewohnte Strapazen. Halbe Winter verbrachte er unter freiem Himmel, wo sich tausend andere in wenigen Stunden zu Tode erkältet hätten.

Dabei war er ausgestattet mit den subtilen Sinnesorganen und dem reinen Instinkt des echten Delawaren. Auch im dicksten Nebel und in stockdunkler Nacht, die in höheren Breiten ja sehr lange anhält, fand er immer seinen Weg. Jeder andere hätte sich auf Schritt und Tritt verirrt und wäre hilflos im Kreis gelaufen.

Ihn jedoch hatte sein Vater mit allen – auch den unscheinbarsten – natürlichen Wegweisern vertraut gemacht. Er konnte sich nach kaum wahrnehmbaren Zeichen und Hinweisen richten: nach der Beschaffenheit der Eisnadeln, der Stellung dünner Zweige, nach schwachen Gerüchen, die von weither getragen wurden, nach der Spur von Blättern und Laub, nach dem Summen der Insekten und des Windes, nach entferntem Donner und Wetterleuchten, nach dem Zug der Vögel im Dunst der tieferen Luftschichten – nach tausend Einzelheiten, die dem, der sie deuten kann, untrügliche Hinweise geben.

Das also war Michael Strogoff: im Schneetreiben unempfindlich geworden, von der Sonne durchgegerbt, gehärtet wie der Stahl im Wasser von Damaskus, gesund wie ein junger Baum – und doch, wie General Kissoff sagte: mit einem ›Herzen aus reinem Gold‹.

Leidenschaften kannte er nicht – außer der einen: die Anhänglichkeit an seine alte Mutter Marfa, die das Häuschen der Strogoffs in Omsk, am Ufer des Irtysch, wo sie ein ganzes Leben mit dem alten Jäger zusammen verbracht hatte, nicht verlassen wollte.

Als der Sohn ging, hatte sie Verständnis: Er mußte sich einen Wirkungskreis suchen, der seinen Fähigkeiten und Talenten entsprach. Aber er versicherte ihr, daß er sie so oft wie irgend möglich besuchen werde, und dieses Versprechen hielt er auch mit geradezu religiöser Strenge.

Man hatte beschlossen, Michael Strogoff sollte von seinem zwanzigsten Lebensjahr an dem Zaren dienen, und zwar als Kurier. So trat der junge Mann in jene Elitetruppe ein.

Die erste Gelegenheit für den mutigen, gescheiten und fleißigen Sibirier, seine Qualitäten unter Beweis zu stellen, ließ nicht lange auf sich warten. Er erledigte mit Auszeichnung einen schwierigen Auftrag im Kaukasus, wo einige revolutionäre Nachfolger Schamyls die Gegend unsicher machten. Kurz darauf erhielt er eine noch wichtigere Mission übertragen, die ihn bis an die äußerste Grenze des asiatischen Rußlands – nach Petropolowsk im Kamtschatka – führte.

Auf diesen ausgedehnten Reisen ergaben sich für ihn zahlreiche Gelegenheiten, seine hervorragenden soldatischen Eigenschaften – Kaltblütigkeit, Mut und Besonnenheit – unter Beweis zu stellen; und das sicherte ihm natürlich das Vertrauen und das Wohlwollen seiner Vorgesetzten und war die beste Voraussetzung für eine rasche Karriere.

Den Urlaub, der ihm nach jeder dieser gefährlichen und anstrengenden Expeditionen zustand, versäumte er nie bei seiner Mutter zu verbringen; auch wenn er über Tausende Werst zu ihr hinfahren mußte und der Winter die Wege unbefahrbar machte.

Zu diesem Zeitpunkt hatte Michael Strogoff, da er im Süden des Reiches fortwährend im Einsatz war, seine Mutter seit drei Jahren nicht mehr besuchen können; ihm schien es, als seien es schon dreihundert Jahre! In wenigen Tagen jedoch sollte er seinen ordentlichen Jahresurlaub antreten, und er hatte schon alle Vorbereitungen für die geplante Reise nach Omsk getroffen – als er zum Zaren gerufen wurde.

Er trat ein und salutierte. Von dem, was ihm bevorstehen sollte, hatte er nicht die geringste Ahnung.

Einige Augenblicke lang beobachtete ihn der Zar schweigend, aber sehr aufmerksam. Michael Strogoff blieb in militärischer Haltung stehen.

Dann wandte sich der Zar, offensichtlich befriedigt von seinem ersten Eindruck, dem Schreibtisch zu, gab dem Polizeichef durch ein Zeichen den Befehl, sich zu setzen, und diktierte ihm dann mit leiser Stimme einen kurzen Brief.

Das fertiggestellte Schreiben las er noch einmal gründlich durch und fügte schließlich seiner Unterschrift noch das ›Byt po semu‹ bei – auf deutsch ›So geschehe es‹ –, eine Floskel, mit der die russischen Zaren ihre offiziellen Dokumente bestätigen.

Der Brief wurde in ein Couvert gesteckt und dieses mit dem Wappen versiegelt.

Der Zar nahm das Schriftstück zur Hand und winkte Michael Strogoff heran.

Dieser kam einige Schritte näher und nahm wieder Haltung an.

Noch einmal fixierte ihn der Zar mit durchdringender Intensität, dann begann er:

»Dein Name?«

»Michael Strogoff, Sire.«

»Dienstgrad?«

»Hauptmann bei den Kurieren des Zaren.«

»Du kennst Sibirien?«

»Ich stamme von dort.«

»Geboren in –?«

»Omsk.«

»Hast du dort Verwandte?«

»Meine Mutter.«

Der Zar unterbrach das Verhör für einen Moment, dann zeigte er dem Kurier den Brief und fuhr fort:

»Das ist ein sehr wichtiges Schreiben, Michael Strogoff. Ich befehle dir hiermit, diesen Brief auf dem schnellsten Weg meinem Bruder, dem Großfürsten, eigenhändig – das heißt ihm persönlich und keinem andern – abzuliefern.«

»Ich werde den Befehl ausführen, Sire!«

»Der Großfürst befindet sich in Irkutsk.«

»Ich werde nach Irkutsk gehen.«

»Du wirst durch weite Gebiete reisen müssen, die von Tataren überfallen wurden und von Rebellen unsicher gemacht werden. Diese Leute haben das größte Interesse, den Brief abzufangen.«

»Ich werde durchkommen.«

»Vor allem nimm dich in acht vor einem gewissen Iwan Ogareff. Er ist Deserteur und spielt bei diesem Aufstand eine entscheidende Rolle.«

»Wenn er mir begegnet, werde ich ihm ausweichen.«

»Dein Weg führt über Omsk?!«

»Es ist der nächste.«

»Ein Zusammentreffen mit deiner Mutter könnte dich verdächtig machen. Du darfst sie also nicht besuchen.«

Michael Strogoff zögerte nur einen Augenblick, dann antwortete er:

»Ich werde sie nicht besuchen.«

»Und nun schwöre, daß nichts auf dieser Welt dich dazu bringen wird, irgendeinem Menschen zu sagen, wer du bist und wohin du willst!«

»Ich schwöre es, Sire!«

»Michael Strogoff«, fuhr der Zar fort und händigte dem jungen Kurier das Schreiben aus, »hier ist der Brief. Von ihm hängt die Zukunft Sibiriens ab und vielleicht das Leben meines Bruders.«

»Der Brief wird unversehrt in seine Hände gelangen.«

»Du versuchst also, mit allen Mitteln –«

»– falls man mich nicht tötet –«

»Ich brauche dich lebendig!«

»Ich komme lebendig durch!« antwortete Michael Strogoff.

Seine einfache Art und ruhige Sicherheit verfehlten ihren Eindruck nicht; der Zar schien zufrieden und voller Vertrauen.

»Dann geh jetzt, geh mit Gott! Für Rußland, für meinen Bruder und für mich!«

Der Kurier grüßte militärisch und verließ das Kabinett, wenig später auch das Neue Palais.

»Ich glaube, du hattest eine glückliche Hand,
General«, sagte der Zar.

»Ich glaube auch, daß die Wahl gut war, Sire«,
erwiderte General Kissoff: »Ew. Majestät können

sich darauf verlassen – dieser Michael Strogoff wird alles tun, was ein Mann tun kann!«

»Ja, es scheint schon ein – ganzer Mann zu sein, dieser Michael Strogoff«, bemerkte der Zar.

VIERTES KAPITEL

VON MOSKAU NACH NISHNY-NOWGOROD

Die Strecke, die Michael Strogoff von Moskau bis Irkutsk zurückzulegen hatte, betrug fünftausendzweihundert Werst – das sind genau fünftausendfünfhundertdreiundzwanzig Kilometer.

Als noch keine Telegraphenleitung die Berge des Ural mit der Ostküste Sibiriens verband, wurde der Depeschendienst durch Kuriere erledigt, deren schnellster von Moskau nach Irkutsk achtzehn Tage gebraucht hat. Das war aber der absolute Rekord. Gewöhnlich dauerte die Fahrt oder der Ritt durch das asiatische Rußland vier bis fünf Wochen, sogar für die Boten des Zaren, denen alle Beförderungsmittel zur Verfügung standen.

Abgehärtet gegen Frost und Schnee, hätte Michael Strogoff für seine Reise den Winter vorgezogen, denn mit dem Schlitten wäre er am schnellsten vorangekommen. Fast alle Schwierigkeiten, die sich dem Reisenden in den warmen

Monaten entgegenstellen, entfallen im Winter, der die endlosen Steppen in eine glatte Schneefläche verwandelt. Da steht man nie am Ufer eines Flusses und vermißt die Brücke oder wartet auf den Fährmann; man fliegt übers Eis, ohne überhaupt zu bemerken, daß man einen Strom überquert.

Zwar gibt es auch zu dieser Jahreszeit unangenehme Überraschungen wie wochenlanger dicker Nebel, andauernde strenge Kälte oder ein Schneetreiben, in dem ganze Karawanen versinken. Auch kommt es vor, daß Tausende von Wölfen, die der Hunger wahnsinnig gemacht hat, durch die Steppen rasen.

Trotz all dieser Gefahren und Risiken hätte Michael Strogoff den Winter vorgezogen, wo die tatarischen Marodeure in den Städten geblieben wären und ihre Banden nicht die Steppen unsicher gemacht hätten. Denn jede Truppenverschiebung, überhaupt jede militärische oder auch nur halbmilitärische Aktion wäre undurchführbar gewesen, und der Kurier hätte nur alle dichter besiedelten Gebiete zu umgehen brauchen, um unbemerkt ans Ziel zu kommen. Leider jedoch konnte er weder Zeit noch Umstände selber wählen. Er mußte die Situation akzeptieren und versuchen, das Beste daraus zu machen.

Michael Strogoff war sich darüber völlig im klaren; er bereitete sich nüchtern auf das vor, was ihn voraussichtlich erwarten würde.

Zunächst einmal mußte er auf alle Vorteile und Privilegien verzichten, die sonst einem Kurier des Zaren das Fortkommen erleichterten und beschleunigten. Während seiner ganzen Reise durfte ja niemand erfahren, in welcher Eigenschaft und Mission er unterwegs war. Denn in dem von Aufständischen überschwemmten Land wimmelte es natürlich von Spionen. Und wenn er nur ein einziges Mal erkannt wurde, war sein Vorhaben schon entdeckt und damit seine Mission gescheitert.

General Kissoff hatte ihm zwar eine bedeutende Summe ausgehändigt, die ausreichen mußte und manche Schwierigkeiten beseitigen konnte. Aber einen schriftlichen Marschbefehl mit der Bezeichnung ›Geheime Order des Zaren‹ als ein ›Sesam öffne dich‹ für alle zivilen Ämter und Militärbehörden gab es nicht. Das einzige Papier, das Michael Strogoff in Händen hielt, war ein ›Podaroshna‹.

Dieser Podaroshna war ausgestellt auf den Namen eines Kaufmanns, Nikolaus Korpanoff, wohnhaft in Irkutsk. Er berechtigte den Besitzer, sich gegebenenfalls von einer oder mehreren Personen begleiten zu lassen. Daneben enthielt er den ausdrücklichen Hinweis, daß er auch dann noch seine Gültigkeit behalten sollte, wenn die Moskauer Regierung eine generelle Ausreisesperre verfügen würde.

Der Podaroshna war im Grund nichts weiter als

ein Requirierschein für Postpferde. Und selbst davon sollte Michael Strogoff nur dann Gebrauch machen, wenn sich daraus kein Verdacht in bezug auf den Inhaber ergeben konnte, das heißt, solange der Kurier noch auf europäischem Boden war. Mit andern Worten: Sobald er Sibirien erreicht hatte, durfte er nicht mehr über die Transportmittel von Poststationen verfügen, nicht einmal bevorzugt Pferde anfordern.

Michael Strogoff nahm sich fest vor, in jedem Augenblick und in jeder Situation daran zu denken: Er war kein Kurier, sondern der einfache Kaufmann Nikolaus Korpanoff, der von Moskau nach Irkutsk fuhr und sich allen Zufälligkeiten und Widerwärtigkeiten einer solchen Reise auszusetzen hatte.

Unbemerkt durchzukommen, ob schneller oder langsamer, jedenfalls durchzukommen: das war seine Aufgabe.

Noch vor dreißig Jahren umfaßte die Begleitung eines Reisenden von Stand nicht weniger als zweihundert berittene Kosaken, zweihundert Mann Fußvolk, fünfundzwanzig Baskiren zu Pferd, dreihundert Kamele, vierhundert Pferde, fünfundzwanzig Wagen, zwei tragbare Boote und zwei Kanonen. Das galt als notwendige Eskorte und als ausreichender Troß für eine Reise durch Sibirien.

Michael Strogoff standen weder Berittene noch Fußvolk, nicht einmal Saumtiere zur Verfügung.

Er reiste allein. Wenn möglich, zu Wagen oder im Sattel, wenn das nicht ging, sogar zu Fuß.

Die ersten eintausendvierhundert Werst, eintausendvierhundertdreiundneunzig Kilometer – das war die Strecke zwischen Moskau und der Grenze des europäischen Rußlands – ließen keine besonderen Schwierigkeiten erwarten. Hier standen jedermann, also auch dem inkognito reisenden Kurier des Zaren, die verschiedensten Verkehrsmittel wie Eisenbahn, Postwagen, Pferde zum Wechseln, Dampfschiffe zur Verfügung.

So ging am Vormittag des 16. Juli Michael Strogoff zum Bahnhof – in Zivil, mit seinem Reisesack auf dem Rücken. Er trug einen unauffälligen russischen Anzug, den an der Taille geschlossenen Überrock, den landesüblichen ›Mujik‹ – das ist ein breiter Gürtel, weite Hosen und Stiefel bis unters Knie. Er schien unbewaffnet, doch hatte er unterm Gürtel den Revolver und in der Tasche einen langen Dolch, ein Mittelding zwischen Messer und ›Yatagan‹, mit dem der geübte Jäger einen Bären sauber ausweiden kann, ohne das kostbare Fell zu beschädigen.

Auf dem Moskauer Bahnhof herrschte fürchterliches Gedränge. Die russischen Bahnsteige sind Sammelplätze nicht nur für Leute, die reisen, sondern auch für viele, die sich die Sensation eines einlaufenden oder abfahrenden Zuges anschauen möchten; daneben ist der Bahnhof auch so etwas wie eine Börse für Neuigkeiten und Gerüchte.

Michael Strogoff stieg in den Zug, der nach
Nishny-Nowgorod fuhr. Dort war die Endstation
der Strecke, die von St. Petersburg über Moskau
führte und später bis zum Ural und nach Sibirien
hinein fortgesetzt werden sollte.

Die Entfernung Moskau–Nishny-Nowgorod betrug etwa vierhundert Werst, also vierhundertsechsundzwanzig Kilometer; der Zug würde demnach etwa zehn Stunden brauchen.

Von Nishny-Nowgorod aus wollte Michael Strogoff entweder über Land weiterfahren oder eines der Dampfboote benützen, um wolgaabwärts möglichst schnell den Ural zu erreichen.

Michael Strogoff suchte sich im ersten besten Coupé einen Eckplatz und schlug die Beine übereinander; er spielte den harmlosen, braven Bürger, den seine Geschäfte nicht übermäßig aufregen und der sich die Fahrt durch ein Schläfchen abkürzen will.

Da aber das Abteil, in dem er Platz genommen hatte, voll besetzt war, schlummerte er nur mit einem Auge und hörte mit beiden Ohren gut zu, was rings um ihn geredet wurde.

Der Aufstand der Kirgisen und die Invasion der Tataren war inzwischen doch schon überall publik geworden. Und so gab es kein anderes Gesprächsthema als die Politik, wenngleich man auch noch sehr zurückhaltend war mit Äußerungen über Details; kein Wunder, denn Genaues wußte man ja nicht!

Die Reisenden in diesem Zug waren fast ausnahmslos Kaufleute, die zur großen Messe nach Nishny-Nowgorod fuhren. Verständlicherweise eine sehr bunt zusammengewürfelte Gesellschaft aus Juden, Türken, Kosaken, Russen, Georgiern,

Kalmücken und noch vielen anderen, die jedoch alle russisch sprachen.

Man diskutierte die beängstigenden Folgen, die sich aus der Katastrophe jenseits des Ural ergeben konnten. Vor allem schienen die Händler zu fürchten, daß sich die russische Regierung gezwungen sehen könnte, den an asiatisches Gebiet angrenzenden Provinzen gewisse Handelsbeschränkungen aufzuerlegen.

Als Vollblutegoisten betrachteten sie eben auch dieses nationale Unglück aus der Perspektive ihrer bedrohten persönlichen Interessen. Das Auftauchen eines einfachen Soldaten in Uniform – man weiß ja, welchen Respekt gerade in Rußland die Uniform verbreitet – hätte genügt, diesen Krämern das Maul zu stopfen. Aber nichts ließ auf die Nähe eines Offiziers schließen; und der Kurier des Zaren, der ja sein Inkognito wahren mußte, dachte nicht daran, den Leuten seine Meinung zu sagen.

Er hörte nur gespannt zu.

»Man spricht von einer bevorstehenden Preissteigerung des Karawanentees«, begann einer, den man an seiner mit Astrachan besetzten Mütze und dem schäbigen braunen Faltenrock als persischen Kaufmann erkannte.

»Ach was: Der Tee hat keine Baisse vor sich«, erwiderte ein verschmitzter kleiner Jude: »Was davon in Nishny-Nowgorod auf Lager ist, wird exportiert und findet im Westen reißenden Absatz – gerade weil der Nachschub ausbleibt! Anders steht es leider mit den Teppichen aus Bukhara!«

»Interessant! Sie erwarten eine Teppichsendung aus Bukhara?« fragte der Perser.

»Nicht aus Bukhara, aber von Samarkand. Und die Lieferungen aus dieser Gegend sind noch kritischer! Wie soll man sich verlassen auf Transporte durch ein Gebiet, das von Khiva bis zur chinesischen Grenze hin ein einziger Hexenkessel ist?!«

»Meinetwegen«, seufzte der Perser. »Aber wenn schon unsere Teppiche nicht ankommen, wollen wir wenigstens hoffen, daß die Rebellen selber auch am Ural hängen bleiben!«

»Und unser Profit – Gott der Gerechte –, wo bleibt unser Profit?« jammerte der Jude.

»Sie haben ganz recht«, meinte ein anderer in seiner Ecke. »Wo die Importe aus Zentralasien und dem Mittleren Orient ausbleiben, haben wir sehr bald ein gewaltiges Loch, in Teppichen genauso wie in Wollwaren, Seifen, Ölen und Shawls.«

»Dann passen Sie nur auf, Väterchen«, spottete ein russischer Mitreisender zu ihm hinüber, »daß Sie Ihre Seife nicht zum Öl packen und Ihre Ölflaschen nicht in die Shawls wickeln, sonst schmeckt Ihr Öl nach der Seife und die Shawls haben furchtbare Ölflecke!«

»Sehr witzig! Sehr komisch!« bemerkte das ›Väterchen‹ und zog sich mit säuerlichem Gesicht tiefer in seine Polster zurück.

Der Russe aber fuhr fort: »Was soll überhaupt

der ganze Unsinn? Ob wir uns hier die Haare ausraufen oder Asche aufs Haupt streuen – ändern wir damit den Lauf der Dinge? Genausowenig wie den Lauf der Güterwagen! Entweder sie kommen voll an, oder leer – oder gar nicht!«

»Man sieht, Sie sind eben kein Kaufmann!« bemerkte der kleine Jude.

»Nein, wirklich nicht, Sie ehrenwerter letzter Sproß Abrahams!« lachte der Russe: »Ich verkaufe weder Hopfen noch Teer, Honig oder Wachs, weder Hanf noch Pökelfleisch, keinen Kaviar, kein Holz, keine Wolle, auch kein Leinen, nicht einmal Bänder, geschweige denn Maroquins oder Pelze –«

»Wenn Sie es nicht verkaufen, kaufen Sie es vielleicht?!«

Der Perser hatte den Redeschwall mit seiner Frage unterbrochen und bekam sofort eine Antwort:

»So wenig wie möglich und nur für meinen privaten Bedarf!«

Der Russe dachte offensichtlich nicht daran, sich in die Karten schauen zu lassen; und der Jude beugte sich zum Perser hinüber und meinte flüsternd: »Komischer Kerl – finden Sie nicht?«

Die Antwort war noch leiser: »Oder, vielleicht, ein Spion?«

»Meinen Sie?«

»Jedenfalls besser, wir sind vorsichtig. Man weiß nie, wer einem gegenübersitzt. Und wen die Polizei erst mal beim Kragen hat –!«

In einem andern Abteil dieses Wagens diskutierte man weniger das Geschäft als die möglichen
Folgen der Tatareninvasion.

»In Sibirien wird man natürlich die Pferde re-
quirieren«, regte sich einer auf: »Und damit weiß
man in der einen Provinz nicht, was in der andern
los ist!«

»Ist es eigentlich wahr, daß die Kirgisen der
mittleren Horde mit den Tataren unter einer
Decke stecken?«

»Authentisch ist in diesem Land ja überhaupt
nichts!« antwortete der erste und sprach etwas leiser. »Man ist schon froh, wenn irgend etwas halbwegs Glaubhaftes durchsickert.«

»Ich habe von Truppenbewegungen gegen die
Grenze gehört. Die Donkosaken sollen auch schon
wolgaabwärts marschieren. Demnach müßten sie
die ersten sein –«

»–wenn die Kirgisen sich drauf einlassen! Das
ist immer die Voraussetzung! Vielleicht legen sie
gar keinen Wert auf unsere Säbelhiebe; ziehen lieber den Irtysch hinauf und machen die Straße nach
Irkutsk unsicher?!«

»Gut möglich! Gestern wollte ich ein Telegramm nach Krasnojarsk aufgeben – es ist nicht
mehr angekommen.«

»Eben! Das dauert gar nicht mehr lange, und
diese Tatarenbande hat das ganze östliche Sibirien
in der Tasche!«

»Summa summarum: Unsere guten Kaufleute

wissen schon, warum sie die Hosen voll haben! Nach den Pferden kommen die Schiffe dran, dann verschwinden die Wagen, Schlitten werden auch requiriert, am Ende wird einem das Laufen verboten!«

»Spaß beiseite: Ich fürchte, unsere Messe in Nishny-Nowgorod wird nicht so feierlich und brillant aufhören, wie sie angefangen hat. Aber wozu sich ärgern?«

»Politik ist eben wichtiger als Geschäft!«

»Und tatsächlich steht diesmal ja einiges auf dem Spiel!«

Man sieht, auch in diesem Coupé beschränkte sich die Unterhaltung auf das einzige Thema, das alle beunruhigte. Und ähnlicher Art waren die Gespräche in sämtlichen anderen Abteilen des Zuges. Wer genau hinhörte, dem mußte die allgemeine Zurückhaltung auffallen, die sich jeder auferlegte, sobald die Diskussion präzise Fragen zu berühren drohte. Keiner ging so weit, Prognosen zu stellen oder Maßnahmen zu kritisieren.

Diese Beobachtung machte auch ein Reisender im vordersten Wagen des Zuges. Dieser Mann – offensichtlich ein Ausländer – hatte seine Augen überall und warf immer zwanzig Fragen gleichzeitig auf, um zwanzig Antworten zu erhalten, von denen keine etwas aussagte.

Er war seinen Mitreisenden um so unsympathischer, als er sogar das Fenster herunterkurbelte, um auch nichts von dem zu versäumen, was draußen zu sehen war.

Denn er wollte natürlich alles wissen, jede Einzelheit in seinem Notizbuch haben! »Wie hieß dieses Städtchen ganz hinten am Horizont? Oder war es nur ein Dorf? Wieviel Einwohner? Mittlere Sterblichkeitsquote beider Geschlechter? Was wird exportiert? Was essen die Leute? Wie lange schlafen sie – im Sommer – im Winter?«

Wir wissen längst, daß dieser unersättlich neugierige Mensch kein anderer sein kann als der Reporter Alcide Jolivet; sein System bestand darin, die Umgebung durch das Trommelfeuer seiner Fragen so lange zu zermürben, bis der Gegner unvorsichtig wurde oder vor Übermüdung kapitulierte und offen seine Meinung sagte.

Aber hier hatte er sich verkalkuliert. Es sprang keine einzige Silbe heraus, die für ›seine Cousine‹ brauchbar gewesen wäre, ganz einfach deshalb, weil man ihn sehr bald für einen Spion hielt und eine Mauer eisigen Schweigens um ihn aufrichtete.

So resignierte er schließlich und schrieb die Sätze: »Über Tatareneinfall nichts zu erfahren. Auch nichts über Politik. Mitreisende völlig zugeknöpft.« – in sein Notizbuch.

Dann klappte er es ärgerlich zu. Die Ausbeute war auf dieser Reise bisher nicht groß gewesen.

Und sicher wäre er noch viel ärgerlicher geworden, wenn er gewußt hätte, daß im Wagen hinter ihm einer saß, der ohne sein Notizbuch zu strapazieren und ohne auch nur eine einzige Frage zu stellen sehr viel mehr erfuhr als er selber.

Es war sein englischer Kollege, der in der gleichen Absicht nach Nishny-Nowgorod reiste – nämlich als einer der ersten dort zu sein, wo es vermutlich ›losgehen würde‹.

Natürlich wußte keiner vom anderen, daß er den gleichen Zug benützte – und zufällig hatten sie einander auch nicht vor der Abfahrt auf dem Bahnsteig getroffen.

Wir sagten, daß Harry Blount mehr Glück hatte als sein französischer Kollege, den man sehr bald für einen ganz raffinierten Spion hielt.

Harry Blount konnte das nicht passieren. Denn er hatte keinen Augenblick daran gedacht, sich mit diesen Menschen um ihn herum in ein Gespräch einzulassen. Er drückte sich unauffällig in sein Polster und schien zu schlafen, jedenfalls seiner Umgebung gegenüber völlig desinteressiert zu sein.

Und so sah keiner irgendeinen Grund zu übertriebener Zurückhaltung. Man vertraute einander seine Sorgen an, redete offen über die politische Misere und den drohenden Zusammenbruch der Geschäftsverbindungen.

Der Korrespondent des *Daily Telegraph* hatte also sehr bald ein objektives und umfassendes Stimmungsbild vor sich und konnte mit gutem Gewissen in sein dünnes Notizheftchen eintragen:

»Reisende sehr beunruhigt. Man rechnet mit Krieg. Man redet mit einer für russische Verhältnisse erstaunlichen Offenheit.«

So konnten die Leser des *Daily Telegraph* am nächsten Tag mindestens ebenso genau unterrichtet werden wie Alcide Jolivets ›Cousine‹.

Übrigens schrieb er noch als Zusatz unter seine Bemerkung: »Zwischen Moskau und Wladimir viele Berge«, was den Kenner dieser Landschaft verwundern muß. Denn nur nördlich der Bahnlinie verläuft eine Hügelkette, die Sümpfe im Süden dagegen sind topfeben.

Das Mißverständnis kam daher, daß Harry Blount zufällig an einem der linken Fenster saß und zu bequem war, auch einmal nach rechts hinauszuschauen.

Inzwischen mußte man damit rechnen, daß die Regierung angesichts der stündlich sich zuspitzenden Lage auch im Inneren des Reiches strenge Maßnahmen ergreifen würde. Die Aufstände hatten zwar noch nicht auf das europäische Rußland übergegriffen, aber Grenzprovinzen – besonders die an der Wolga – lagen schon sozusagen unter dem ›direkten psychologischen Beschuß‹ der Kirgisen und Tataren.

Außerdem war es der Polizei immer noch nicht gelungen, Iwan Ogareffs Spur wieder aufzunehmen. Ob dieser Halunke, der ja nur aus persönlicher Rachsucht die Mongolen aufhetzte, sich inzwischen erneut mit Feofar-Khan zusammengetan hatte – oder ob er dabei war, im Gouvernement Nishny-Nowgorod, wo sich um diese Jahreszeit auch besonders viel und schwer registrierbares Gesindel herumtrieb, eine Revolution anzuzetteln: kein Mensch wußte das.

Hatte er unter den vielen Persern, Armeniern und Kalmücken, von denen die Messe geradezu überschwemmt war, vielleicht Komplicen, die durch Sabotage oder kleinere Aufstände die innere Sicherheit des Landes auszuhöhlen versuchten, um dem Reich des Herrschers aller Reußen dann von außen um so tödlicher den letzten Stoß zu versetzen?

In der gegenwärtigen Situation gab es keine noch so unwahrscheinliche Hypothese, die man hätte als unmöglich bezeichnen und somit völlig ignorieren können.

Denn diese ungeheure Landmasse von zwölf Millionen Quadratkilometern mit ihren vielen Ländern und Völkern wird natürlich nie den homogenen Charakter der Staaten von Westeuropa zeigen; zumal es sich bei der Verschiedenheit der einzelnen Völker nicht um Nuancen handelt, sondern um echte religiös und rassisch bedingte Unterscheidungsmerkmale.

In Europa, Asien und Amerika – zur Zeit unseres Romans war Alaska noch nicht an die Vereinigten Staaten abgetreten – erstreckt sich Rußland vom fünfunddreißigsten Grad östlicher bis zum einhundertzehnten Grad westlicher Länge und vom achtunddreißigsten bis zum einundachtzigsten Grad nördlicher Breite.

Es zählt nicht weniger als siebzig Millionen Einwohner, und diese sprechen dreißig verschiedene Sprachen. Die herrschende Rasse ist zwar die der Slawen, doch außer den eigentlichen Russen sollte man auch noch die Polen, Litauer und Kurländer dazurechnen.

Nimmt man dann noch die Finnen, Lappen, Tschermissen, Tschuwaken, Permiaken, die Deutschen, die Griechen, Tataren, die kaukasischen Stämme, die Mongolen, Kalmücken, Samojeden, Kamtschadalen und Aleuten dazu, so werden die Schwierigkeiten, ein solches Riesenreich als politische Einheit zu erhalten, leicht verständlich. Nur der Tradition, in Verbindung mit einer Reihe überdurchschnittlicher Regierungen, kann es einmal gelingen, dieses gigantische Gebilde dauerhaft zu etablieren.

Aber kehren wir zurück zu unseren aktuellen Problemen: Iwan Ogareff war und blieb vorerst verschwunden – und selbstverständlich konnte er längst wieder die Armee der Tataren erreicht haben.

Trotzdem wurde der Zug auf jeder Station einer genauen Durchsuchung unterzogen, denn die Inspekteure des Generals der Polizei hatten ihren Fahndungsbefehl. Die Regierung hielt es für durchaus möglich, daß Iwan Ogareff die Flucht über den Ural doch noch nicht gelungen sei, und nahm jeden

auch nur halbwegs Verdächtigen vorläufig fest.
Diese Pechvögel mußten dann stundenlange Ver-
höre über sich ergehen lassen; und bis sie wieder
freikamen, war ihr Zug natürlich längst weitergefahren.

Mit russischen Polizisten vernünftig reden zu wollen, ist bei ihrer sprichwörtlichen Brutalität völlig sinnlos. Diese Beamten sind dem Militär gleichgestellt und benehmen sich demnach als Soldaten. Und sie sind auch die Exekutive des Souveräns, der sich unbedingten Gehorsam erzwingt: den Gehorsam dem Fürsten gegenüber, der das Recht hat, seinen ›Ukassen‹ als Präambel folgende Titel vorauszusetzen:

»Wir, von Gottes Gnaden Kaiser und Herrscher aller Reußen, von Moskau, Kiew, Wladimir und Nowgorod, Zar von Kasan, Astrachan, Polen, Sibirien und des Taurischen Chersones, Fürst von Skof, Großherzog von Smolensk, Litauen, Wolhynien, Podolien und Finnland, Herzog von Estland, Livland, Kurland und Samland, von Bialystok, Karelien, Jugrien, Perm, Viatka, Bulgarien und von anderen Ländern, Herrscher und Großfürst der Territorien von Nishny-Nowgorod, Tschernikow, Riatsan, Polotzk, Restow, Jeroslaw, Bielozersk, Udorien, Obdorien, Kondinien, Witebsk, Mtislaw, Machthaber über die hyperboräischen Lande, Herr der Lande von Iberien, der Kartalinie, Gruzinien, Kabardinien, Armenien, Erbherr und Souverän der Tscherkessenfürsten der Berge und der Ebenen, Erbe von Norwegen, Schleswig-Holstein, Stomarn, Dithmarschen und Oldenburg.«

Ein gewaltiger Souverän, in dessen Wappen der Doppeladler Zepter und Globus in den Klauen hält – und ringsum die Schilder von Nowgorod, Wladimir, Kiew, Kasan, Astrachan und Sibirien, umrahmt vom großen Band des St. Andreasordens, über dem eine Kaiserkrone hängt.

Michael Strogoffs Papiere schützten ihn glücklicherweise vor allen polizeilichen Unannehmlichkeiten.

In Wladimir hatte der Zug einige Minuten Aufenthalt; diese kurze Zeit schien dem Reporter des *Daily Telegraph* ausreichend, um mit dem Bleistift ein erschöpfendes Bild von dieser alten Hauptstadt Rußlands zu entwerfen.

Ein paar Reisende stiegen zu. Unter ihnen war ein junges Mädchen, das die Tür zu dem Coupé öffnete, in dem Michael Strogoff seinen Eckplatz hatte.

Ihm gegenüber war noch ein Sitz frei. Das junge Mädchen stellte eine kleine rote Ledertasche – offenbar sein ganzes Gepäck – neben sich und nahm Platz. Ohne sich um seine Umgebung zu kümmern, kuschelte es sich ein bißchen schüchtern in seine Ecke, das heißt machte sich's bequem für eine lange Fahrt.

Michael Strogoff, den das Mädchen ebenso wenig wie die anderen Mitreisenden beachtet hatte, schaute sich seine hübsche Nachbarin interessiert an. Da sie mit dem Rücken gegen die Fahrtrichtung saß, bot er ihr seinen Platz zum Tausch an; aber sie lehnte mit einer kaum merklichen Verbeugung dankend ab.

Das junge Mädchen mochte sechzehn oder siebzehn Jahre alt sein. Sein Kopf verriet deutlich den
rein slawischen Typ – einen etwas strengen Typ,
der voraussehen ließ, daß aus diesem Mädchen
eine nicht nur hübsche, sondern sogar schöne Frau

werden mußte, sobald einige weitere Jahre sein noch nicht ganz fertiges Gesicht vollendet geprägt haben würden.

Es trug ein kleines Kopftuch und hatte volles goldblondes Haar – und große braune Augen wie ein scheues, sanftes Tier. Die Wangen waren blaß, die Nase gerade, die Nasenflügel bewegten sich unmerklich. Sein sehr fein geschnittener Mund schien lange nicht mehr gelacht zu haben.

Soweit man das trotz ihres faltigen Pelzmantels beurteilen konnte, war die junge Reisende groß und schlank. Obwohl sie noch in der wahren Bedeutung des Wortes ›ein blutjunges Mädchen‹ war, zeichnete sie doch bei aller Unberührtheit eine frühe Reife aus: die Stirn war voll entwickelt, und das energische Kinn ließ auf ungewöhnliche psychische Kräfte schließen – alles Einzelheiten, die Michael Strogoff nicht entgingen.

Eines schien ihm sicher: dieses Mädchen war vom Leben schon hart angefaßt worden und sah auch keiner rosigen Zukunft entgegen. Aber offensichtlich war es mit den bisherigen Schwierigkeiten fertig geworden und besaß die Kraft und Entschlossenheit, sich nicht unterkriegen zu lassen. Sein Wille mußte ebenso stark sein wie seine Ausdauer und sein Selbstvertrauen. Man konnte sich vorstellen, daß es Situationen meistern würde, die einen Mann in Verlegenheit brächten.

Das war der erste Eindruck, den das junge Mädchen in Michael Strogoff weckte. Und da er selbst ein zielbewußter und energischer junger Mann war, fühlte er sich sofort angesprochen; sein Interesse wuchs; mit aller Vorsicht – um das Mädchen nicht zu irritieren – setzte er seine Beobachtungen fort.

Die Kleidung der jungen Mitreisenden war einfach und sauber. Aus einem reichen Haus kam sie offenbar nicht. Aber es war auch keine Spur von Nachlässigkeit zu entdecken. Ihre ganzen Habseligkeiten schienen in der roten Tasche verstaut, die sie sich wegen Platzmangels auf die Knie gestellt hatte.

Sie trug einen langen, dunkelbraunen, ärmellosen Pelz, der am Hals mit einem zierlichen blauen Saum abschloß. Darunter bedeckte eine ebenfalls dunkle Tunika das bis zu den Knöcheln fallende Kleid, dessen unterer Saum auch mit dezenter Stickerei versehen war; dazu lederne Halbstiefel mit kräftigen Sohlen, offenbar speziell für die lange Reise gearbeitet.

Michael Strogoff glaubte an manchen Details die Tracht der Livländerin zu erkennen und vermutete, daß seine Nachbarin aus dem Baltikum komme.

Doch wohin wollte dieses halbe Kind, ohne Begleitung von Vater oder Mutter, ohne den Schutz eines Bruders? Hatte es wirklich schon die enorme Strecke von den westlichen Provinzen des Reiches bis hierher alleine hinter sich gebracht? Fuhr es nur nach Nishny-Nowgorod, oder lag sein Reiseziel noch weiter östlich, am Ende sogar jenseits des Ural? Wurde es dort erwartet, und von wem? Würde ein Freund oder Verwandter am Perron stehen? Oder stünde es dann in irgendeiner fremden Stadt ebenso alleine und verlassen da, wie es jetzt in seiner Ecke saß, wo sich – so mußte es selbst wenigstens glauben – kein Mensch um es kümmerte?

Das Auftreten, das man sich als Einzelgänger anzugewöhnen pflegt, war bei dem Mädchen schon überdeutlich ausgeprägt. Die unauffällige Art, einzusteigen und es sich für die lange Reise bequem zu machen, und die Vorsicht, dabei ja keinen der anderen zu belästigen, war keine angeborene Schüchternheit, sondern Ausdruck der Gewohnheit, alleine und auf sich selbst gestellt zu sein.

Michael Strogoff registrierte all das mit größter Aufmerksamkeit, ohne noch einmal ein Gespräch zu versuchen, obwohl die Fahrt nach Nishny-Nowgorod noch mehrere Stunden dauern mußte.

Nur einmal, als der neben dem Mädchen sitzende Händler, der seine Öle und Shawls durcheinandergebracht hatte, beim Einschlafen seine Nachbarin mit dem zur Seite fallenden Kopf anstieß, weckte er den Burschen etwas unsanft und gab ihm zu verstehen, er solle sich ordentlich hinsetzen und ein bißchen manierlicher benehmen.

Der Händler – ebenso unverschämt wie feige – knurrte etwas von »Leuten, die sich in Sachen einmischen, die sie nichts angehen«, war aber sofort still, als Michael Strogoff sich im Sitzen etwas aufrichtete. Wenig später fielen ihm erneut die Augen zu, und auch der Kopf sank wieder zur Seite, diesmal glücklicherweise zur anderen.

Das Mädchen hatte übrigens seinem Kavalier mit einem kurzen Blick gedankt.

Doch bald sollte ein etwas unangenehmerer Zwischenfall dem Kurier Gelegenheit geben, das junge Mädchen noch etwas genauer kennenzulernen.

Ungefähr zwölf Werst vor Nishny-Nowgorod gab es plötzlich einen heftigen Stoß: in einer sehr engen Kurve war der Wagen aus den Schienen gesprungen und holperte daneben auf dem Schotter des Bahndamms, bis der Zug schließlich zum Stehen kam.

Die Reisenden wurden dabei ordentlich durcheinandergeschüttelt. Es kam zu einer kleinen Panik: Geschrei und große Verwirrung; die meisten Leute sahen schon eine gräßliche Katastrophe voraus, rissen die Waggontüren auf, und viele sprangen ab – noch aus dem fahrenden Zug.

Michael Strogoffs erster Gedanke war, sich um das Mädchen zu kümmern. Aber während fast alle andern schreiend übereinanderstiegen und -purzelten, blieb es – nur ein bißchen blasser werdend – ruhig auf seinem Platz sitzen.

Es wartete ab – und so wartete Michael Strogoff eben auch ab.

Es hatte überhaupt nicht den Versuch gemacht, etwas zu seiner Rettung zu unternehmen; nur die Zähne zusammengebissen!

Und war, ebenso wie Michael Strogoff, nach außen hin ganz ruhig geblieben.

›Donnerwetter, das nenne ich Disziplin – bei einem Mädchen!‹ dachte Michael Strogoff.

Inzwischen war die Gefahr längst vorbei, der Zug stand.

Man hatte Glück gehabt: Nur ein Rad war gesprungen, und der Lokomotivführer konnte rechtzeitig anhalten. Ein Glück deshalb, weil man auf einem hohen Damm fuhr und sich die Waggons bei einer schweren Entgleisung quergestellt hätten und die Böschung hinuntergestürzt wären.

Nach einer Stunde war der Defekt behoben; der Wagen stand wieder auf den Schienen, und es ging weiter. Um halb neun Uhr abends war man in Nishny-Nowgorod.

Bevor jemand sein Abteil verlassen durfte, tauchten wieder die Polizisten auf, um von jedem Reisenden die Papiere genauestens zu kontrollieren.

Michael Strogoff zeigte seinen auf den Namen Nikolaus Korpanoff ausgestellten Podaroshna, der ihn natürlich sofort ausreichend legitimierte.

Auch die andern Reisenden in seinem Coupé, die alle die Stadt Nishny-Nowgorod als Reiseziel angaben, schienen unverdächtig und durften passieren.

Das junge Mädchen besaß keinen vollgültigen Reisepaß, der im Inneren Rußlands neuerdings ja auch nicht mehr verlangt wird. Es wies einen Schein vor mit einem besonderen, ziemlich auffälligen Siegel.

Der Beamte studierte das Dokument mit größter Sorgfalt, verglich die Personenbeschreibung
und fragte dann:

»Du bist aus Riga?«

»Ja.«

»Und willst nach Irkutsk?«

»Ja.«

»Welche Route?«

»Über Perm.«

»In Ordnung.« Der Inspektor gab dem Mädchen den Schein zurück: »Vergiß nicht – du brauchst
noch vom Meldeamt in Nishny-Nowgorod ein
Visum.«

»Ich weiß.«

Michael Strogoff hörte dieses kurze Gespräch
mit an. Er bewunderte das Mädchen – gleichzeitig
tat es ihm leid.

Wie sollte das gutgehen?! Ein Kind, alleine auf
einer Fahrt durch halb Sibirien, und zum gegenwärtigen Zeitpunkt, wo neben den üblichen Strapazen noch Gefahren lauerten, von denen dieses
unschuldige Geschöpf ja keine Ahnung haben
konnte! Eine Reise mitten durch ein von Mördern,
Plünderern, Brandstiftern und ausgebrochenen
oder entlassenen Gewaltverbrechern über-
schwemmtes Gebiet!

Konnte es überhaupt ankommen? Was würde
aus ihm werden?

Die Kontrollen waren beendet, die Waggontüren sprangen auf.

82

Die junge Livländerin stieg als erste aus. Bevor Michael Strogoff ihr folgen konnte, war sie schon unter der auf die Ankunft des Zuges wartenden Menge verschwunden.

FÜNFTES KAPITEL

EINE VERORDNUNG

›Nishny‹-Nowgorod heißt ›Unter‹-Nowgorod. Es liegt am Zusammenfluß von Wolga und Oka und ist die Hauptstadt des gleichnamigen Gouvernements. Hier mußte Michael Strogoff aussteigen, denn weiter nach Osten führte der Schienenweg damals noch nicht. Von hier ab würde er auf weniger schnelle und deshalb auch weniger sichere Verkehrsmittel angewiesen sein.

Nishny-Nowgorod hatte zu gewöhnlichen Zeiten zwischen dreißig und fünfunddreißigtausend Einwohner. In diesen Tagen beherbergte es jedoch ungefähr dreihunderttausend – das heißt die zehnfache Anzahl. Diesen Zuwachs verdankte es der internationalen Großmesse, die für die kurze Dauer von sechs Wochen in seinen Mauern abgehalten wurde. Früher hatte die Stadt Makariew dieses Privileg, das jedoch 1817 auf Nishny-Nowgorod übergegangen war.

Die sonst ziemlich triste, langweilige Stadt war

in diesen Tagen eine echte Metropole. Kaufleute zehn verschiedener asiatischer und europäischer Rassen verbrüderten sich hier, um ihre Geschäfte abwickeln zu können.

Es war zwar schon Abend, als Michael Strogoff den Bahnhof verließ; trotzdem herrschte zu beiden Seiten der Wolga, die Nishny-Nowgorod in zwei Stadtteile trennt, noch ein ungeheurer Betrieb. Übrigens liegt der obere Teil der Stadt auf einem abschüssigen Felsplateau und wird von der Festung beherrscht, die man, wie überall in Rußland, ›Kreml‹ nennt.

Hätte sich Michael Strogoff längere Zeit in Nishny-Nowgorod aufhalten müssen, so wäre es für ihn wohl nicht ganz einfach gewesen, eine halbwegs ordentliche Unterkunft zu finden; sämtliche Hotels und Herbergen waren überfüllt.

Andrerseits konnte er auch nicht sofort weiterfahren, sondern mußte zumindest den nächsten Wolgadampfer abwarten und sich deshalb wenigstens für die eine Nacht irgendein Quartier besorgen.

Zunächst trieb es ihn jedoch zum Hafen, wo er sich über die genaue Abfahrtszeit des Schiffes erkundigen wollte. Im Büro der Gesellschaft, deren Boote den Liniendienst zwischen Nishny-Nowgorod und Perm versehen, gab man ihm die gewünschte Auskunft.

Leider fuhr die *Kaukasus* – so hieß das nächste Schiff – erst am nächsten Tag um zwölf Uhr ab.

Siebzehn Stunden Aufenthalt! Das war sehr ärgerlich für einen Mann, der es so eilig hatte; aber Michael Strogoff mußte sich damit abfinden. Er tat es auch, da er ja nur im Notfall zu Mitteln greifen wollte, die vielleicht andere auf die Besonderheit und Dringlichkeit seines Unternehmens aufmerksam machen konnten.

Übrigens hätte ihn unter den gegebenen Umständen auch kein Fahrzeug – Telega oder Tarantas, Berline oder Postchaise, nicht einmal ein gutes Reitpferd – schneller nach Perm oder Kasan befördert. Er mußte also wohl oder übel die Abfahrt des Steamers abwarten, des Verkehrsmittels, das ihn dann schneller als jedes andere vorwärtsbringen würde. Die verlorene Wartezeit war dadurch rasch wettgemacht.

Michael Strogoff schlenderte vom Hafen wieder in die Stadt zurück und suchte dabei ein Quartier für die Nacht, ohne jede Übereilung, denn er war gar nicht müde. Hätte er nicht allmählich einen ganz respektablen Hunger verspürt, wäre er wahrscheinlich die ganze Nacht über in den Straßen Nishny-Nowgorods spazierengegangen.

Sein Ziel war also vielmehr ein kräftiges Abendessen als ein Bett. Im Gasthaus, vor dem das Schild ›Stadt Konstantinopel‹ baumelte, fand er schließlich beides.

Der Wirt hatte für ihn sogar noch ein bescheidenes Zimmerchen frei, kümmerlich möbliert, aber die Bilder der Jungfrau Maria und mehrerer Heiliger hingen natürlich auch hier goldgerahmt an den Wänden.

Es gab mit Sauerfleisch gespickten Entenbraten in dicker Rahmsauce, Gerstenbrot, Sauermilch, Puderzucker und Zimt, einen Krug ›Kwass‹ – das ist eine in Rußland beliebte Biersorte; übergenug also, um Hunger und Durst zu stillen.

Er aß auch kräftig, im Gegensatz zu seinem Tischnachbarn, einem orthodoxen ›Altgläubigen‹ von der Raskolniksekte, dem das Gelübde gewisse Speisen verbot; so durfte er keine Kartoffeln essen und seinen Tee nicht zuckern.

Michael Strogoff war satt und stand auf. Aber nicht, um jetzt in sein Zimmer zu gehen und sich schlafen zu legen.

Automatisch nahm er seine Streifzüge kreuz und quer durch die Stadt wieder auf. Obwohl es immer noch nicht ganz dunkel war, wurden Straßen und Plätze doch schon bedeutend stiller; die Menge hatte sich verlaufen und in ihre Häuser zurückgezogen.

Warum tat das nicht auch Michael Strogoff? Nach zehn Stunden Bahnfahrt wäre es doch wohl das Vernünftigste gewesen! Dachte er vielleicht noch an das Mädchen aus Riga, das er flüchtig – viel zu flüchtig – kennengelernt hatte?

Natürlich dachte er an die junge Livländerin – er hatte ja nichts anderes zu tun! Vor allem fürchtete er, sie könne in dieser von Gesindel überschwemmten Stadt angefallen oder zumindest belästigt werden; und solche Befürchtungen waren ja auch keineswegs von der Hand zu weisen.

Ob er unbewußt sogar die leise Hoffnung hatte, er könne bei einem solchen Zwischenfall ihren Beschützer spielen? Kaum! Es war mehr als unwahrscheinlich, daß er sie finden würde, und mit welchem Recht durfte er ihr überhaupt seinen Schutz anbieten?

›Mutterseelenallein‹, so meditierte er vor sich hin, ›mitten in diesem unübersehbaren Haufen zum Teil mehr als zweifelhafter Existenzen! Und das alles ist noch ein harmloser Sonntagsausflug verglichen mit dem, was dem Kind bevorsteht: Sibirien, Irkutsk! Ich bin ein Mann und habe eine Aufgabe – für Rußland, für den Zaren! Sie, ein hilfloses kleines Mädchen, setzt sich den gleichen Gefahren und Risiken aus – für wen? Ja, für wen? Einen Paß, der sie den Ural zu überqueren berechtigt, besitzt sie ja. Aber was sie drüben erwartet, davon hat sie keine Ahnung: die Städte in Flammen, Tatarenhorden jagen über die Steppen!‹

Michael Strogoff blieb stehen und überlegte: ›Sicher ist sie losgefahren lange bevor die Invasion bekannt wurde. Vielleicht weiß sie immer noch nicht, was in Sibirien vorgeht. Aber nein, die ganze Fahrt über wurde ja von nichts anderem geredet; aber sie schien das überhaupt nicht zu interessieren! Sie ist gleichgültig geblieben, als ginge sie das alles gar nichts an. Sie stellte auch keinerlei Fragen!

Also kennt sie die Situation ebenso gut und schlecht wie jeder andere und will ihre Reise trotzdem fortsetzen: armes Mädchen! – Auf jeden Fall muß sie sehr zwingende Gründe haben! – Aber sie mag noch so fest entschlossen sein – und zweifellos ist sie das –, zwingen kann sie das Unmögliche nicht. Und für sie ist es unmöglich, Irkutsk zu erreichen! Ein sechzehnjähriges Mädchen hat nicht die physischen Kräfte, die Strapazen einer solchen Reise zu überstehen; ganz abgesehen von den Zwischenfällen und Schwierigkeiten, mit denen man in jedem Fall rechnen muß. Nein – nach Irkutsk wird sie nie durchkommen!‹

Michael Strogoff war inzwischen weitergegangen, und da er die Stadt gut kannte, bestand für ihn keine Gefahr, daß er sein Nachtquartier nicht leicht wiederfinden würde.

Nach ungefähr einer Stunde setzte er sich irgendwo auf eine Bank, die an einer Holzhütte stand. Es war mitten auf einem großen Platz, auf dem man überall noch andere Hütten und Zelte provisorisch aufgebaut hatte.

Etwa fünf Minuten später legte sich eine schwere Hand auf seine Schulter.

Michael Strogoff drehte sich um; er hatte den großen, breitschultrigen Mann nicht bemerkt, der jetzt vor ihm stand und ihn mit heiserer Stimme ansprach:

»Was treibst du hier?«

»Ich ruhe mich ein bißchen aus.«

»Wie lange? Vermutlich die ganze Nacht – hm?«

»Wenn es mir paßt – die ganze Nacht!« antwortete Michael Strogoff etwas verärgert und in einem
Ton, der nicht so ganz dem schlichten Kaufmann,
den er zu spielen hatte, entsprach.

»Steh mal auf, daß ich dich richtig sehen kann!«

Michael Strogoff dachte daran, daß er sich unter keinen Umständen verdächtig benehmen durfte.

»Mich braucht keiner richtig zu sehen«, sagte er, stand auf und ging einige Schritte zur Seite, so daß sein Gesicht in die Dunkelheit zurücktauchte.

Dafür konnte er den Burschen, der ihn angesprochen hatte, jetzt besser beobachten. Er stellte fest, daß es ein Zigeuner war, wie man sie bei Messen und auf Märkten häufig antrifft und denen man, wenn irgend möglich, aus dem Weg geht. Im spärlichen Mondlicht erkannte er auch die Silhouette des Wagens, aus dem der Mann wahrscheinlich gekommen war; ein geräumiger Wagen von der Sorte, wie sie die Zigeuner oder Tsiganen bewohnen, die in Rußland überall zu finden sind, wo es eine Kopeke zu erbetteln gibt.

Der Zigeuner war Michael Strogoff inzwischen einige Schritte gefolgt – vermutlich, um ihn weiter auszufragen. Aber da öffnete sich die Wagentür, und eine Frau, die kaum zu sehen war, schaute heraus und zeterte in einem Kauderwelsch, das Michael Strogoff ein Gemisch aus mongolischen und sibirischen Sprachelementen zu sein schien:

»Wieder mal ein Spion! Laß ihn, komm zum Essen! Deine Papluka [1] wartet!«

Michael Strogoff mußte lachen, als er hörte, daß man in ihm einen Spion sah, ausgerechnet in ihm, der um alle Spione einen weiten Bogen machte!

[1] ›Papluka‹ ist ein Blätterteiggebäck.

Im gleichen Dialekt, aber mit völlig anderem Akzent, rief der Zigeuner als Antwort etwa folgendes zum Wagen hinüber:

»Du hast recht, Sangarre! Und morgen sind wir ja auch schon weg!«

»Was – morgen schon?« erwiderte die Frau – leise und offenbar einigermaßen erstaunt.

»Ja, ja, Sangarre!« wiederholte der Zigeuner. »Unser Vater selbst schickt uns fort – wohin wir wollen!«

Mit diesen Worten ging er zum Wagen zurück, und beide verschwanden hinter der Tür, die sie sorgfältig verriegelten.

›Na schön‹, sagte sich Michael Strogoff, ›wenn die nicht wollen, daß ich sie verstehe, sollen sie nächstes Mal lieber einen Dialekt sprechen, den ich wirklich nicht kenne!‹

Als gebürtiger Sibirier, der seine ganze Kindheit in der Steppe zugebracht hatte, kannte Michael Strogoff – wir wissen es schon – tatsächlich alle gängigen Mundarten von der südlichsten Tatarei bis zum Eismeer. Die paar Worte, die der Zigeuner und die Frau gewechselt hatten, vergaß er natürlich rasch. Sie konnten ihn ja auch nicht weiter interessieren.

Da es inzwischen später Abend geworden war, dachte er daran, seine Herberge aufzusuchen und sich dort wenigstens ein paar Stunden auszuruhen. Er ging die Wolga entlang, deren Wasser man vor lauter Schiffen – das heißt es waren nur schwarze

Kolosse – kaum sehen konnte. An der Richtung des Flusses erkannte er jetzt erst die genaue Lage des Platzes, von dem er gerade herkam. Es war ebendie Wiese, auf der die große Messe von Nishny-Nowgorod abgehalten wurde, und das erklärte auch die Wagen und Buden all der Gaukler und Zigeuner, die der Wind aus jeder Ecke der Welt hierher zusammengeweht hatte.

Eine Stunde später lag Michael Strogoff in unruhigen Träumen auf einem jener russischen Betten, die dem Ausländer so hart wie Holzpritschen vorkommen. Trotzdem war es schon heller Tag: der Morgen des 17. Juli, als er aufwachte.

Noch hatte er sich bis zur Abfahrt fünf Stunden zu gedulden, die ihm aber jetzt schon eine halbe Ewigkeit zu sein schienen. Wie konnte er diesen langen Vormittag anders totschlagen als wieder ziellos durch die Straßen zu laufen, so wie am Abend zuvor? Denn er brauchte ja nur zu frühstücken, seinen Reisesack zu schnallen, den Podaroshna von der Polizei stempeln zu lassen – und konnte sofort abreisen.

Aber er war nicht der Mann, der noch gern unter der hellen Sonne im Bett lag. So stand er auf, kleidete sich an und versteckte den Brief mit dem Siegel des Zaren tief in einer zu diesem Zweck eingenähten Innentasche im Futter des Überrocks, um den er seinen breiten Gürtel schnallte. Dann band er den Reisesack zu und warf ihn über den Rücken.

Da er keinen Grund hatte, noch einmal zur Herberge zurückzukehren, bezahlte er seine Rechnung und verließ die ›Stadt Konstantinopel‹ in Richtung Wolga, wo er irgendwo am Ufer, in der Nähe der Landeplätze, frühstücken wollte.

Vorsichtshalber ging er noch einmal beim Schifffahrtsbüro vorbei und vergewisserte sich, daß die *Kaukasus* fahrplanmäßig auslaufen würde. Dabei kam ihm zum erstenmal der Gedanke, daß die junge Livländerin, deren Route ja ebenfalls über Perm führte, sich sehr wahrscheinlich auch auf der *Kaukasus* einschiffen – und er sie in diesem Fall ganz sicher wiedersehen würde.

Die obere Stadt mit ihrem Kreml, der einen Umfang von zwei Werst hat und deutlich an den von Moskau erinnert, lag ziemlich öde da. Man sah kaum Menschen, zumal auch der Gouverneur nicht mehr dort wohnte. So verlassen aber die obere Stadt war, so überfüllt war die untere.

Michael Strogoff ging auf einer von Kosakenposten bewachten Pontonbrücke über die Wolga und kam wieder zu dem Platz, wo er am Vorabend die beiden Zigeuner getroffen hatte.

Die Messe von Nishny-Nowgorod, mit der sich nicht einmal jene von Leipzig vergleichen läßt, wird ein Stückchen außerhalb der Stadt abgehalten. Auf einer weiten Ebene jenseits der Wolga steht der Sommerpalast des Generalgouverneurs, in dem der Regent auf höchsten Befehl für die Dauer der Messe seinen Sitz hat. Denn während

dieser Zeit beherbergt die Stadt eine so große Zahl zweifelhafter Elemente, daß ständige Überwachung angebracht scheint.

Das Messegelände war mit langen Reihen von Holzbaracken bebaut – alle so angeordnet, daß die

Menge durch die Zwischenräume wie auf breiten Straßen bequem an- und abfluten konnte. ›Budendörfer‹ unterschiedlichster Größe und Form bildeten immer das Zentrum eines bestimmten Gewerbezweigs.

Da gab es Quartiere für den Handel mit Eisenwaren, solche für Leder, Wolle, Holz, Tuch, Fische usw. Manche dieser ›Gebäude‹ waren aus sozusagen ›branchefreundlichem‹ Material errichtet, zum Beispiel aus Teekistchen in der Form von Ziegelsteinen oder aus Salzfleisch-Backsteinen; und diese Bauelemente wurden den Käufern natürlich als Warenproben gezeigt und auch angeboten. Eine sonderbare, geradezu amerikanische Art der Werbung!

Der Andrang zu diesen Kaufbuden, über denen hoch die Sonne stand – sie war schon um vier Uhr früh aufgegangen –, wurde immer unerträglicher. Russen, Sibirier, Deutsche, Kosaken, Turkomanen, Perser, Georgier, Griechen, Ottomanen, Hindus, Chinesen – ein unentwirrbares Riesenknäuel aus Europäern und Asiaten schwätzte, diskutierte, stritt und feilschte.

Träger, Pferde, Kamele, Esel, Boote und Fuhrwerke, alles, womit man Waren transportieren konnte, stand hier herum oder lag daneben, am Wolgaufer vertäut.

Pelzwaren, Edelsteine, Seidenstoffe, indische Kaschmirs, türkische Teppiche, kaukasische Waffen, Gewebe aus Ispahan, Rüstungen aus Tiflis,

Karawanentee, europäische Bronzen, Schweizer Uhren, Samt und Seide aus Lyon, englische Baumwollwaren, Sattler- und Küferarbeiten, Früchte, Gemüse, Mineralien vom Ural, Malachite, Lasursteine, Parfums, Arzneipflanzen, Holz, Pech, Tauwerke, Horn, Kürbisse, Wassermelonen usw., alle Erzeugnisse Indiens, Chinas, Persiens, die vom Kaspischen und die vom Schwarzen Meer, aus Amerika und Europa waren hier zu einer einzigen gigantischen Pyramide aufgehäuft.

Was sich dabei an Tumult und Lärm und Geschrei abspielt, spottet jeder Beschreibung. Denn die Einheimischen sind einfache Leute und deshalb ohnehin eine lautstarke Familie; und die Fremden wollen natürlich den Eingeborenen akustisch nicht nachstehen.

Es gab hier Händler aus Innerasien, die ein volles Jahr lang ihre Waren über die endlosen Steppen hierhergeschleppt hatten und für die natürlich ein weiteres Jahr vergehen würde, bis sie wieder zu Hause in ihren Läden und Kontoren stünden.

Die enorme Bedeutung der Messe von Nishny-Nowgorod läßt sich allein an ihrem Umsatz errechnen: Dieser wird auf mindestens hundert Millionen Rubel, das sind dreiviertel Millionen Goldmark, geschätzt.

Die freien Plätze zwischen den einzelnen ›Budendörfern‹ waren das Reich der Künstler. Wandernde Schausteller, Seiltänzer und Akrobaten ließen mit dem Spektakel ihrer Instrumente und der Sprachrohre ihrer Ausrufer die Luft erbeben.

Da waren Zigeuner aus dem Gebirge, die jedem Vorübergehenden aus der Hand lasen, was er hören wollte, zwischendurch ihre ergreifenden Moritaten sangen und ekstatische Tänze aufführten.

Aber auch echte Schauspieler gab es, die von weither gekommen waren, um die Dramen Shakespeares aufzuführen, allerdings stark zurechtgestutzt für den Geschmack des Publikums, das in hellen Scharen zu diesen Galavorstellungen strömte.

Zwischen den Zigeunerwagen und den Zelten trieben sich die Bärenführer mit ihren vierbeinigen Künstlern herum, und aus den Menagerien brüllten alle möglichen Bestien, wenn sie von der Bleipeitsche oder dem glühenden Haken des Raubtierbändigers gestachelt und gehetzt wurden.

Mitten auf dem riesigen Platz jedoch, in einem vierfachen Kreis enthusiastischer Zuschauer und Hörer, saß ein Chor der ›Wolgaschiffer‹ auf dem Boden. Genau wie auf dem Verdeck ihres Bootes kauerten sie mit angewinkelten Knien und führten gleichförmige imaginäre Ruderbewegungen aus – unter dem Taktstock eines als Obermaat kostümierten Dirigenten.

Und dann noch ein besonders hübscher Brauch: Über den Köpfen dieser Menschenmassen schwirrten ganze Wolken kleiner Vögel aus den Käfigen, in denen man sie auf den Markt gebracht hatte, davon. Nach einer in Nishny-Nowgorod schon zur Tradition gewordenen Sitte öffneten die Besitzer der Vögel gegen einige von Tierfreunden gespendete Kopeken ihren gefiederten Gefangenen die Käfige, so daß sie mit befreitem Gezwitscher hinausflattern konnten.

Das war also das allgemeine Bild, das dieser Platz dem Publikum bot. Und so blieb es die sechs Wochen, welche die berühmte Messe von Nishny-Nowgorod gewöhnlich dauerte.

Nach diesem geräuschvollen Intermezzo erstirbt dann der ungeheure Lärm wie unter einem Zauberstab: Die obere Stadt wird wieder Regierungssitz, die untere sinkt in ihren eintönigen Alltag zurück. Von den Hunderttausenden aus allen europäischen und asiatischen Ländern bleibt kein einziger zurück, der etwas anbieten, und auch nicht einer, der etwas kaufen will.

Vergessen wir nicht hinzuzufügen, daß England und Frankreich bei der oben beschriebenen Messe durch zwei besonders hervorragende Musterexemplare der modernen Zivilisation vertreten waren: durch Mister Harry Blount und Monsieur Alcide Jolivet.

Beide Reporter waren ja auch mit dem Zug hier angekommen; und sie ließen sich natürlich die Gelegenheit nicht entgehen, in den wenigen Stunden, die ihnen am Abend und am Morgen zur Verfügung standen, Material – das heißt Eindrücke –

zu sammeln, um ihren Lesern von dieser bedeutenden Messe zu berichten, bevor auch sie mit dem Steamer *Kaukasus* ihre Reise an die Ostfront fortsetzten.

Sie begegneten einander sogar auf dem Messegelände, ohne sich darüber zu wundern, denn beide waren ja durch die gleichen Interessen und Instinkte auf diesen Platz geführt worden. Aber sie sprachen einander nicht einmal an, sondern ließen es mit einer gegenseitigen recht unpersönlichen Begrüßung genug sein.

Alcide Jolivet hatte als geborener und unverwüstlicher Optimist den Eindruck, daß hier alles in Ordnung sei. Und da ihn der Zufall ein gutes Bett und eine reichgedeckte Tafel finden ließ, füllte er in seinem Notizbuch die Seite ›Nishny-Nowgorod‹ mit lauter Empfehlungen für diese großartige Stadt.

Harry Blount dagegen mußte sich erst einmal die Sohlen nach einer dünnen Suppe durchlaufen und dann auch noch im Freien übernachten. Kein Wunder, daß er seinem Aufenthalt völlig gegenteilige Perspektiven abgewann und an einem geharnischten Artikel arbeitete über diese Stadt, in deren Hotels die ›Empfangschefs‹ zu ›Rausschmeißern‹ degeneriert waren und man von jedem Gast die selbstverständliche Bereitschaft erwartete, ›sich auf Schritt und Tritt moralisch und physisch foltern zu lassen‹.

Michael Strogoff schien – die eine Hand in der

Hosentasche und in der anderen eine Rohrpfeife aus Vogelkirschbaum – ein Bild von Ausgeglichenheit und Geduld. Wer ihn allerdings genauer ansah, dem zeigten schon die leicht zusammengezogenen Augenbrauen deutlich, wie gern er auf der Stelle in Richtung Osten losgaloppiert wäre.

Schon seit zwei Stunden lief er wieder ohne Zweck und Ziel durch die Straßen und fand sich von Zeit zu Zeit auf dem Messeplatz wieder. Wie er sich so durch die Menge schieben mußte, konnte ihm die allgemein gereizte und mißmutige Stimmung, vor allem unter den asiatischen Händlern, nicht entgehen: das Geschäft stagnierte offensichtlich.

Natürlich herrschte ringsum das übliche Gezeter und Geschrei der Zigeuner, Seiltänzer und Bodenakrobaten. Aber das war kein Gradmesser, denn diese Leute haben nichts zu verlieren und nichts zu riskieren. Die Kaufleute dagegen, die auf Spekulationen angewiesen waren, hatten offensichtlich alle Lust verloren, sich mit ihren Kollegen aus Zentralasien auf verbindliche Abschlüsse einzulassen; denn niemand wußte, was dort im Augenblick geschah.

Und noch eine andere Erscheinung, die vermerkt zu werden verdient: In Rußland gehört die Uniform zum Straßenbild. Überall sieht man Bürger und Soldaten in buntem Durcheinander; und gerade in Nishny-Nowgorod war das für die

Polizeikräfte eine wertvolle Unterstützung: Die vielen Kosaken, die nach Dienstschluß mit geschulterter Lanze auf dem Messegelände zusammenströmten, konnten in Notfällen jederzeit zur Aufrechterhaltung der Ordnung unter den dreihunderttausend Fremden eingesetzt werden.

Heute gab es auf dem Messeplatz keine Kosaken – überhaupt keine Soldaten. Es war kein Zweifel möglich: Sie standen in Alarmbereitschaft, hatten Ausgangssperre.

Ganz anders schien es um die Offiziere zu stehen. Seit gestern war vor dem Palast des Gouverneurs ein fortwährendes Kommen und Gehen von Feldjägern und Adjutanten. Nach allen vier Himmelsrichtungen galoppierten sie davon: eine ganz ungewöhnliche Aktivität, die sich nur durch den außerordentlichen Ernst der Lage erklären ließ.

Eine Stafette jagte die andere über die Provinzstraßen, sowohl in Richtung Wladimir als auch auf den Ural zu.

Zwischen Moskau und St. Petersburg wurden pausenlos Telegramme gewechselt. Offensichtlich erforderte die durch ihre Nähe zur sibirischen Grenze so prekär gewordene Situation Nishny-Nowgorods harte Sofortmaßnahmen. Man erinnerte sich sehr gut, daß die Stadt im vierzehnten Jahrhundert zweimal von den Vorfahren eben jener Tataren überrannt worden war, die jetzt der ehrgeizige Feofar-Khan wieder einmal durch die Kirgisensteppen jagte.

Neben dem Generalgouverneur war es vor allem der Polizeipräsident, der schwere Sorgen hatte. Er, der mit seinen Beamten für Ordnung und Sicherheit der Stadt verantwortlich war sowie alle Beschwerden zu bearbeiten und die Ausführung sämtlicher Verordnungen zu überwachen hatte, kam nicht mehr zur Ruhe. Die Tag und Nacht durchgehend geöffneten Polizeidienststellen waren unaufhörlich belagert von Bürgern der Stadt ebenso wie von asiatischen und europäischen Ausländern.

Michael Strogoff stand gerade wieder einmal auf dem Messeplatz, als das Gerücht durchsickerte, der Polizeipräfekt sei soeben durch einen berittenen Boten zum Generalgouverneur beordert worden. Eine wichtige Depesche aus Moskau sei der Anlaß.

Es stimmte: der Polizeichef war auf dem Weg zum Palast des Generalgouverneurs. Und so verdichteten sich bald Mutmaßungen, die natürlich eher Ausdruck allgemeiner Angst als Resultat konkreter Berichte waren: eine sehr einschneidende, unerwartete und ungewöhnliche Maßnahme stehe unmittelbar bevor.

Michael Strogoff hörte überall aufmerksam hin, um sich gegebenenfalls rasch auf die neue Situation umstellen zu können.

»Sie wollen die Messe schließen!« schrie einer.

»Das Regiment Nishny-Nowgorod hat Marschbefehl erhalten«, meinte ein anderer.

»Die Tataren stehen vor Tomsk«, glaubte ein dritter zu wissen.

»Da kommt der Präfekt!« rief es plötzlich von allen Seiten.

Der ganze Platz war zunächst ein einziges Durcheinandergebrülle, bis endlich lautlose Stille eintrat: Man hatte begriffen, daß tatsächlich eine wichtige Entscheidung des Generalgouvernements bekanntgegeben werden sollte.

Der Polizeichef war, gefolgt von einigen hohen Beamten, aus der Richtung des Generalgouverneurspalastes gekommen. Eine Kosakeneskorte hatte ihn begleitet und ihm durch rücksichtslos ausgeteilte und geduldig eingesteckte Hiebe und Rippenstöße den Weg durch die Menge gebahnt.

So war der Präfekt bis zur Mitte des Messeplatzes vorgedrungen, wo er jetzt stand und ein Dokument in der Hand hielt.

Er verlas mit lauter, weithin deutlich vernehmbarer Stimme:

»Verordnung des Gouverneurs von Nishny-Nowgorod:

Erstens: Kein russischer Staatsbürger verläßt – gleichgültig aus welchem Grund – das Land.

Zweitens: Alle Ausländer asiatischer Herkunft überschreiten binnen vierundzwanzig Stunden die Grenze.«

SECHSTES KAPITEL

BRUDER
UND SCHWESTER

So tief diese Maßnahmen auch in den Bereich privater Interessen einschnitten – man muß zugeben, daß sie durch die besonderen Umstände gerechtfertigt waren.

›Kein russischer Staatsbürger verläßt das Land‹: Wenn Iwan Ogareff sich also tatsächlich noch auf russischem Territorium befand, mußte es für ihn unmöglich oder zumindest schwierig werden, jetzt noch zu Feofar-Khan zu fliehen; und so hatte dieser einen seiner fähigsten Unterführer verloren.

›Alle Ausländer asiatischer Herkunft überschreiten binnen vierundzwanzig Stunden die Grenze‹: damit wurde man mit einem Schlag das ganze zweifelhafte Volk aus Innerasien los – die Zigeuner und all das Gesindel, das mit den Tataren und Mongolen teils verwandt ist, zumindest aber sympathisiert, und das die internationale Messe hier zusammengetrieben hatte. Das waren ja beinahe so viele Spione wie Köpfe! Und ein anderes Mittel als die rücksichtslose Vertreibung blieb in dieser gefährlichen Situation nicht mehr übrig.

Daß diese beiden Donnerschläge indes die Stadt Nishny-Nowgorod und ihre Messe mit tödlicher Gewalt trafen, ist verständlich.

Die einheimischen Händler, die zur Abwicklung ihrer Geschäfte nach Sibirien mußten, konnten bis auf weiteres nicht mehr ausreisen. Der erste Artikel der Verordnung war unmißverständlich formuliert. Ausnahmen wurden nicht anerkannt, jedes private Interesse mußte hinter dem des Staates zurückstehen.

Auch der zweite Artikel ließ keinen Zweifel aufkommen. Er traf ausschließlich Fremde asiatischer Herkunft. Ihnen blieb nichts anderes, als Hals über Kopf ihr Bündel wieder zu packen und den Weg zurückzufahren, den sie gekommen waren.

Zu einer wahren Katastrophe mußte dieser Befehl für die Seiltänzer und das ganze Künstlervolk werden, das bis zu den südlichen Grenzen über tausend Werst zurückzulegen hatte.

Die erste Reaktion der Menge auf diese unerhörten Maßnahmen war ein allgemeines unterdrücktes Geschimpfe, das aber durch das sofortige Eingreifen von Polizei und Kosaken sehr bald in stumme Verbitterung überging.

Und dann begann die Auflösung der Messe, das heißt der Abbau des ungeheuren Lagers. Die vor und über die Buden gespannten Planen wurden eingerollt, die Podeste auseinandergeschraubt, die Kulissen umgelegt und alles verladen. Tänze und Gesänge hörten auf. Die Ausrufer schwiegen; die Seile der Equilibristen fielen zu Boden; die alten Klepper wurden aus ihren Ställen gezerrt und

wieder an die Deichseln der Wohnwagen ge-
schirrt.

Beamte und Soldaten halfen. Mit Knuten und
Stöcken trieben sie jeden an, der es nicht eilig zu
haben schien; und wo noch Zelte standen, wurden
sie über den Köpfen der zerlumpten Bewohner
eingerissen.

Bei der Intensität und Konsequenz, mit der die
Verordnung ›in Kraft gesetzt‹ wurde, konnte es
nur wenige Stunden dauern, und das Messegelände
der Stadt Nishny-Nowgorod war leergefegt – dem
babylonischen Umtrieb und Stimmengewirr
konnte das Schweigen der Wüste folgen.

Um es noch einmal zu wiederholen: Besonders
hart traf die Verordnung alle jene Zigeuner, Seiltänzer und Nomaden, für die der Ausweisungsbefehl dieselbe Gültigkeit hatte wie für jeden anderen Asiaten, denen es aber nicht erlaubt war,
nach Sibirien auszuweichen. Denn ihre Heimat lag
weit im Süden, am Kaspischen Meer, in Persien,
der Türkei oder Turkestan. Die Grenzposten im
Ural oder am Uralfluß, der ja nach Süden die Ver-
längerung des Gebirges bildet, hätten diese Leute
erbarmungslos zurückgewiesen. Sie mußten also
eine Strecke von über tausend Werst hinter sich
bringen, bevor sie in einem freien Land Aufnahme
finden konnten.

Schon beim Verlesen des Erlasses durch den
Polizeipräfekten war Michael Strogoff auf einen
seltsamen Umstand aufmerksam geworden.

Er erinnerte sich an die wenigen Worte, die am Abend vorher die beiden Tsiganen miteinander gewechselt hatten: ›Unser Vater selbst schickt uns fort – wohin wir wollen‹, hatte der Zigeuner gesagt.

War das ein bloßer Zufall oder gab es da Zusammenhänge zwischen jener Bemerkung und dem Erlaß, der die Fremden ›fortschickte – wohin sie wollen‹?

Zweifellos war mit dem ›Vater‹ der Zar gemeint; denn so nennen ihn alle Zigeuner. Wie aber konnten diese Leute voraussehen, daß eine solche Maßnahme unmittelbar bevorstand? Oder kannten sie diese schon, bevor der Gouverneur aus Moskau die Depesche erhielt? Und was hatten sie jetzt im Sinn?

Michael Strogoff hatte den Verdacht, daß es hier Leute gäbe, denen diese Verordnung am Ende mehr nützen als schaden konnte.

Von diesen Reflexionen wurde er jedoch bald abgelenkt durch andere Überlegungen, die ihn noch mehr beunruhigten. Er vergaß die Tsiganen, ihre unheimlichen Anspielungen und deren sonderbare Übereinstimmung mit dem Inhalt des Dekrets. Statt dessen mußte er plötzlich – und sehr lebhaft – wieder an das junge Mädchen aus Riga denken.

»Das arme Kind«, rief er unwillkürlich. »Jetzt kann es also doch nicht über die Grenze!«

Natürlich nicht! Denn sie war ja Livländerin,

also russische Staatsangehörige, und durfte deshalb nicht mehr nach Sibirien einreisen. Die Papiere, die sie bei sich trug, waren vor diesen Ereignissen ausgestellt worden und hatten ganz sicher ihre Gültigkeit verloren. So war Rußland für sie zu einem Gefängnis geworden und Irkutsk in unerreichbare Ferne gerückt, so wichtig ihre Mission dort auch sein mochte.

Über all das dachte Michael Strogoff mit wachsender Intensität nach. Dabei kam er so ganz nebenbei auf die Idee, er könne – ohne sein eigenes wichtiges Vorhaben zu gefährden – dem guten Kind vielleicht irgendwie behilflich sein; und er freute sich natürlich über diese eventuelle Chance.

Denn er ging als kräftiger und energischer junger Mann einem Abenteuer entgegen, das er voraussehen und abschätzen konnte. Sie jedoch, ein kleines Mädchen, das nicht einmal den Weg kannte, mußte in Sibirien unter den gegenwärtigen Umständen rettungslos verloren sein.

Wenn sie also vielleicht doch weiterreisen durfte, hatte sie die gleiche Route vor sich wie er selbst und auch die gleichen Strapazen und Hindernisse zu überwinden. Sie mußte genau wie er versuchen, sich mitten durch feindliche Tatarenhorden zu schleichen – dem gemeinsamen Ziel entgegen. Aber das war für sie schon deshalb unmöglich, weil sie ihre Mittel wahrscheinlich nur für eine Reise unter normalen Bedingungen kalkuliert hatte – und die Invasion jeden Kilometer, der zurückzulegen war, nicht nur gefährlicher machte, sondern auch beträchtlich verteuerte.

›Schön und gut‹, sagte er sich, ›in jedem Fall wird sie über Perm fahren, und das ist auch mein Weg. Also werde ich immer in ihrer Nähe sein und, ohne daß sie es bemerkt, auf sie aufpassen können. Und da sie es genauso eilig zu haben scheint wie ich, wird sie mich auch nicht aufhalten!‹

Doch gewöhnlich ergibt ein Gedanke den anderen. Bis jetzt hatte er eigentlich nichts weiter im Sinn gehabt als dem Mädchen zu helfen, weil es ihm in seiner Ahnungslosigkeit leid tat. Aber da kam ihm plötzlich eine neue Idee, die das Problem in einem ganz andern Licht erscheinen ließ.

›Vielleicht kann sie mir sogar nützlicher werden als ich ihr? Denn für mich kommt es ja in erster Linie darauf an, den harmlosen Kaufmann zu spielen. Wenn ich allein durch die Steppen reite, kommt sehr leicht der Verdacht auf, daß ich der Kurier des Zaren bin. Reise ich dagegen in Begleitung eines jungen Mädchens, so paßt das viel eher zu dem Bild des Kaufmanns Nikolaus Korpanoff, auf den mein Podaroshna ausgestellt ist. Warum soll sie also nicht mitfahren? Ich muß sie unbedingt wiederfinden! Und ich werde sie wiederfinden! Seit gestern abend kann sie sich unmöglich einen Wagen verschafft oder auf andere Weise Nishny-Nowgorod verlassen haben! Ich muß sie nur suchen, und der Himmel wird mir schon helfen, sie zu finden!‹

Michael Strogoff verließ das Messegelände, wo inzwischen der durch den Abbau des Lagers entstandene Tumult seinen absoluten Höhepunkt erreicht hatte. Das Gejammer der Vertriebenen, das Geschrei der Polizei und die Befehle der Kosaken – alles mischte sich zu einem unbeschreiblichen Getöse. Hier war das Mädchen bestimmt nicht!

Inzwischen wurde es neun Uhr – der Dampfer sollte um die Mittagszeit auslaufen. Michael Strogoff hatte also noch volle zwei Stunden, um seine plötzlich so dringend erwünschte Reisebegleiterin ausfindig zu machen.

Er ging wieder zum andern Ufer der Wolga und lief dann kreuz und quer durch die verschiedenen Stadtviertel. Hier waren nicht sehr viele Leute unterwegs. So konnte er die ganze obere und untere Stadt, Straßenzug um Straßenzug, systematisch durchkämmen. Er schaute auch in alle Kirchen hinein, denn sie sind ja das natürliche Versteck für Hoffnungslosigkeit und Verzweiflung.

Nirgends traf er die junge Livländerin.

›Trotzdem‹, so redete er sich immer wieder ein: ›– sie kann aus Nishny-Nowgorod nicht herausgekommen sein. Ich muß einfach weitersuchen!‹

Zwei Stunden lang irrte Michael Strogoff durch die Stadt. Er kam bis in die Außenbezirke, blieb keinen Augenblick stehen, wurde auch nicht müde.

Er lief und lief, unter einem unbestimmten Zwang, der ihm keine Zeit mehr ließ nachzudenken. Alles umsonst!

Da fiel ihm ein – vielleicht wußte das junge Mädchen noch gar nichts von dieser verhängnisvollen Verordnung?! Aber das war mehr als unwahrscheinlich: ein solcher Blitz konnte nicht einschlagen, ohne in der ganzen Stadt gesehen und gehört zu werden.

Und da es größtes Interesse haben mußte an allem, was mit Sibirien zusammenhing, war ihm diese Maßnahme des Gouverneurs ganz bestimmt um so weniger entgangen, als es selber unmittelbar davon betroffen wurde.

Sollte es aber durch irgendeinen unerklärlichen Zufall tatsächlich noch nichts davon gehört haben, dann mußte es ja bald am Schiff sein, und dort würde es ein Beamter unweigerlich zurückweisen. Michael Strogoff setzte alles daran, es noch vorher zu sehen und zu sprechen – vielleicht konnte er ihm aus dieser Klemme helfen!

Aber all seine Nachforschungen blieben vergeblich, und er gab schon die Hoffnung auf, das Mädchen jemals wiederzufinden.

Es war elf Uhr. Michael Strogoff überlegte, ob es nicht ratsam sei, seinen Podaroshna noch einmal der Polizei vorzulegen. Das wäre normalerweise überflüssig gewesen, und auch die neue Verordnung konnte ihn nicht betreffen, denn dieser Fall war in seinen Papieren ja vorgesehen und ausdrücklich vermerkt. Aber er dachte – sicher ist sicher, er wollte bei seiner Abreise alle unangenehmen Eventualitäten ausschließen.

So mußte der Kurier noch einmal über den Fluß zurück in den anderen Stadtteil, wo die Polizeidienststellen des Präfekten lagen.

Dort war ein riesiger Menschenauflauf. Denn wenn man die Ausländer auch kurzerhand hinauswarf, so ersparte man ihnen deshalb noch lange nicht die Ausreiseformalitäten.

Das war insofern verständlich, als ohne diese Maßnahme jeder Russe, der an dem Tatareneinfall direkt oder indirekt beteiligt war, das Land im Schutz irgendeiner Verkleidung hätte verlassen können – und auch das wollte die Verordnung ja verhindern! So stand man vor der kuriosen Notwendigkeit, Hunderttausende unschuldiger Leute um die Genehmigung nachsuchen zu lassen, verjagt werden zu dürfen.

Der Innenhof, die Büros und sämtliche Flure des Polizeigebäudes waren also von Schaustellern, Bänkelsängern, Tsiganen, aber auch von Kaufleuten, vor allem aus Persien, der Türkei, Turkestan und China, buchstäblich vollgepfropft.

Alle hatten es besonders eilig, denn es war überhaupt nicht zu übersehen, wie eine solche Masse von Flüchtlingen bei der relativ geringen Anzahl von Transportmitteln, die zur Verfügung stand, die Grenze rechtzeitig erreichen sollte. Jeder wollte natürlich unter den ersten sein, die aufbrechen konnten, und keiner bei den letzten, die mit Bestimmtheit die festgesetzte Räumungsfrist überschreiten und dann den brutalsten Schikanen der Beamten des Gouverneurs ausgeliefert sein würden.

Michael Strogoff verfügte über kräftige Ellenbogen, und so hatte er sich bald zum Eingang durchgewühlt. Aber durch die Vorräume bis ins Büro zu kommen – das war noch ein schönes Stück Arbeit.

Es ging schneller, als er befürchtet hatte. Ein paar Worte ins Ohr eines der Inspektoren und mehrere Rubelscheine, dezent in dessen Hand gedrückt, öffneten ihm eine Gasse.

Nachdem der Inspektor den Kurier ins Vorzimmer gebracht hatte, meldete er ihn sofort seinem Vorgesetzten an.

Michael Strogoff konnte also damit rechnen, daß die Polizei seine Angelegenheit rasch erledigen würde; und dann stand seiner Weiterreise nichts mehr im Weg.

Da er einen Augenblick warten mußte, schaute er sich im Vorzimmer um. Und was sah er?

Auf einer Bank, halb sitzend, halb liegend, ein Häufchen stummer Verzweiflung: das Mädchen aus Riga.

Natürlich erkannte er es sofort, obwohl sich nur das Profil des Mädchens undeutlich von der weißgekalkten Mauer abhob.

Es hatte wirklich nichts gewußt und war ah-

nungslos hierhergekommen, um sein Visum abzuholen; natürlich hatte man ihm keines gegeben.

Es wäre aufgrund seiner Papiere zwar berechtigt gewesen, nach Irkutsk zu reisen. Aber inzwischen war die Verordnung in Kraft getreten, die

alle vorher ausgestellten Legitimationen aufgehoben und ungültig gemacht hatte. Die Grenze nach
Sibirien war für die junge Livländerin gesperrt.

Michael Strogoff wollte in seiner Freude, sie
endlich wiedergefunden zu haben, gerade aufstehen und zu ihr hinübergehen.

Und im gleichen Augenblick hatte auch sie ihn
wiedererkannt.

Und auch sie war unwillkürlich aufgestanden,
um ihn – wie ein Ertrinkender sich an den letzten
schwimmenden Balken klammert – um seine Hilfe
anzusprechen.

Da tippte ihm der Inspektor auf die Schulter:
»Sie können kommen.«
»Gut.«

Michael Strogoff hatte keine Zeit mehr, sich um
das Mädchen zu kümmern, das er so lange in der
ganzen Stadt gesucht hatte.

Auch wußte er, daß man sein Spiel, das er jetzt
spielen mußte, nicht durchschauen durfte. Deshalb
folgte er dem Inspektor, ohne sich auch nur durch
einen einzigen Blick zu dem Mädchen hinüber zu
verraten, durch das Menschenknäuel hindurch zum
Büro des Präfekten.

Als die junge Livländerin den einzigen Menschen verschwinden sah, von dem sie vielleicht noch
hätte Hilfe erwarten können, sank sie wieder auf
ihrer Bank zusammen.

Drei Minuten später kam Michael Strogoff in
Begleitung des Inspektors zurück.

In der Hand hielt er seinen Podaroshna, der ihm alle Wege nach Sibirien öffnete.

Er ging auf das Mädchen zu, streckte ihm die Hand hin und sagte:

»Komm, Schwesterchen!«

Es verstand.

Wie unter einer plötzlichen Erleuchtung war der Livländerin mit einem Schlag die ganze Situation klar. Sie stand schnell auf.

»Du kannst beruhigt sein, Schwesterchen – unsere Reise nach Irkutsk ist genehmigt. – Komm jetzt!«

»Ja, Bruder, ich komme!« rief sie und nahm Michael Strogoffs Hand.

Beide verließen die Polizeidienststelle in größter Eile.

SIEBENTES KAPITEL

DIE WOLGA
STROMABWÄRTS

Kurz vor zwölf rief die Schiffsglocke des Dampfbootes eine unüberschaubare Menge zum Landeplatz an der Wolga. Denn es kamen nicht nur diejenigen, die tatsächlich abreisten, sondern auch viele von denen, die das ursprünglich vorgehabt hatten.

Die Kessel der *Kaukasus* standen schon hinreichend unter Druck. Über dem Schornstein schwebte nur ein leichtes Wölkchen, während um die Kesselrohre und die Ventile weißer Dampf zischte.

Selbstverständlich kontrollierte die Polizei das Auslaufen des Steamers mit penetranter Genauigkeit und verhaftete unerbittlich jeden, der ohne ausreichende Legitimation an Bord zu kommen versuchte.

Überall am Kai ritten Kosaken auf und ab, um gegebenenfalls sofort als Verstärkung der Polizei eingesetzt werden zu können. Aber es kam nicht dazu. Nirgends brach offener Widerstand aus – die Einschiffung verlief ohne Zwischenfälle.

Zum letzten Mal bimmelte die Schiffsglocke. Die Taue wurden losgemacht. Die mächtigen Räder des Dampfers fingen an, das Wasser erst langsam aufzuwühlen, dann zu schlagen, schließlich in immer schnellerem Takt zu peitschen; dann glitt die *Kaukasus* mit wachsender Geschwindigkeit zwischen den beiden Stadtteilen von Nishny-Nowgorod hindurch, die Wolga hinunter.

Michael Strogoff und das Mädchen waren mit an Bord. Für sie hatte die Einschiffung reibungslos geklappt. Man erinnert sich, daß der Podaroshna den Kaufmann Nikolaus Korpanoff berechtigte, sich auf seiner Reise durch Sibirien begleiten zu lassen. Unterm Schutz der Polizei des Zaren reisten hier also zwei Geschwister.

Sie saßen beide schweigend auf dem Achterdeck und sahen zu, wie hinter ihnen die durch den Erlaß des Gouverneurs so schrecklich aufgescheuchte Stadt allmählich vom Dunst des frühen Nachmittags verschluckt wurde.

Michael Strogoff hatte zu der jungen Livländerin noch kein Wort gesprochen; auch keine Frage an sie gestellt.

Er wartete ab. Er wußte, sie würde schon reden, sobald sie sich einigermaßen beruhigt hatte.

Vorerst konnte für sie ja nur eines wichtig sein: diese Stadt möglichst schnell hinter sich zu haben! Diese Stadt, in der sie jetzt gefangen säße, hätte sie nicht ein Unbekannter befreit. Auch davon sprach sie nicht, aber die Dankbarkeit dem Beschützer gegenüber war ihr leicht abzulesen.

Die Wolga – die Alten nannten sie ›Rha‹ – ist wohl der bedeutendste Strom von ganz Europa. Ihre Länge beträgt nicht weniger als viertausend Werst, also rund viertausenddreihundert Kilometer. Ihr ziemlich trübes und verschmutztes Wasser wird durch den Zufluß der Oka, einem schnellen Strom aus den mittelrussischen Provinzen, wesentlich verbessert und gereinigt.

Man hat das Gesamtnetz der Kanäle und Wasserläufe Rußlands mit einem riesigen Baum verglichen, dessen Zweige sich bis in die letzten Winkel des Zarenreiches hinein verästeln. Und von diesem Baum ist die Wolga der Stamm, der seinerseits mit siebzig Mündungen im Küstenstrich des Kaspischen Meeres wurzelt.

Die Wolga ist von Rjef, einer Stadt im Gouvernement Tver, aus – also bis sehr weit zum Quellgebiet hinauf – schiffbar.

Die Steamer der Dampfschiffahrtsgesellschaft,

welche die Route zwischen Perm und Nishny-Nowgorod befährt, legen die dreihundertfünfzig Werst, das heißt dreihundertdreiundsiebzig Kilometer lange Strecke zwischen Nishny-Nowgorod und Kasan sehr schnell zurück, da die Dampfer flußabwärts schwimmen, so daß die Strömung ihre Eigengeschwindigkeit noch um etwa zwei Meilen pro Stunde vergrößert.

Sobald sie jedoch die Einmündung der Kama erreichen, tritt der umgekehrte Fall ein: Sie schwimmen – die Kama flußaufwärts – nicht mehr *mit,* sondern *gegen* den Strom.

Im Durchschnitt kam die *Kaukasus* trotz ihrer starken Maschinen in der Stunde höchstens sechzehn Werst voran. So dauerte die ganze Fahrt von Nishny-Nowgorod bis Perm, bei nur einstündigem Aufenthalt in Kasan, doch gute sechzig bis zweiundsechzig Stunden.

Der Steamer bot seinen Passagieren übrigens verhältnismäßig viel Abwechslung und Bequemlichkeit. Sie konnten, so wie es ihnen paßte oder die Mittel erlaubten, zwischen drei verschiedenen Klassen wählen.

Michael Strogoff hatte zwei Kabinen erster Klasse belegt, so daß seine Begleiterin sich jederzeit zurückziehen und nach Belieben allein bleiben konnte.

Bei dieser Fahrt war die *Kaukasus* natürlich in allen drei Klassen stark überbelegt. Viele asiatische Händler hatten es für richtig gehalten, Nishny-

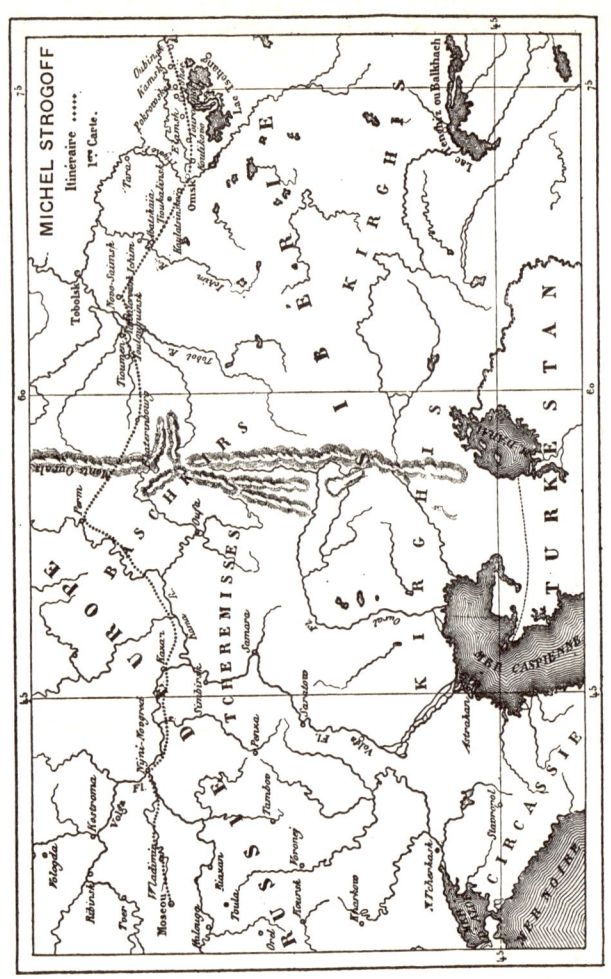

Nowgorod mit dem nächsten besten Schiff flucht-
artig zu verlassen.

In der ersten Klasse des Dampfers traf man Armenier mit langen Gewändern und mitraähnlichen Kopfbedeckungen, Juden mit ihren konisch zulaufenden Mützen, reiche Chinesen in ihrer Landestracht: dem blauen, violetten oder auch schwarzen Rock, vorn oder hinten offen, darüber einen Überwurf mit weiten Ärmeln, dessen Schnitt an den Talar der Popen erinnert. Dann Türken mit ihrem nationalen Turban, Inder mit eckigen Mützen und gewöhnlichen Stricken als Gürtel, obwohl gerade diese Stämme sehr wohlhabend sind; besonders die Shikarpuris haben ganz Zentralasien wirtschaftlich unter ihrer Kontrolle. Und nicht zuletzt Tataren mit ihren buntbestickten Stiefeln und den über der Brust reichverzierten Kleidern.

Alle diese Händler mußten ihr umfangreiches Gepäck in den Laderäumen verstauen oder auf Deck stapeln; ein nicht gerade billiger Transport, denn nur zwanzig Pfund davon waren Freigepäck.

Auf dem vorderen Teil des Hauptdecks drängten sich natürlich die meisten Passagiere; und das waren keineswegs nur Ausländer, sondern auch Russen, denen der Erlaß des Gouverneurs ja nicht verbot, nach Hause in ihre Provinzstädte zurückzukehren.

Hier saßen oder standen also haufenweise Mujiks, die unter ihrem Pelzumhang nur eine Art Hemd aus kleinkariertem Stoff trugen und eine Kappe oder Mütze auf dem Kopf hatten. Dann Bauern vom Wolgagebiet – blaue Hosen in den

Stiefeln, das rötliche Baumwollhemd mit einem Strick zusammengehalten, und mit flachem Käppchen oder Filzmütze. Einige Frauen in geblümten Baumwollkleidern hatten sich möglichst bunte Schürzen vorgebunden und grellrot gemusterte Tücher um den Kopf geschlungen.

Das waren meist Passagiere dritter Klasse; sie schienen am meisten Zeit zu haben und die Fahrt sogar bis zu einem gewissen Grad zu genießen.

Im Gegensatz zu den vornehmeren Fahrgästen auf dem weit weniger überfüllten Hinterdeck. Sie vermieden ängstlich jeden Kontakt mit dem sorglosen Haufen kleiner Leute – und das war ja auch nicht schwierig, da eine deutliche Beschilderung die einzelnen Klassen voneinander trennte.

Mit voller Schaufelkraft stampfte unterdessen die *Kaukasus* die Wolga hinunter, vorbei an vielen von kleinen Dampfschleppern stromaufwärts gezogenen Kähnen, die noch mit allen möglichen Waren für Nishny-Nowgorod unterwegs waren. Holzflöße schwammen vorüber – so lang wie die unermeßlichen Sargassofladen im Atlantik, und bis zum Sinken überlastete Flachboote, die wie Bretter auf dem Wasser lagen; übrigens lauter inzwischen restlos überflüssig gewordene Transporte, da die Messe ja so abrupt abgebrochen worden war.

Die von den Wellen des Raddampfers beleckten Ufer der Wolga waren die Brutstätten vieler Entenschwärme, die als schnatternde Wolken aufstoben. Dahinter grasten auf dem dürren, mit Birken, Weiden und Espen spärlich bewachsenen Flachland einzelne rotbraune Kühe, Herden von Schafen mit bräunlichem Fell und ganze Rudel von weißen und schwarzen Schweinen mit ihren Ferkeln.

Wenige mit magerem Buchweizen oder dürftigem Korn bepflanzte Felder dehnten sich bis zu dem Horizont aus kleinen Hügeln – nirgends bot die Landschaft Abwechslung oder interessante Aspekte. Ein Maler oder Zeichner hätte es schwer gehabt, hier ein lohnendes Motiv zu entdecken.

Zwei Stunden nach dem Auslaufen der *Kaukasus* drehte sich das Mädchen aus Riga zum erstenmal zu Michael Strogoff um und fragte ihn:

»Mußt du auch nach Irkutsk?«

»Ja«, erwiderte der Kurier des Zaren: »Wir haben beide den gleichen Weg; wo du also vorbeikommst, komme ich auch vorbei.«

»Morgen sage ich dir, warum ich aus Riga weg bin und über den Ural muß.«

»Wenn du es mir sagen willst – fragen werde ich dich nicht.«

»Doch – du darfst das ruhig wissen«, antwortete das Mädchen und lächelte sogar dabei, aber es war kein unbeschwertes, glückliches Lächeln: »Eine Schwester soll ihrem Bruder ja nichts verheimlichen. Aber heute noch nicht – bitte!« setzte sie hinzu. »Die Anstrengung und die Aufregung waren einfach zu groß –«

»Willst du nicht in deine Kajüte, dich ein bißchen ausruhen?« fragte Michael Strogoff.

»Ja, doch! – Und morgen –«

»Also komm –«

Er konnte seinen Satz nicht zu Ende führen, denn noch hatte die Livländerin ihren Namen nicht verraten. Aber jetzt holte sie es nach.

»Nadja –«, sagte sie und streckte ihm die Hand hin.

»Komm, Nadja! Und dein Bruder Nikolaus Korpanoff ist natürlich immer für dich da!«

Er führte sie zu ihrer Kabine, die am Heck lag, in der Nähe der Salons.

Dann kehrte er aufs Oberdeck zurück und mischte sich unter die verschiedenen Gruppen. Ohne sich selber an den Diskussionen zu beteiligen, hörte er doch allen mit größter Aufmerksamkeit zu. Vielleicht kam ihm irgend etwas zu Ohren, was für seine weiteren Reisepläne nützlich sein konnte.

Sollte er gefragt oder zu einer Antwort gezwungen werden, wollte er sich natürlich als Kaufmann Nikolaus Korpanoff vorstellen, den die *Kaukasus* dorthin zurückbrachte, woher er gekommen war. Niemand durfte Verdacht schöpfen, daß ihn ein Geheimauftrag zu dieser Reise nach Sibirien verpflichtete und berechtigte.

Die vielen Ausländer auf dem Schiff kamen in ihren Gesprächen über die jüngsten Ereignisse und deren vermutliche Konsequenzen nicht hinaus.

Diese armen Teufel, die kaum die Strapazen ihrer Anreise durch Innerasien hinter sich hatten, waren nun schon wieder völlig unfreiwillig auf dem Rückweg. Und wenn sie ihrer Erbitterung nicht in offenen Wutausbrüchen Luft machten, so hatten sie dafür nur einen einzigen Grund – Angst!

Wer konnte mit Bestimmtheit sagen, ob sich nicht sogar auf der *Kaukasus* Geheimpolizisten zur Überwachung der Passagiere eingenistet hatten? Spitzel gab es ja überall, und deshalb fraß man seine Empörung besser stumm in sich hinein. Denn man wurde immer noch lieber vertrieben als in irgendeine Festung gesperrt.

So hockten die meisten Gruppen nur stumm beieinander oder flüsterten einander gegenseitig einzelne Bemerkungen zu, die für den Außenstehenden keinen Zusammenhang ergaben.

Michael Strogoff konnte also von diesen Leuten nicht viel erfahren. Keiner kannte ihn, und auffallen wollte er nicht.

Aber dann hörte er doch plötzlich eine laute Stimme, der es ziemlich gleichgültig zu sein schien, ob man sie verstand oder nicht.

Es war eine helle, klangvolle Stimme, und sie sprach russisch, allerdings mit westeuropäischem Akzent. Der Gesprächspartner antwortete zwar ebenso sorglos, aber weniger bereitwillig. Auch er redete Russisch offenbar nicht als seine Muttersprache.

»Interessant«, rief der erste, »wie man sich doch

immer wieder gegenseitig über die Füße stolpert! Erst auf dem Ball in Moskau, dann auf der Messe in Nishny-Nowgorod, und jetzt an Bord!«

»Warum auch nicht?« erwiderte der andere trocken.

»Also ehrlich gesagt, daß Sie mir so dicht auf den Fersen sein würden – damit habe ich eigentlich nicht gerechnet!«

»Ich bin Ihnen nicht auf den Fersen, Monsieur – ich gehe vor Ihnen her!«

»Was heißt – vor mir her?! Einigen wir uns doch: wir marschieren im Gleichschritt an die Front – oder zur Parade, wenn Sie das lieber haben! Na, wollen wir's vorläufig nicht so halten: Keiner läuft am andern vorbei?!«

»Ich werde es immer versuchen!«

»Auf dem Schlachtfeld – meinetwegen. Aber bis wir dort sind, könnten wir doch miteinander auskommen, verdammt noch mal! Nachher sind wir natürlich Gegner!«

»Erbitterte Feinde!«

»Meinetwegen erbitterte Feinde! – Also, Herr Kollege, Sie haben eine reizend unzweideutige Art, Beziehungen zu definieren! Man weiß bei Ihnen jederzeit, woran man ist!«

»Stört Sie das?«

»Im Gegenteil! Es versetzt mich in die angenehme Lage, mit Ihnen unsere Pläne abzusprechen!«

»Wenn Sie Wert darauf legen –«

»Sie fahren zunächst nach Perm – genau wie ich?!«

»Genau wie Sie.«

»Und von dort aller Wahrscheinlichkeit nach weiter nach Jekaterinburg. Das ist der beste und sicherste Paß über den Ural.«

»Aller Wahrscheinlichkeit nach werde ich das tun.«

»Dann sind wir jenseits der Grenze, das heißt – in Sibirien: mitten in Feindesland!«

»Mittendrin!«

»Ja, und dann – aber erst dann – kommt der Augenblick, wo wir sagen: Von hier ab, jeder für sich, und Gott –«

»– mit mir!«

»– mit Ihnen, und nur mit Ihnen, ich verstehe! Aber wie gesagt, so weit sind wir noch nicht. Wir haben immer noch acht friedliche Tage vor uns, und da es auf dieser Fahrt vermutlich keine Sensationen hageln wird, könnten wir als gute Freunde miteinander reisen – bis wir dann zu Gegnern werden.«

»Zu Feinden!«

»Ach so, ja – richtig: zu erbitterten Feinden! Aber – ich darf es noch einmal wiederholen – bis dahin wollen wir doch zusammenbleiben und uns nicht gegenseitig auffressen?! Übrigens verspreche ich Ihnen: Was ich sehe, behalte ich für mich!«

»Und ich, was ich höre!«

»Eh bien!«

»Okay!«

»Ihre Hand?!«

»Bitte!«

Und die Hand des ersten schüttelte weit geöffnet und kräftig die beiden Finger, die der zweite
phlegmatisch hinhielt.

»Was ich noch sagen wollte: Ich konnte die beiden Artikel der Verordnung gerade noch an meine
Cousine durchgeben. Es war zehn Uhr siebzehn!«

»Mein Telegramm an den *Daily Telegraph* mit
der gleichen Nachricht ging zehn Uhr dreizehn
ab!«

»Gratuliere, Mister Blount!«

»Ganz meinerseits, Monsieur Jolivet!«

»Aber keine Angst: Ich werde mich revanchieren!«

»Das dürfte Ihnen schwerfallen!«

»Man tut, was man kann!«

Der französische Reporter grüßte seinen Kollegen mit betonter Herzlichkeit – und dieser dankte
ihm mit dem ganzen spröden Charme britanni-
schen Stolzes.

Diese beiden Sensationsjäger waren ja weder
Russen noch asiatischer Herkunft – und so hatte
sie das Dekret des Generalgouverneurs nicht betroffen. Sie waren also abgereist. Und daß sie
Nishny-Nowgorod zur gleichen Stunde verlassen
hatten, war kein Wunder: Beide trieb dieselbe
journalistische Spürnase in östlicher Richtung weiter. Und das Verkehrsmittel, das sich ihnen anbot,

war natürlich auch das gleiche. Sie mußten, ob sie wollten oder nicht, bis zu den sibirischen Steppen zusammenbleiben; ob miteinander, nebeneinander oder gegeneinander – in jedem Fall hatten sie noch acht Tage bis zum ›Aufbruch zur Jagd‹. Dann erst wurde für sie das große ›Kriegsberichterstatter-halali‹ geblasen! Für die Zeit vorher hatte Jolivet Waffenruhe angeboten, und der Brite war, wenn auch mit kühlem Vorbehalt, einverstanden.

So saßen sie also jetzt – der Franzose immer mitteilsam bis an die Grenze der Geschwätzigkeit, der Engländer mißtrauisch verschlossen – am gleichen Tisch und probierten, zu sechs Rubel die Flasche, echten Cliquot, der aus dem frischen Birkensaft der umliegenden Wälder hergestellt wird.

Als Michael Strogoff Alcide Jolivet und Harry Blount zuhörte, sagte er sich:

›Das scheinen doch ziemlich neugierige und indiskrete Leute zu sein. Sicher werde ich sie auf meiner Reise immer wieder treffen; Typen, die man sich besser drei Schritte vom Leib hält!‹

Die junge Livländerin kam nicht zum Essen. Sie schlief noch in ihrer Kabine, und Michael Strogoff wollte sie nicht wecken lassen. Auch am Abend war sie noch nicht wieder auf Deck.

In der langen Dämmerung gewann die Luft eine Frische und Sauberkeit, die nach der drückenden Hitze des Tages von allen Passagieren als besonders angenehm und wohltuend empfunden wurde. Deshalb dachten sogar noch mitten in der Nacht nur die wenigsten daran, sich in die Salons oder in ihre Kabinen zurückzuziehen.

Auf den Bänken ausgestreckt, genossen sie in tiefen Atemzügen den Wind, der durch die rasche Fahrt des Schiffes über sie hinstrich. Und da es in dieser Jahreszeit und in diesen Breiten zwischen Abend und Morgen nie völlig dunkel wird, war es für den Steuermann leicht, das Boot zwischen den vielen anderen Schiffen, die entgegenkamen, hindurchzulotsen.

Aber es war Neumond und zwischen elf und ein Uhr doch nahezu Nacht. Fast alle Leute auf Deck schliefen, und in der allgemeinen Stille ringsum hörte man nur das monotone Klatschen der Schaufelräder.

Eine ihm selbst unerklärliche Unruhe hielt Michael Strogoff wach. Er ging, meist auf dem Hinterdeck, auf und ab. Nur einmal durchquerte er den Maschinenraum und kam so auf das für die Passagiere zweiter und dritter Klasse bestimmte Vorderdeck.

Hier schliefen alle, und zwar nicht nur auf den Bänken, sondern sie lagen auch kreuz und quer auf Warenballen, Kisten und Säcken herum – oder sogar auf den nackten Planken. Zwischen ihnen, am Vorderkastell, standen die Matrosen, die Wache hatten. Zwei Laternen, eine grüne und eine rote, warfen von Backbord und von Steuerbord ein paar schiefe Strahlen gegen die Aufbauten des Dampfers.

Man mußte schon sehr aufpassen, um über die Schlafenden hinüberzuklettern, ohne auf einen von ihnen zu treten. Die meisten waren Mujiks, die an noch härtere Unterlagen gewöhnt waren, als sie hier vorfanden. Doch wären sie natürlich sehr böse geworden, wenn man sie mit einem Fußtritt aufgeweckt hätte.

Michael Strogoff paßte also auf, damit er niemanden anstieß. Und hatte bei seinem ausgedehnten Spaziergang längs des gesamten Decks eigentlich nichts anderes im Sinn, als wach zu bleiben.

Gerade wollte er auf dem Vorderdeck die paar Stufen zum Kastell hinaufsteigen, als er neben sich sprechen hörte.

Er blieb stehen. Die Stimmen schienen aus einer Gruppe zu kommen, die – in Shawls und Wolldecken gehüllt – herumsaß. Genau erkennen konnte man bei dieser relativen Dunkelheit nichts; oder nur ab und zu Konturen, wenn aus dem Schlot des Dampfers zwischen den schwarzen Wolken rötliche Flammen hochzüngelten. Dann hatte es den Anschein, als wirbelten Funken mitten durch die Gruppe oder als glitzerten Tausende von Pailletten in gespenstischem Widerschein.

Michael Strogoff wollte schon weitergehen, als er deutlich einzelne Worte unterscheiden konnte, in dem sonderbaren Idiom, das ihm schon in der Nacht zuvor auf dem Messegelände aufgefallen war.

Unwillkürlich hielt er an und wandte sich dem Sprecher zu. An der Schattenseite des Vorderkastells war er nicht zu sehen – und er konnte auch die miteinander redenden Passagiere nicht unterscheiden. Er mußte sich damit begnügen, still zu warten und die Ohren offenzuhalten.

Die ersten Worte, die er verstand, sagten ihm nichts. Aber sie reichten aus, ganz unmißverständlich die Stimmen des Mannes und der Frau wiederzuerkennen, die er in Nishny-Nowgorod gehört hatte. Das machte ihn doppelt aufmerksam. Es war ja nicht ganz ausgeschlossen, daß die beiden Tsiganen, von deren Unterhaltung er ein paar Brocken mitbekommen hatte, jetzt unter den Vertriebenen waren, die an Bord der *Kaukasus* ihr erstes Asyl gefunden hatten.

Wie gut, daß er so hellhörig geworden war; denn er vernahm plötzlich folgende Sätze:

»Man behauptet, ein Kurier des Zaren sei auf dem Weg von Moskau nach Irkutsk.«

Und die Antwort:

»Das behauptet man – Sangarre. Vielleicht stimmt es sogar. Aber dieser Kerl wird entweder zu spät ankommen oder gar nicht!«

Michael Strogoff zuckte zusammen: Dieses Gespräch betraf ihn – ganz persönlich!

Er hätte gar zu gern herausbekommen, ob der Mann und die Frau wirklich die gleichen waren, und er versuchte es. Aber es war einfach zu dunkel.

So zog sich Michael Strogoff sehr leise und vorsichtig von seinem Abhörposten zurück und ging dann wieder nach hinten zum Heck. Dort setzte er sich irgendwo hin, Ellenbogen auf den Knien, das Gesicht in die Hände vergraben. Wer ihn sah, mußte glauben, er schlafe.

Aber er schlief nicht. Er dachte nicht daran zu schlafen. Er dachte nach über das, was er gehört hatte.

›Wer in aller Welt hat von meinem Auftrag erfahren – und wer zum Teufel interessiert sich dafür?!‹

ACHTES KAPITEL

DIE KAMA
STROMAUFWÄRTS

Am folgenden Morgen – es war der 18. Juli – legte die *Kaukasus* um sechs Uhr vierzig am Kai von Kasan – sieben Werst von der Stadt entfernt – an.

Kasan liegt am Einfluß der Kazanka in die Wolga. Als eine der bedeutendsten Städte des Gouvernements hat es eine Universität und ist griechisch-orthodoxes Erzbistum. Die Mischbevölkerung dieser Provinzhauptstadt setzt sich zusammen aus Tscheremissen, Mordwinen, Tschuwaken, Wolsaken, Wigulitschen und Tataren. Die Tataren haben sich ihre asiatischen Merkmale am reinsten erhalten.

Trotz der großen Entfernung von der Stadt hatte sich auch hier eine ungeheure Menschenmenge eingefunden, und alle drängten sich an den Landeplatz.

Man war gespannt auf Neuigkeiten. Denn der Provinzgouverneur hatte inzwischen die gleiche Verordnung erlassen wie sein Kollege in Nishny-Nowgorod.

Hier sah man Tataren im kurzärmeligen Kaftan mit spitzer Mütze, deren breite Krempe an den Hut des alten Pierrot erinnert. Andere trugen lange Überröcke und auf dem Kopf kleine Käppchen – wie die polnischen Juden. Frauen mit glitzerndem Schmuck auf dem Mieder und einem als Halbmond über dem Scheitel stehenden Diadem diskutierten in lebhaften Gruppen.

Polizeioffiziere und mit Lanzen bewaffnete Kosaken hielten die Menge in Schach und schafften Platz für die Passagiere, die aussteigen wollten, und auch für die andern, die hier zustiegen. Natürlich wurde jeder ebenso streng kontrolliert wie in Nishny-Nowgorod. Meist waren es von dem Ausweisungsdekret betroffene Asiaten oder Mujiks, die in Kasan blieben.

Michael Strogoff sah diesem Kommen und Gehen ohne besonderes Interesse zu. Es ist an jedem Landeplatz ähnlich. Die *Kaukasus* sollte hier Kohlen fassen, würde also ungefähr eine Stunde lang vor Anker bleiben.

An Land zu gehen, kam Michael Strogoff nicht in den Sinn. Wozu auch? Außerdem konnte er das junge Mädchen, das immer noch in seiner Kabine war, nicht alleine auf dem Schiff zurücklassen.

Die beiden Reporter waren schon bei Tagesanbruch aufgestanden, wie sich das für ordentliche Weidmänner gehört. Sie stiegen mit den ersten von Bord, und jeder pirschte los, das heißt: mischte sich unter die Menge.

Michael Strogoff beobachtete von der Reling herunter sowohl Harry Blount, der eifrig in seinem Notizbuch kritzelte, als auch Alcide Jolivet, der sich auf sein fabelhaftes Gedächtnis verließ und meist mit zwei oder drei Leuten gleichzeitig redete und lachte.

Die ganze Ostgrenze Rußlands entlang hatte sich das Gerücht verbreitet, daß die Invasion und die Aufstände jenseits des Ural allmählich unübersehbare Dimensionen annähmen. Schon war es ungemein schwierig geworden, zwischen Sibirien und dem Reich Verbindungen herzustellen. Michael Strogoff erfuhr das alles an Bord der *Kaukasus* – von Reisenden, die zugestiegen waren.

Diese Nachrichten beunruhigten ihn nicht nur; sie wiesen ihn auch auf die Notwendigkeit hin, so schnell wie möglich über den Ural zu kommen, damit er selber an Ort und Stelle die Situation beurteilen und seine Möglichkeiten wahrnehmen konnte, etwaige Hindernisse aus dem Weg zu räumen.

Er wandte sich gerade einem Bauern aus der Gegend von Kasan zu, um weitere Einzelheiten zu erfahren; da wurde seine Aufmerksamkeit in eine andere Richtung gelenkt.

Unter denen, die von Bord gingen, erkannte Michael Strogoff die beiden Tsiganen, die er gestern auf dem Messegelände in Nishny-Nowgorod gesehen hatte: den Zigeuner und die Frau, die ihn für einen Spion gehalten hatten. Um die beiden herum – und offenbar unter ihrer Obhut – standen ungefähr zwanzig Tänzerinnen und Sängerinnen, alle zwischen fünfzehn und zwanzig Jahre alt und schrecklich verwahrlost. Die elenden Lumpen, die sie sich umgebunden hatten, verhüllten nur teilweise ihre billig glitzernden Kostümchen.

Diese unter den ersten Strahlen der Sonne blinkenden Stoffe erinnerten Michael Strogoff lebhaft an die vergangene Nacht: als er im Schatten des Vorderkastells stand, den beiden Zigeunern zuhörte, und es jedesmal ganz sonderbar im Dunkeln aufblitzte, wenn aus dem Schlot des Steamers Flammen hochschlugen.

›Offenbar‹, dachte er, ›hatte sich die Tsiganentruppe tagsüber im Zwischendeck verkrochen und in der Nacht unterm Vorderkastell versteckt. Warum wollten diese Leute jeden Kontakt vermeiden? Das ist doch sonst nicht ihre Art?!‹

Für Michael Strogoff gab es jetzt keinen Zweifel mehr: Jene Bemerkung, die ihn so beunruhigt hatte, weil sie ihn und seinen Geheimauftrag bloßstellte, war aus eben dieser Gruppe heraus gefallen, von der er nur ab und zu ein Glitzern und Funkeln wahrnehmen konnte. Und der Zigeuner und die Frau, die sich Sangarre nannte, hatten die Worte gesprochen.

Unwillkürlich ging Michael Strogoff langsam

zu der Stelle, wo die Kirgisenmädchen gerade
über den Steg an Land trippelten; übrigens kehrten sie später nicht mehr an Bord zurück.

Dort stand der Zigeuner – so demütig zusam-
mengekauert, daß Michael Strogoff sich ein biß-

chen wunderte, da sich die Haltung dieser Leute sonst eher durch Unverschämtheit und Arroganz auszeichnet. Aber dieser Alte sah aus, als wolle er sich vor den Blicken seiner Umgebung in sich selbst verkriechen. Sein schäbiger, von der Sonne mehrerer Kontinente versengter Hut war tief in die runzelige Stirn gezogen. Über dem breiten Rükken bauschte sich trotz der immer lästiger werdenden Hitze ein weiter Kittel. Es wäre unmöglich gewesen, über die Figur dieser erbärmlich vermummten Gestalt irgend etwas auszusagen.

Neben ihm stand Sangarre, eine große Frau von dreißig Jahren, braungebrannt, gesund und üppig, mit Feueraugen und reichem Haar: das Bild einer stolzen, blühenden Tsiganin.

Ein paar von den jungen Tänzerinnen waren bildschön, und alle zeigten sie die besten Merkmale ihrer Rasse. Die Tsiganenfrauen sind ja im allgemeinen ungewöhnlich attraktiv, und mancher der russischen Adeligen, die mit ihren exzentrischen Ideen ja gern die verrückten Engländer ausstechen, hat sich den Spaß gemacht, eine Zigeunerdame zu heiraten.

Eines von den Mädchen sang nach eigentümlichen Rhythmen ein Liedchen vor sich hin, dessen ersten Vers man etwa so übersetzen könnte:
Am braunen Hals die Koralle blinkt,
Die goldene Nadel im Haar.
Ich ziehe, wo immer das Glück mir winkt,
Zum Lande der ...

Vielleicht trällerte die Kleine noch weiter. Aber Michael Strogoff hörte nicht mehr hin.

Denn ihm war plötzlich, als wollte ihn Sangarre mit ihren Blicken buchstäblich durchbohren. Als wollte die Zigeunerin sein Gesicht mit aller Intensität unauslöschlich in ihre Erinnerung prägen.

Wenige Minuten später ging dann auch Sangarre von Bord der *Kaukasus;* der Alte mit seiner Truppe war inzwischen schon drüben am Ufer.

›Penetrantes Zigeunergesindel‹, ärgerte sich Michael Strogoff. ›Oder sollte sie mich vielleicht wiedererkannt haben als den gleichen, den sie schon in Nishny-Nowgorod für einen Spion hielt? Diese verdammten Tsiganen haben ja Katzenaugen! Sie sehen in der Nacht so wie wir am Tag – und vielleicht weiß sie –‹

Michael Strogoff war drauf und dran, Sangarre und ihren Mädchen nachzulaufen, aber er hielt sich doch noch zurück.

›Nein‹, dachte er, ›ich darf keinen einzigen unüberlegten Schritt tun! Natürlich könnte ich den alten Banditen und seinen ganzen Verein einfach verhaften lassen. Aber dabei müßte ich vielleicht schon mein Inkognito aufgeben. Sie sind mir von jetzt ab nicht mehr im Weg, und bevor sie an die Grenze kommen, bin ich selber weit über den Ural hinaus. Wahrscheinlich werden sie von Kasan aus die Route über Ischim einschlagen, aber dort gibt es keine ordentlichen Stationen. Und ein Tarantas mit kräftigen sibirischen Rossen ist allemal schneller als ein Zigeunerkarren. Also verlier jetzt nicht die Nerven, mein guter Korpanoff!‹

Inzwischen waren der alte Tsigane und Sangarre auch schon unter der Menge verschwunden.

Wenn Kasan zu Recht ›das Tor Asiens‹ genannt wird, wenn man dieser Stadt den Titel der Metropole für den Handel von Sibirien und Bukhara zuerkennt, so hat sie dieses Privileg dem Umstand zu verdanken, daß hier die beiden Straßen aufeinandertreffen, die von zwei Uralpässen kommen.

Michael Strogoff wählte den Weg über Perm, Jekaterinburg und Tjumen, und das mit gutem Grund: über diesen Paß führte die große Poststraße. Auf der ganzen Strecke liegen in kurzen Abständen staatliche Postämter und Stationen, nicht nur bis Ischim, sondern weiter bis Irkutsk.

Allerdings gibt es daneben noch den zweiten Übergang, den Michael Strogoff ebenfalls erwähnte. Er verbindet Kasan mit Ischim auf einer direkten Straße, vermeidet also den kleinen Umweg über Perm. Diese Straße führt über Jelabuga, Menzelinsk, Birsk, Zlatusk – dort ist die Grenze – und dann über Tschelabinsk, Kadrinsk und Kurganne.

Sie mag zwar etwas kürzer sein als die andere Straße. Aber diesem Vorteil steht der schlechte Straßenzustand ebenso entgegen wie das fast gänzliche Fehlen von Poststationen und der Um-

stand, daß diese Gebiete überhaupt sehr dünn be-
siedelt sind.

Michael Strogoff war mit seiner Entscheidung
jetzt um so zufriedener. Denn wenn die Zigeuner
– und es sah ganz danach aus – den kürzeren, aber

beschwerlicheren Weg von Kasan nach Ischim ein-
schlugen, so hatte er die besten Chancen, vor ihnen
anzukommen.

Eine Stunde später bimmelte wieder die Schiffs-
glocke auf dem Vorderdeck der *Kaukasus*. Alle
Passagiere – die neuen und die alten – kamen an
Bord.

Es mochte gegen acht Uhr sein; die Kohlen-
ladung war gelöscht. Die Kesselwände vibrierten
unterm Dampfdruck, das Schiff konnte jeden Augenblick auslaufen.

Die Passagiere, Reisende von Kasan nach Perm,
standen an der Reling und winkten zum Ufer hinüber.

Da fiel Michael Strogoff auf, daß von den beiden Reportern nur Harry Blount an Bord zurück-
gekommen war.

Sollte Alcide Jolivet die Glocke überhört haben?

Aber genau in dem Augenblick, als man die
Taue losband, kam Alcide Jolivet angelaufen.

Der Steamer hatte sich schon ein bißchen los-
geschaukelt, und die Landungsbrücke war bereits
aufs Kai zurückgezogen. Aber das kümmerte Alcide Jolivet wenig. Mit akrobatischer Eleganz
setzte er über den in jeder Sekunde wachsenden
Zwischenraum und landete auf Deck – fast in den
Armen seines britischen Kollegen, dessen Gesicht
sich zu einer Grimasse, halb Feige, halb Wein-
traube, verzog.

»Ich dachte schon, die *Kaukasus* wollte ohne Sie abdampfen!«

»Und wenn schon«, lachte Alcide Jolivet, »ich hätte sie schon irgendwo eingeholt! Und wenn ich mir ein Schnellboot hätte chartern müssen – auf Kosten meiner Cousine natürlich – oder mit der Extrapost nachfahren, pro Pferd und Werst für zwanzig Kopeken! Wie sollte ich früher da sein? Zum Telegraphenamt und zurück – das war ein ganz schöner Weg!«

»Sie haben telegraphiert?« fragte Harry Blount, und seine Lippen wurden dünn.

»Man muß sich doch irgendwie die Zeit vertreiben«, erwiderte Alcide Jolivet mit seinem liebenswürdigsten Lächeln.

»Ist der Draht nach Kolywan noch intakt?«

»Keine Ahnung – leider. Aber es wird Sie ungemein beruhigen, wenn ich Ihnen versichere, daß die Leitung nach Paris bestens in Ordnung ist.«

»Sie haben eine Depesche aufgegeben – an Ihre Cousine?!«

»Ja – das süße Mädchen wird begeistert sein!«

»Hatten Sie – irgendeinen besonderen Anlaß?«

»Erlauben Sie mir, Väterchen – ich darf doch einmal wie ein Russe zu Ihnen sprechen –«, antwortete Alcide Jolivet, »ich bin ein lieber Junge und mag vor Ihnen keine Heimlichkeiten: die Tataren unter Feofar-Khan sind schon über Semipalatinsk hinaus und durchkämmen in breiter Front die Gebiete längs der Ufer des Irtysch.

Sie können die Meldung ab sofort gern verwerten!«

Wie! Eine so gewichtige Neuigkeit – und Harry Blount war sie entgangen, während sein Konkurrent, der sie von irgendeinem Kasanesen aufgeschnappt haben mochte, schon seine diesbezügliche Depesche nach Paris losgeworden war! Great Britain lag um zwei Pferdelängen zurück!

Der arme Harry Blount schlich, die Hände grimmig auf dem Rücken, zum Hinterdeck und setzte sich dort in stummer Verbitterung unter ein Rettungsboot, wo ihn und seine Schande niemand entdecken konnte.

Gegen zehn Uhr vormittags verließ die junge Livländerin ihre Kabine und kam an Deck.

Michael Strogoff ging ihr entgegen, und sie gaben einander die Hand.

»Schau dich hier nur ein bißchen um, Schwesterchen!« ermunterte er sie, als beide auf dem Vorderdeck des Schiffes standen.

Ein aufmerksamer Rundblick über die Landschaft lohnte sich wirklich.

Die *Kaukasus* lief gerade in den Zusammenfluß der Wolga und Kama ein. Damit verließ sie nach einer Talfahrt von vierhundert Werst den Hauptstrom, um sich von jetzt ab den anderen, nicht viel schwächeren Fluß über eine Strecke von vierhundertsechzig Werst – vierhundertneunzig Kilometer – hinaufzuschaufeln.

An diesem Punkt mischten sich die beiden verschieden gefärbten Wasser, wobei die klare und reine Kama hier der linken Hälfte der Wolga ebenso zugute kam wie bei Nishny-Nowgorod die Oka der rechten. Man sah der Wasseroberfläche deutlich an, wie sie sich reinigte.

Die Kama bog als breite Mündung in die Wolga ein, und ringsum lagen herrlich bunte Jungwälder. Weiße Segel standen auf dem unter der Sonne sauber blitzenden Wasser. Mit Espen, Erlen und vereinzelten mächtigen Eichen bestandene Ufer stiegen zu flachen Hügeln an, der Horizont lag in blendendem Mittagslicht und schien an manchen Stellen im Dunst des Himmels zu versinken.

Doch nicht einmal die zauberhafte Schönheit und Atmosphäre dieses Panoramas war imstande, das Mädchen in ihren Bann zu schlagen, das nur an eines dachte: sein Ziel zu erreichen. Für die Livländerin war die Kama nichts weiter als ein Mittel, schneller dorthin zu kommen. Ihre Augen leuchteten nur auf, wenn sie sich umwandte, zurückschaute nach Westen, mit dem unstillbaren Blick der Erinnerung, einem Blick, der den Horizont durchbohren wollte.

Nadja hatte die Hand in der ihres Reisebegleiters gelassen. Sie schaute ihn an und fragte:

»Wie weit sind wir jetzt weg von Moskau?«

»Neunhundert Werst«, antwortete Michael Strogoff.

»Neunhundert – von siebentausend!« seufzte sie.

Es war Zeit zu frühstücken. Die Tischglocke meldete es den Passagieren an.

Nadja folgte Michael Strogoff zum Restaurant des Schiffes. Auf einer seitlich aufgestellten Theke war eine reiche Auswahl von Vorspeisen zur Anregung des Appetits angerichtet; so zum Beispiel Kaviar, Heringshäppchen und anishaltiger Kornschnaps. Das ist eine kulinarische Gepflogenheit, der man in allen nordischen Ländern – in Rußland ebenso wie in Schweden und Norwegen – begegnet. Nadja rührte nichts davon an. Sie aß überhaupt ganz wenig, wie ein Mädchen, das es sich bei seinen bescheidenen Mitteln nicht leisten kann, ordentlich zuzugreifen.

Michael Strogoff glaubte auch, sich mit dem wenigen begnügen zu müssen, was Nadja bestellte, und das war ein bißchen ›Kulbat‹ – eine Art Paste aus Reis, Eigelb und Hackfleisch, dazu Rotkraut mit Kaviar garniert – und als Getränk Tee.

Diese bescheidene und billige Mahlzeit war natürlich bald beendet, und so kehrten Nadja und Michael Strogoff schon zwanzig Minuten, nachdem sie sich zu Tisch begeben hatten, auf Deck zurück.

Sie setzten sich am Heck auf eine Bank; und nun erzählte Nadja, ohne sich erst bitten zu lassen, aber leise, so daß nur Michael Strogoff es hören konnte, ihre Geschichte.

»Ich heiße Nadja Fedor und bin die Tochter eines Verbannten. Vor noch nicht ganz einem Monat starb in Riga meine Mutter, und jetzt bin ich auf dem Weg nach Irkutsk, wo mein Vater lebt – im Exil.«

»Ich gehe auch nach Irkutsk«, antwortete Michael Strogoff, »und will dem Himmel danken, wenn ich Nadja Fedor heil und gesund ihrem Vater abliefern kann.«

»Danke, mein – Bruder!« erwiderte Nadja.

Michael Strogoff sagte Nadja, daß er einen besonderen Podaroshna für Sibirien bekommen habe, ihrer gemeinsamen Reise also – seitens der russischen Behörden – nichts im Weg stünde.

Mehr wollte Nadja nicht wissen. Für sie war die zufällige Begegnung mit einem hilfsbereiten jungen Mann vorerst nicht mehr als die willkommene Chance, schneller voranzukommen – zu ihrem Vater.

»Ich hatte«, so erzählte sie, »ein Visum, das mir erlaubte, nach Irkutsk zu fahren. Der Erlaß des Generalgouverneurs von Nishny-Nowgorod hat seine Gültigkeit außer Kraft gesetzt. Ohne dich – Bruder, hätte ich die Stadt, in der du mich wiedergefunden hast, gar nicht mehr verlassen können. Ich wäre dort umgekommen.«

»Und du wolltest tatsächlich ganz allein durch die Steppen von halb Sibirien fahren, Nadja?« fragte Michael Strogoff kopfschüttelnd.

»Ich mußte.«

»Hast du nicht gewußt, daß dieses Gebiet von Tataren überschwemmt und für ein Mädchen praktisch unpassierbar ist?«

»Von dem Tatareneinfall war vor meiner Abreise in Riga noch nichts bekannt. Ich erfuhr davon erst in Moskau.«

»Und bist trotzdem weitergefahren?!«

»Ich mußte.«

In diesen beiden Worten lag die ganze Energie und das ganze Gefühl für Verantwortlichkeit, das dieses junge Mädchen auszeichnete. Was es für seine Pflicht hielt, führte es durch, ohne Rücksicht auf sich selbst.

Dann sprach sie noch von ihrem Vater, Wassili Fedor. Er war in Riga ein angesehener Arzt gewesen mit einer ausgedehnten und erfolgreichen Praxis und hatte mit seiner Familie ein glückliches, friedliches Leben gehabt. Nachdem er jedoch der Geheimorganisation einer fremden Macht beigetreten war, wurde ihm der Ausweisungsbefehl zugestellt – nach Irkutsk. Die Gendarmen zeigten ihm nur die entsprechenden Papiere und brachten ihn sofort über die Grenze. Sie ließen ihm kaum Zeit, sich von seiner damals schon kränklichen Frau und der noch minderjährigen Nadja zu verabschieden; es war ein mehr als bitterer Abschied!

Seit zwei Jahren lebte er nun in der Hauptstadt Ostsibiriens und durfte dort – freilich so gut wie ohne eine echte Verdienstmöglichkeit – seinen Beruf weiter ausüben. Trotzdem wäre er natürlich so zufrieden gewesen, wie das einem Verbannten überhaupt möglich ist, hätte er nur seine Familie bei sich haben können.

Aber seine Frau wurde damals schon immer schwächer, so daß an eine so lange und beschwerliche Reise nicht mehr zu denken war.

Und zwanzig Monate nach der Verbannung ihres Mannes starb sie in Nadjas Armen, die damit praktisch beide Eltern verloren hatte.

Da suchte Nadja bei den Behörden um die Erlaubnis nach, zu ihrem Vater nach Irkutsk ziehen zu dürfen. Ihrer Bittschrift wurde bald entsprochen, und so schrieb sie ihrem Vater, sie werde demnächst abreisen.

Obwohl sie die Mittel für die Kosten der Reise kaum aufbringen konnte, zögerte sie nicht lange und fuhr los. Sie tat, was in ihren Kräften stand, und hoffte, der Herrgott würde den Rest besorgen!

Unterdessen arbeitete sich die *Kaukasus* gegen den Strom flußaufwärts. Die Nacht brach an, und mit der Dämmerung wurde die Luft angenehm kühl.

Wie bengalischer Regen sprangen die Funken der Fichtenholzfeuerung zu Tausenden aus dem Schlot des Dampfers, und zu dem Gemurmel der sich am Vordersteven brechenden Wellen heulten die Wölfe von den Schatten des rechten Ufers der Kama herüber.

NEUNTES KAPITEL

TAG UND NACHT
IM TARANTAS

Am darauffolgenden Tag – es war der 19. Juli –
legte die *Kaukasus* am Landeplatz in Perm an;
damit war die Fahrt auf der Kama zu Ende.

Das Gouvernement mit der Hauptstadt Perm
ist eines der umfangreichsten in ganz Rußland. Es
erstreckt sich über den Ural hinweg bis weit nach
Sibirien hinein. In diesem Gebiet werden Mar-
morbrüche, Salinen, Platin- und Goldlager und
vor allem Steinkohlengruben in großem Stil aus-
gebeutet.

Alle Umstände sprechen dafür, daß Perm später einmal eine echte Metropole werden wird. Vorerst ist es allerdings noch wenig anziehend und
einladend; überall Schmutz und wenig Interesse
für die Bedürfnisse von Fremden.

Für den von Rußland nach Sibirien Reisenden
fallen diese Mängel weniger ins Gewicht, denn er
hat sich vorher mit allem eingedeckt, was er
braucht. Wer dagegen aus Zentralasien kommt,
dem wäre es natürlich schon angenehm, wenn er
sich nach allen Strapazen in der ersten europäischen
Großstadt des Reiches ausruhen und neu verproviantieren könnte – und auch ein bißchen Komfort
anträfe.

Perm ist die Stadt, in der die Reisenden aus Asien

ihre nach der Fahrt durch die weiten Steppen meist ziemlich ramponierten Wagen abstoßen; denn sie fahren ja mit dem Schiff weiter. Und diese Wagen werden dann repariert und wieder verkauft an diejenigen, die vom Schiff kommen und über den Ural wollen. Ein ganzer Industriezweig also, der im Sommer Wagen, im Winter Schlitten fabriziert und instand setzt.

Michael Strogoff hatte schon sein genaues Programm und brauchte dieses nur noch zu realisieren.

Zu normalen Zeiten kommt man mit dem regulären Postwagen rasch über den Ural. Aber diesen Verkehr hatte man unter dem Druck der im Augenblick unsicheren Verhältnisse so eingeschränkt, daß Michael Strogoff sich nicht darauf verlassen wollte. Vielleicht hätte er auch sonst auf dieses Verkehrsmittel verzichtet, denn es kam ihm darauf an, so schnell wie irgend möglich voranzukommen und dabei völlig unabhängig zu bleiben. Und das ging nur mit dem eigenen Wagen und unter der Voraussetzung, daß man die Pferde auf jeder Station wechseln konnte und den Kutscher durch großzügige ›na vodku‹[1] zu gewinnen verstand.

Unglücklicherweise hatten als Folge der gegen alle Asiaten ergriffenen Maßnahmen schon viele Fremde Perm verlassen, so daß in diesen Tagen keine wirklich guten Transportmittel mehr aufzutreiben waren. Michael Strogoff mußte mit dem

[1] Trinkgelder.

vorliebnehmen, was andere stehengelassen hatten.

Was die Bespannung anging, so konnte der Kurier des Zaren bis zur Grenze nach Sibirien seinen Podaroshna vorzeigen, der jeden Postmeister veranlassen mußte, den Kaufmann widerspruchslos und bevorzugt zu bedienen. In Sibirien blieb ihm dann allerdings nur noch das einzige Hilfsmittel, das auch jedem andern zustand: der blinkende Silberrubel.

Eine Frage war noch offen: Vor welche Art von Wagen sollten die Pferde gespannt werden? Tarantas oder Telega?

Die Telega ist ein vollkommen offenes Wägelchen auf vier Rädern und ganz aus Holzteilen zusammengebaut. Räder, Achsen, Bolzen, Sitze und Deichsel – alles stammt aus den umliegenden Wäldern; und alle Einzelheiten einer solchen Telega sind nur durch solide Stricke und Gurte miteinander verbunden und verknotet.

Es gibt nichts Primitiveres und Unbequemeres, aber auch nichts, was man unterwegs bei einer Panne selbst leichter wieder reparieren kann. An dünnen Baumstämmen fehlt es längs der Straße nirgends, und die Bolzen kann man mit dem Taschenmesser schnitzen.

Mit solchen Telegas, denen auch der schlechteste Weg noch gut genug ist, wird die unter der Bezeichnung ›Perekladnoi‹ bekannte Extrapost durchgeführt. Zwar reißen manchmal die Seile, die das Ganze zusammenhalten – aber dann bleibt die

hintere Hälfte eben stecken und die vordere hol-
pert auf zwei Rädern weiter – zur nächsten Poststation. An solche Zwischenfälle hat man sich gewöhnt.

Michael Strogoff hätte auch mit einer solchen
Telega vorliebnehmen müssen, wenn es ihm nicht
gelungen wäre, doch noch einen Tarantas aufzutreiben.

Nun darf man nicht etwa glauben, dieses Vehi-
kel sei die letzte Vollendung in der Kunst des
Karosseriebaus. Eine Federung hat zum Beispiel
der Tarantas ebensowenig wie die Telega. Und aus
Mangel an Eisen wird auch bei ihm nicht an Holz
gespart. Aber seine am Ende jeder Achse acht bis
neun Fuß voneinander entfernten Räder halten
ihn auch auf den holprigen und oft sehr steinigen
Straßen wenigstens einigermaßen im Gleichgewicht. Ein Tuchdach schützt die Insassen vor
Dreckspritzern; starke Lederdecken, die man
ringsum zuknöpfen und mit denen man auf diese
Weise den Wagen fast hermetisch schließen kann,
halten die Sonne und die auch im Sommer sehr
unangenehmen plötzlichen Windböen ab. Im übrigen ist der Tarantas ebenso solide gebaut und
leicht zu reparieren wie die Telega; und natürlich
besteht bei ihm nicht die Gefahr, daß man das
Hinterteil irgendwo im Schlamm stecken lassen
muß.

Michael Strogoff konnte noch mit viel Mühe
einen solchen Tarantas ausfindig machen – wahr-

scheinlich den letzten in der ganzen Stadt Perm.
Obwohl er es nicht nötig hatte, feilschte er beim
Kauf wie ein alter Armenier, um seine Rolle als
einfacher Kaufmann Nikolaus Korpanoff auch
hier möglichst glaubwürdig zu spielen.

Nadja hatte ihn auf seiner Suche nach einem geeigneten Fahrzeug immer begleitet. Obwohl beide aus verschiedenen Gründen unterwegs waren – ihr Ziel war das gleiche und ihre Ungeduld auch. Sie wollten keine einzige Stunde verlieren.

»Schwesterchen«, bedauerte Michael Strogoff, »ich hätte dir natürlich gern einen bequemeren Wagen ausgesucht!«

»Das sagst du ausgerechnet zu mir?! Du weißt genau, daß ich notfalls zu Fuß versuchen würde, meinen Vater zu finden!«

»An deiner Courage habe ich nie gezweifelt, Nadja. Aber für die physischen Kräfte einer Frau gibt es einfach Grenzen!«

»Für mich ist keine Anstrengung zu groß«, erwiderte das junge Mädchen: »Ganz gleich, wie es kommt: Wenn du mich jammern hörst, laß mich einfach sitzen und fahr alleine weiter!«

Eine halbe Stunde später zeigte Michael Strogoff seinen Podaroshna vor – und schon standen drei Postpferde angeschirrt vor dem Tarantas.

Diese langhaarigen Tiere hätte man fast für eine Art hochbeiniger Bären halten können. Sie waren – wie diese ganze sibirische Zucht – klein, aber von überschäumendem Temperament. Der Postillion, der ›Jemschik‹, hatte sie folgendermaßen vorgespannt:

Das größte stand in der Mitte zwischen einer Gabeldeichsel, deren vordere Enden einen mit

Schellen und Glöckchen behangenen Bogen trugen,
den man hier ›duga‹ nennt. Die beiden anderen
Rosse waren einfach mit Seilen vor das Fahrgestell
des Tarantas gekoppelt. Kein weiteres Zaumzeug
und als Zügel eine einfache Hanfschnur.

Weder Michael Strogoff noch die junge Livlän-
derin führte viel Gepäck mit sich. Da es dem
Kurier vor allem auf Schnelligkeit ankam und das
Mädchen nur über die notwendigsten Mittel ver-
fügte, waren weder Koffer noch Körbe zu ver-
stauen; zum Glück, denn man hätte sie in dem
Tarantas auch gar nicht unterbringen können.
Der Wagen war – den Kutscher nicht mitgerech-
net – nur für zwei Personen gebaut. Wie sich der
Postillion überhaupt auf seinem schmalen Brett-
chen im Gleichgewicht halten konnte, schien ein
Rätsel.

Dieser Jemschik wird übrigens auf jeder Station
abgelöst. Der erste auf der Strecke war geborener
Sibirier, genau wie seine Rosse und auch nicht weniger behaart. Er hatte aus seiner Mähne ein Vier-
eck herausgeschnitten, so daß Stirn und Gesicht
frei lagen. Er trug einen breitkrempigen Hut, einen roten Gürtel und den Überrock mit kreuzweise
geschnürten Knöpfen, auf welche die Zeichen des
Zaren gestanzt waren.

Als der Jemschik mit seinem Gespann vorfuhr,
musterte er seine Gäste erst einmal mit wachsen-
dem Mißtrauen: kein Gepäck! Aber wo zum Teufel hätte er es auch verstauen sollen? Trotzdem:
für ihn kein Geschäft. Er grüßte mit einer unmißverständlich resignierenden Geste.

»Raben«, sagte er dabei laut vor sich hin, und es
kümmerte ihn wenig, ob er verstanden wurde oder
nicht: Raben für sechs Kopeken pro Werst.

»Nein, Adler!« erwiderte Michael Strogoff, der den Postillionjargon wohl kannte.

»Adler – hast du gehört? Neun Kopeken pro Werst – und ein gutes Trinkgeld!«

Und schon antwortete ihm ein zufriedener und unternehmungslustiger Peitschenknall.

Der ›Rabe‹ ist für den russischen Kutscher nichts weiter als der arme und geizige Fahrgast, der bei den Bauernstationen für die Pferde nur zwei oder drei Kopeken pro Werst ausgibt. Ein ›Adler‹ dagegen ist der vornehme Reisende, der sich die Sache etwas kosten läßt und mit Trinkgeld um sich wirft. Deshalb kann der Rabe auch in bezug auf Geschwindigkeit keine Ansprüche stellen – im Gegensatz zum König der Lüfte!

Nadja und Michael Strogoff stiegen sofort ein. Sie nahmen nur wenig Proviant mit, der in den Sitzkästen untergebracht werden konnte und für alle Eventualitäten ausreichen mußte; zum Beispiel, wenn man infolge eines Unfalls die nächste Poststation – die ja alle staatlich verwaltet und immer sehr gut mit Lebensmitteln eingedeckt sind – nicht rechtzeitig erreichte.

Die Wagenplane wurde zum Schutz gegen die unausstehliche Hitze übergezogen, und gegen Mittag verließ der Tarantas, von den drei schnaubenden Pferden gezogen, in einer dichten Staubwolke die Stadt Perm.

Die Art und Weise, wie der Jemschik seine Rosse in Gang hielt, mußte jedem, der nicht selber

Russe oder Sibirier ist, einigermaßen verwunderlich vorkommen: das etwas größere Pferd in der Gabel hielt unbeirrbar, so uneben oder gar abschüssig der Weg auch sein mochte, einen gestreckten, steifen Trab von untadeliger Sauberkeit und Regelmäßigkeit. Die beiden Seitenpferdchen dagegen schienen eine andere Gangart als Galopp überhaupt nicht zu kennen und sprangen, wie es ihnen gerade gefiel, lustig nebenher.

Der Jemschik schlug niemals zu, sondern trieb sie nur mit dem scharfen Knall seiner Peitsche ermunternd an. Wenn sie brav waren und fleißig, lobte er sie ohne Unterbrechung aus seinem unerschöpflichen Vokabular von Kosenamen – die Namen der Heiligen, die ihm zusätzlich zur Verfügung standen, gar nicht mit eingerechnet.

Die Schnur als Zügel zu benützen, wäre diesen ausgelassenen Tieren gegenüber wahrscheinlich völlig sinnlos gewesen. Dagegen konnte man sich darauf verlassen, daß die Kommandos ›na pravo‹ für ›rechts‹ und ›na levo‹ für ›links‹ – von der kehligen Stimme des Kutschers über die Pferderücken hinwegtrompetet – ihre Wirkung nie verfehlten und immer sofort befolgt wurden.

Und was dann kam an Lob und Anerkennung!

»Ja, meine Süßen! Immer so weiter! Brav, meine Schwalben! Fliegt noch schneller, meine Turteltäubchen! Meine einzigen Lieblinge! Los, mein linker Vetter – auf geht's, mein rechtes Väterchen!«

Ging es aber einmal etwas langsamer, dann

hagelte es Verwünschungen, und die Opfer schienen auch dieses nicht weniger umfangreiche und deutliche Vokabular in seiner Bedeutung genau zu kennen und zu würdigen.

»Willst du nicht traben, du Höllenschnecke?! Was ist denn los, du halbverreckte Blindschleiche! Soll ich dich braten bei lebendigem Leib?! Du aussätzige Schildkröte! Tausend Jahre bist du verdammt – du stinkende Mißgeburt!«

Man mag denken wie man will über diese Art, Pferde anzuspornen – das heißt eben nicht mit Sporen, sondern mit der Kraft der Überzeugung; jedenfalls flog der Tarantas mit unbeschreiblicher Leichtigkeit über Stock und Stein und schaffte einen Durchschnitt von zwölf bis vierzehn Werst pro Stunde.

Michael Strogoff kannte diese Art von Wagen und auch diese Rasse von Kutschern. Das Schütteln und Hüpfen störte ihn ebenso wenig wie das Segnen und Fluchen.

Er wußte, daß diese russischen Gespanne weder Felsbrocken, noch Querrinnen, noch Löchern aus dem Weg gehen, auch keinen umgestürzten Baumstämmen oder Wassergräben. Ihm war das alles nicht neu. Das Mädchen an seiner Seite dagegen schien in ständiger Gefahr, vom Sitz zu fallen oder sich den Kopf anzuschlagen. Aber sie klagte nicht.

Die erste Zeit hätte Nadja gar nicht sprechen können. Sie war vollauf beschäftigt, sich im Gleichgewicht zu halten. Endlich – und immer nur in dem Gedanken: ankommen, nur schnell ankommen – begann sie:

»Ich habe ausgerechnet: Von Perm bis Jekaterinburg sind es dreihundert Werst – stimmt das?«

»Ganz genau, Nadja«, erwiderte Michael Strogoff, »und in Jekaterinburg sind wir schon mitten
in den östlichen Vorbergen des Ural.«

»Wie lange brauchen wir durchs Gebirge?«

»Achtundvierzig Stunden – wir fahren ja auch
die Nacht durch. Und wir müssen das! Ich darf
keine einzige Stunde verlieren – ich muß ohne Unterbrechung immer weiter – bis Irkutsk.«

»Von mir wirst du bestimmt nicht aufgehalten.
Ich will auch Tag und Nacht fahren.«

»Wenn die Tataren nicht die Straße besetzt halten, können wir in einer knappen Woche dort
sein.«

»Du hast diese Route schon einmal gemacht?«

»Schon mehr als einmal!«

»Im Winter ginge alles viel schneller – und
sicherer!«

»Schneller schon, aber die Kälte und der Schnee
– das wäre nicht gut für dich.«

»Warum? Ich bin Russin – und der Winter ist
unser Freund!«

»Mag sein, Nadja, aber man braucht doch eine
gewisse Konstitution, um bei einer solchen Freundschaft nicht den kürzeren zu ziehen. Ich habe es
wiederholt erlebt, daß das Thermometer in Sibirien unter minus vierzig Grad gefallen ist. Ich habe

gespürt, wie sich meine Brust unter dem Rock aus Rentierfell[1] mit Eis überzogen hat; wie sich Arme und Beine zusammengekrümmt haben, und wie meine Füße unter dreifachen Wollappen im Frost abgestorben sind. Ich habe gesehen, wie meine Schlittenpferde sich mit Eiskrusten überzogen haben und ihr Atem vor den Nüstern in Kristallen stehen blieb; wie der Wodka in meiner Kürbisflasche zu Stein wurde, daß man ihn nicht mehr mit dem Messer schneiden konnte!

Mein Schlitten, der ist allerdings dabei geflogen wie ein Orkan! Da gab es keinen Aufenthalt durch irgendein Hindernis; nur spiegelglatte, unübersehbare weiße Flächen! Kein Fluß, über den man eine Furt suchen mußte! Kein See, an dem man auf ein Schiff warten mußte; nur überall hartes Eis als freie Straße, als sicheren Weg! Aber um welchen Preis, Nadja! Den kennen nur die, die nicht angekommen sind; deren Leichen unterm Schnee liegen – zugeweht und vergessen!«

»Aber du bist immer angekommen!« sagte Nadja.

»Ja – aber ich bin Sibirier. Ich war schon als Kind mit meinem Vater auf der Jagd und habe mich an solche Strapazen gewöhnt. Mit dir, Nadja, ist es etwas anderes. Als du mir erzählt hast, du wärst auch im Winter gefahren und nichts hätte dich abgehalten, den Kampf gegen die fürchterliche

---

[1] Dieser Rock heißt ›dakha‹ – er ist ganz leicht und trotzdem gegen Wind fast undurchlässig.

sibirische Kälte aufzunehmen, da sah ich dich schon in einem Schneesturm zusammenbrechen und nie wieder aufstehen!«

»Wie oft bist du im Winter durch die Steppen gefahren?« fragte die junge Livländerin.

»Dreimal – auf dem Weg nach Omsk.«

»Was wolltest du in Omsk?«

»Meine Mutter besuchen. Sie lebt noch dort.«

»Und ich gehe nach Irkutsk, weil mein Vater dort lebt; es war der letzte Wunsch meiner Mutter. Verstehst du jetzt, warum nichts auf der Welt mich hätte zurückhalten können?«

»Du bist ein gutes Mädchen, Nadja«, antwortete Michael Strogoff, »der Herrgott hätte dir bestimmt weitergeholfen!«

An diesem Tag legte der Tarantas eine beachtliche Strecke zurück. Die Pferde liefen unermüdlich, und der Wechsel an den Poststationen ging immer rasch vor sich. Der ›Adler‹ der Straße machte seinen gefiederten Vorbildern über den Bergen alle Ehre. Durch den hohen Preis, den Michael Strogoff bezahlen konnte, wurde er ebenso eifrig von Station zu Station weiterempfohlen wie durch seine überreichen Trinkgelder. Und wenn es den Postmeistern auch auffallen mußte, daß ein junger Kaufmann mit seiner Schwester – beide offenbar Russen – trotz Ausreiseverbot frei nach Sibirien fahren durften – die Papiere waren in Ordnung und gaben ihnen das Recht zum Grenzübertritt.

So konnte ihr Tarantas in rascher Folge einen Kilometerstein nach dem anderen hinter sich lassen.

Übrigens waren Michael Strogoff und Nadja nicht die einzigen Reisenden auf der Straße von Perm nach Jekaterinburg. Schon von den ersten Stationen ab fiel dem Kurier des Zaren auf, daß ein Wagen vorausfuhr. Aber da es überall genug Pferde zum Wechseln gab, machte er sich darüber keine besonderen Gedanken.

Diesen ganzen Tag über hielt man nur ein paarmal an, um zu essen. Die Poststationen waren Herbergen und Gasthöfe zugleich. Aber jedes russische Bauernhaus hätte sich den Reisenden genauso gastlich geöffnet.

In diesen Dörfern, die sich mit ihren weißen Steinkirchen und grünlichen Dächern alle gleichen wie ein Ei dem andern, kann der Durchreisende an jede beliebige Tür klopfen und darf sicher sein, sie wird sich öffnen. Dann erscheint mit strahlendem Lächeln der Mujik und reicht dem Gast die Hand. Salz und Brot werden geboten, der ›Samowar‹ übers Feuer geschoben, und man ist zu Hause. Die Familie würde im Notfall die eigenen Betten zur Verfügung stellen, damit nur der Gast Platz hat. Der Fremde, der eine Unterkunft braucht, wird durch seine Bitte zum Freund und Verwandten. Er ist der, ›den Gott schickt‹.

Gegen Abend überfiel Michael Strogoff doch ein unbewußtes und unbestimmtes Mißtrauen; er fragte den Postmeister, der gerade die neuen Pferde brachte, ob nicht kurze Zeit vor ihm ein anderer Wagen vorbeigekommen sei.

»Ja, Väterchen«, nickte der Postmeister, »vor zwei Stunden!«

»Eine Berline?«

»Nein, eine Telega.«

»Wieviel Reisende?«

»Zwei.«

»Haben sie's eilig?«

»Adler – genau wie Sie!«

»Dann laß schleunigst anspannen!«

Michael Strogoff und Nadja waren entschlossen, sofort weiterzufahren und die Nacht über auf jede Rast zu verzichten.

Noch blieb das Wetter gut, aber man spürte doch schon, wie die Luft feuchter und drückender und die ganze Atmosphäre immer gespannter, sozusagen aufgeladen wurde. Kein Wölkchen schob sich mehr vor die untergehende Sonne; es schien, als stiege warmer Dunst aus dem Boden. Es war zu befürchten, daß in den Bergen bald ein Unwetter losbrechen würde, und diese Gewitter im Ural sind verheerend! Michael Strogoff kannte die verschiedenen Anzeichen und hatte kein gutes Gefühl, wenn er an die folgenden achtundvierzig Stunden dachte.

Die erste Nacht verlief noch ohne Zwischenfälle. Trotz des entsetzlichen Geholpers konnte Nadja ein paar Stunden schlafen. Die halb zurückgeschlagene Plane machte die Luft, die sogar im Freien immer dumpfer und stickiger wurde, wenigstens einigermaßen erträglich.

Michael Strogoff blieb wach. Er wollte sich nicht auf den Jemschik verlassen – diese Burschen schlafen auf dem Bock sehr leicht ein.

So ging nicht eine Stunde verloren – weder auf dem Weg noch auf den Poststationen.

Am darauffolgenden Tag, dem 20. Juli, zeichneten sich erstmalig, gegen acht Uhr morgens, im Osten die ersten Vorberge des Ural ab. Die gewaltige Gebirgskette selbst – die Mauer und Grenze zwischen dem europäischen Rußland und Sibirien – lag jedoch noch in weiter Ferne. Vor Einbruch der Abenddämmerung durfte sie wohl kaum zu erreichen sein. Man würde die Paßhöhe also voraussichtlich mitten in der Nacht überschreiten.

Während dieses ganzen Tages blieb der Himmel bedeckt, und es war infolgedessen nicht mehr so unerträglich heiß, aber die Atmosphäre lud sich mehr und mehr auf.

Mit solchen Wetteraussichten schien es nicht ratsam, bei Nacht in die Berge hineinzufahren, und Michael Strogoff hätte es auch sicher unterlassen.

Aber Irkutsk war noch weit! Als ihn der Jemschik der letzten Station auf den aus den höchsten Gebirgsschluchten anrollenden Donner aufmerksam machte, fragte er nur:

»Fährt uns die Telega immer noch voraus?«

»Ja.«

»Wieviel Vorsprung hat er wohl – inzwischen?«
»Eine Stunde – schätzungsweise.«
»Also – dann los! Und dreifaches Trinkgeld, wenn wir morgen früh in Jekaterinburg sind!«

ZEHNTES KAPITEL

GEWITTER IM URAL

Die Kette des Ural erstreckt sich über eine Länge von dreitausend Werst – dreitausendzweihundert Kilometer – und trennt Europa von Asien. Ob man dabei den Namen ›Ural‹ gebraucht, der aus dem Tatarischen kommt, oder die Bezeichnung ›Poyas‹, die ihren Ursprung im Russischen hat, ist gleichgültig. Beide Worte bedeuten ›Gürtel‹.

Ein Gürtel also, dessen nördlicher Anfang im Arktischen Ozean und dessen südliches Ende im Kaspischen Meer liegt.

Und das war die Grenze, die Michael Strogoff überschreiten mußte, um von Rußland nach Sibirien zu kommen. Wie schon erwähnt, hatte er sich für die Route entschieden, die über das Gebirge von Perm nach Jekaterinburg führt; das war vernünftig, denn diese Straße ist relativ gut befahrbar und sicher, weil auf ihr der gesamte innerasiatische Handelsverkehr abgewickelt wird.

Man konnte, wenn man nicht aufgehalten

wurde, das Gebirge mit Leichtigkeit in einer Nacht hinter sich bringen. Leider kündete fern rollender Donner ein Gewitter an, das bei der derzeitigen Wetterlage schlimme Ausmaße annehmen mußte. Die Atmosphäre hatte sich so gesättigt mit elektrischer Energie, daß sich die Spannungen nur durch eine heftige Entladung ausgleichen konnten.

Michael Strogoff tat alles, um seiner jungen Mitreisenden die kommende Nacht halbwegs erträglich zu machen. Die Wagenplane, die ein Windstoß leicht hätte wegreißen können, wurde durch kreuzweise darübergespannte Stricke besser gesichert. Man verstärkte die Zügel und polsterte – eine besondere Vorsichtsmaßnahme – die Lager der Radnaben mit Stroh; einmal, um die Haltbarkeit der Räder selbst zu verbessern, und zum andern, um die Stoßbewegungen aufzufangen, die in einer so finsteren Nacht nicht zu vermeiden waren. Schließlich verband man den vorderen und hinteren Teil des Wagens, dessen Achsen einfach an die Karosserie genagelt waren, durch einen Vierkantbalken, den man unten durchzog und mit kräftigen Mutterschrauben befestigte. Dieser Balken erfüllte die Funktion der gebogenen Stange, die bei den Berlinen beide Achsen des Gestells zusammenhält.

Nadja setzte sich auf ihren Platz, Michael Strogoff auf seinen – neben sie. Vor der ringsum völlig zugeknöpften Wagendecke hingen zwei Lederlappen, die einen gewissen Schutz gegen Sturm und Regen versprachen.

Links vom Kutschbock wurden zwei große Laternen eingesteckt, deren kümmerliche Dochte nur ein schiefes, mattes Licht hinauswarfen und den Weg nicht gerade hell ausleuchteten. Immerhin ließen sie in der Dunkelheit erkennen, daß ein Wagen fuhr, so daß es bei eventuellem Gegenverkehr wenigstens nicht zu einer Karambolage kommen konnte.

Man sieht, es wurde im Rahmen des Möglichen an alles gedacht, aber das war im Hinblick auf die bevorstehende Nachtfahrt auch mehr als notwendig.

»Wir wären soweit«, sagte Michael Strogoff.

»Also – fahren wir los!« antwortete das junge Mädchen.

Der Jemschik bekam das Zeichen, und der Tarantas schwankte die ersten Vorberge des Ural hinauf.

Es ging auf acht Uhr, die Sonne stand groß über dem Horizont. Doch war es, trotz der in jenen Breiten stundenlang andauernden Dämmerung, schon recht dunkel. Gigantische Dunstmassen schienen das Gewölbe des Himmels einzudrücken, aber es war kein Hauch zu spüren; völlige Windstille über dem Erdboden. Dabei hatte man den Eindruck, als sauge die Dunstglocke wie ein umgekehrter Trichter alles nach oben in sich auf. Wie Nebelbänder schimmerte die Luft in einem unbeschreiblichen phosphoreszierenden Licht und schoß in einem Bogenwinkel von sechzig bis achtzig Grad gegen den Zenit und dann zur Erde zurück, wo sie mit ihrem sich immer enger zusammenziehenden Netz das Gebirge zu erdrücken schien, so als jagte ein in den obersten Schichten tobender Orkan alle Luftmassen nach unten.

Die Straße führte direkt in diese Dunstmassen, die offenbar dicht vor ihrer Kondensierung standen, hinein. Bald mußten Straße und Dunst miteinander verschmelzen. Und wenn sich dann die Wolken nicht ausregneten, hatte man einen Nebel um sich, in dem weiterzufahren – an allen Schluchten und Abgründen vorbei -- einem halben Selbstmord gleichkam.

Die Uralkette erreicht übrigens nur die Höhe eines Mittelgebirges. Ihr wichtigster Gipfel liegt noch unter fünftausend Fuß. Ewiger Schnee ist dort unbekannt; die Massen von Neuschnee, die jeder Winter über dem Gebirge ausschüttet, schmelzen unter der Sonne des Frühsommers restlos weg.

So findet man Unterholz und Bäume sogar noch in beträchtlicher Höhenlage. Aber nicht das Holz ist der eigentliche Reichtum dieser Berge, sondern die Ausbeutung der Eisen- und Kupferminen und die Lager verschiedener Sorten von Edelsteinen. Diese Industrie hat zu einer relativen Bevölkerungsdichte geführt. Überall findet man die ›Zarody‹ genannten Großdörfer, und auch aus diesem Grund wird die durch gewaltige Engpässe führende Straße für den Postdienst immer in gut befahrbarem Zustand gehalten.

Was aber am hellen Tag und bei Sonnenschein harmlos ist, bietet Probleme und Schwierigkeiten, sobald ein Wetter losbricht und man sich mittendrin befindet.

Michael Strogoff wußte aus Erfahrung, was das heißt: Gewitter in den Bergen. Und vielleicht hielt er ein solches Unwetter für ebenso gefährlich wie die verheerenden Schneestürme, die im Winter hier ganze Täler füllen.

Bei der Abfahrt regnete es noch nicht. Michael Strogoff hatte die Lederlappen, die das Innere des Wagens schützen sollten, hochgeklappt; er sah hinaus und achtete darauf, daß der Wagen immer in der Mitte des Weges gehalten wurde. Das war nicht einfach, denn die Straßenkanten zeichneten sich in dem dürftigen Licht der Seitenlampen nur sehr undeutlich ab.

Unbeweglich, mit gekreuzten Armen, schaute Nadja ebenfalls hinaus, aber ohne so wie ihr Begleiter mit dem Oberkörper halb aus dem Wagen zu hängen, um den Weg und den Himmel besser beobachten zu können.

Die ganze Atmosphäre war inzwischen drohend, fast tödlich still geworden. Kein Partikelchen der Luft rührte sich mehr von der Stelle. Man hätte meinen können, die halb erstickte Natur atme nicht mehr, weil ihre Lungen – die düsteren Wolkenkissen – durch irgendeinen Grund paralysiert

waren und nicht mehr arbeiteten. Die Lautlosig-
keit wäre absolut gewesen ohne das Knirschen der
Räder des Tarantas, wenn sie unter sich die
Kiesel zerrieben, ohne das Stöhnen der Radnaben
und der ganzen Holzkarosserie, ohne das keu-
chende Schnauben der Pferde und ohne das Klap-
pern der Hufe auf Schotter und Geröll, von dem
die Funken davonstoben.

Im übrigen war die Straße vollkommen menschenleer. Der Tarantas traf in den engen Schluchten diese ganze schreckliche Nacht hindurch auf
keinen Wanderer, keinen Reiter und keinen Wagen. Es brannten auch keine Köhlerfeuer ringsum
in den Wäldern; nirgends waren Zelte oder Barak-
ken von Steinbrucharbeitern zu sehen, nicht einmal
eine Hütte irgendwo im Gehölz.

Um unter den gegebenen Voraussetzungen das
Risiko einer Fahrt durch dieses Gebirge zu unternehmen, mußte man schon Gründe haben, die jede
Überlegung ausschlossen. Michael Strogoff hatte
solche zwingenden Gründe. Aber – und bei diesem Gedanken wurde ihm allmählich ein bißchen
unbehaglich: wer zum Teufel waren die beiden,
die in ihrer Telega seinem Tarantas vorausfuhren?
Was trieb sie zu diesem halsbrecherischen Unternehmen an?

Michael Strogoff konnte sich das, so lange er
auch darüber nachdachte, nicht erklären.

Von elf Uhr an begannen unaufhörlich Blitze
den Himmel aufzuhellen. In ihren Flammen stan-

den die Silhouetten gewaltiger Kieferngruppen, die zu beiden Seiten den Weg säumten. Fuhr der Tarantas am Straßenrand, sah man daneben brennende Wolken in tiefe Abgründe tauchen. Von Zeit zu Zeit verriet plötzliches Schwanken und Stoßen, daß der Wagen über eine Brücke aus grob zugehauenen Baumstämmen holperte, unter der Wildwasser durch eine Schlucht stürzte.

Je höher sie kamen, desto unheimlicher tönte ein monotones Brausen durch die Luft. Dazwischen hörte man die Anfeuerungsrufe des Jemschik, der abwechselnd mit Schmeicheleien und Flüchen seine Tiere vorwärtstrieb, denen in dieser gewitterschweren Atmosphäre der steile Weg offenbar weniger zu schaffen machte als die Atemnot. Sogar die Schellen am Deichselbogen konnten sie nicht mehr aufmuntern – manchmal gingen sie fast in die Knie.

»Wann kommen wir zur Paßhöhe?« fragte Michael Strogoff den Jemschik.

»Um ein Uhr – wenn überhaupt!« antwortete der Kutscher und schüttelte den Kopf.

»Sag mal – das ist doch nicht etwa dein erstes Gewitter hier oben?!«

»Nein – und Gott soll mir helfen, daß es nicht mein letztes wird!«

»Hast du Angst?«

»Angst hab ich keine, aber ich sage noch einmal, es war unvernünftig abzufahren!«

»Es wäre noch unvernünftiger von mir gewesen, nicht abzufahren!«

»Also dann: weiter, meine Täubchen!« erwiderte der Jemschik. Er wurde nicht bezahlt, um zu diskutieren, sondern um Befehle auszuführen.

In diesem Augenblick hörte man in der Ferne ein gewaltiges Brausen; oder es war eher ein tausendfach gellendes, scharfes und betäubendes Pfeifen in der bisher noch halbwegs ruhigen Atmosphäre.

Im blendenden Widerschein eines Blitzes, dem ein entsetzlicher Donnerschlag folgte, sah Michael Strogoff ringsum auf den kahlen Höhen die großen Kiefern, wie sie sich weit zur Seite beugten.

Der Orkan war losgebrochen. Aber vorerst peitschte er nur die höheren Luftschichten. Trokkenes Geknatter wies darauf hin, daß ein paar morsche oder zu flach verwurzelte Bäume schon beim ersten Anprall des Sturms zerfetzt oder ausgerissen worden waren. Eine Lawine zerbrochener und zersplitterter Stämme ergoß sich über die Straße, schlug krachend auf die Felsvorsprünge auf und verschwand – zweihundert Schritte vor dem Tarantas – auf der linken Seite in einer Untiefe.

Die Pferde scheuten und hielten an.

»Los – weiter, meine hübschen Täubchen!« rief der Jemschik, und der Knall seiner Peitsche mischte sich mit dem Rollen des Donners.

Michael Strogoff faßte Nadja bei der Hand.

»Schläfst du?«

»Nein.«

»Jetzt kommt der Orkan. Wir müssen mit allem rechnen!«

»Laß ihn nur kommen!«

Michael Strogoff hatte kaum mehr Zeit, die Lederlappen zu schließen und festzubinden.

Die ersten Sturmböen heulten heran.

Der Jemschik war mit einem mächtigen Satz von seinem Bock heruntergesprungen und griff den Pferden in die Mähnen, denn das ganze Gespann war in akuter Gefahr.

Der Wagen stand nämlich an einer Kurve, in die der Sturm ungehindert einfiel. Er mußte also dem Wind genau entgegengehalten werden. Denn sobald ihn dieser voll von der Seite treffen konnte, wurde der Tarantas unweigerlich hochgehoben und in den Abgrund geschleudert.

Von den Böen zurückgedrängt, bäumten sich die Pferde steil hoch; dem Jemschik gelang es nicht mehr, sie unter Kontrolle zu bringen.

Wieder schmeichelte und fluchte er, aber diesmal half nichts. Die armen, von den Blitzen geblendeten und von den Artilleriesalven unaufhörlicher Donnerschläge betäubten Tiere drohten die Stränge zu zerreißen und durchzugehen. Der Jemschik hatte die Gewalt über sein Gespann verloren.

Da sprang Michael Strogoff aus dem Tarantas heraus und kam dem Kutscher zu Hilfe. Und seinen ungewöhnlichen Kräften gelang es schließlich, unter Aufbietung der letzten Reserven, die Tiere zu bändigen.

Aber die Wut des Orkans verdoppelte sich. Und unglücklicherweise stand der Wagen an einer Stelle,

wo der Hohlweg breiter wurde, so daß der Wind
hineinblasen konnte wie in eines der Entlüftungs-
rohre, die man auf Deck großer Schiffe findet.

Und wieder polterte eine Lawine aus Steinen
und Baumstämmen den Abhang herunter.

»Hier können wir nicht bleiben«, sagte Michael Strogoff.

»Lange sind wir sowieso nicht mehr hier«, rief der Jemschik zurück und stemmte sich verzweifelt gegen die Luftmassen, die ihn mit beklemmender Wucht gegen das Gespann drückten: »Der Sturm ist schon dabei, uns nach unten zu befördern – und auf dem kürzesten Weg!«

»Nimm du das Handpferd, Feigling!« antwortete Michael Strogoff: »Ich kümmere mich um das linke!«

Ein neuer Wirbel des Orkans verschluckte seine Worte. Er mußte – ebenso wie der Kutscher – auf die Knie, um nicht weggeblasen zu werden. Und trotz seiner Anstrengung und der des Kutschers und seiner Pferde, die jetzt endlich direkt gegen den Wind standen, rollte der Wagen ein paar Meter zurück. Hätte ihn nicht ein querliegender Baumstamm aufgehalten, wäre er wahrscheinlich vom Weg abgekommen und in der Schlucht zerschellt.

»Keine Angst, Nadja!« rief Michael Strogoff.

»Ich hab' keine Angst!« erwiderte die junge Livländerin, und ihre Stimme verriet nicht die geringste Besorgnis.

Einen Augenblick lang ließ das Rollen des Donners nach, und die Orkanböen verloren sich unter ihnen in den Schluchten.

»Wollen wir nicht wieder zurück?« fragte der Jemschik.

»Nein, wir müssen hinauf! Wenn wir nur erst

um diese Kurve sind – weiter oben kommen wir in
den Windschatten der Felswände.«

»Aber die Pferde machen nicht mehr mit!«

»Wir ziehen sie hinter uns her!«

»Und wenn der Orkan wiederkommt?!«

»Ich gebe dir den Befehl!«

»Wenn es dein Befehl ist –«

»Es ist nicht meiner. Er kommt vom Vater
selbst!«

Zum erstenmal berief sich Michael Strogoff auf
seinen Auftrag im Namen des in drei Kontinenten
gebietenden Zaren.

»Also – dann los, meine Schwälbchen!« rief der
Jemschik und zog das rechte Pferd, während
Michael Strogoff das linke am Zügel packte.

So geführt, kamen die Tiere langsam wieder
in Gang. Sie konnten nicht mehr nach den Seiten
hin ausbrechen, und das Mittelpferd in der Gabeldeichsel, das nun auch nicht mehr hin und her
gezerrt wurde, hatte wieder seine Richtung. Trotzdem war es Menschen und Tieren nicht möglich,
gegen den Orkan drei Schritte zu gewinnen, ohne
dabei einen oder zwei zu verlieren.

Sie rutschten, stolperten, fielen hin – standen
wieder auf und kämpften weiter. Auch der Wagen selbst war in ständiger Gefahr auseinanderzu-
fallen. Wäre die Plane nicht so sorgfältig durch
zusätzliche Stricke gesichert gewesen, hätte sie bestimmt schon der erste Aufprall des Sturmes da-
vonflattern lassen.

Michael Strogoff und der Jemschik brauchten über zwei Stunden, um die knappe Werst voranzukommen, die unter der vollen Wucht des Orkans lag. Dabei war die größte Gefahr nicht der entfesselte Sturm, sondern der Dauerhagel von Geröll und geknickten Stämmen, die der Berg über sie schüttete.

Plötzlich zeigte sich im Bett eines Wildbachs ein Felsbrocken, der mit wachsender Geschwindigkeit auf den Tarantas zurollte.

Der Jemschik schrie laut auf.

Michael Strogoff wollte die Pferde mit einem kräftigen Peitschenhieb antreiben, aber sie kamen nicht vom Fleck.

Wenige Schritte hätten gereicht – und der Felsblock wäre hinter ihnen niedergegangen.

Im Bruchteil einer Sekunde sah Michael Strogoff die Katastrophe voraus: der Tarantas begraben, das Mädchen zerschmettert – keine Chance mehr, sie lebend zu bergen!

Da rannte er hinter den Wagen, und die Gefahr gab ihm übermenschliche Kräfte. Er stemmte den Rücken gegen die Achse, die Füße bohrten sich in den Boden; das schwere Fahrzeug knarrte stöhnend ein Stückchen vorwärts.

Hinter dem jungen Mann donnerte der Felsblock zu Tal. Er streifte ihm die Brust und schnitt ihm den Atem ab wie eine fliegende Kanonenkugel. Knisternd und funkensprühend spritzten Kieselsteine hinterher.

»Bruder!« rief die zu Tode erschrockene Nadja, die im Aufleuchten eines Blitzes alles mit angesehen hatte.

»Nadja«, beruhigte sie Michael Strogoff, »nur keine Angst!«

»Um mich hab' ich keine!«

»Gott wird uns weiterhelfen!«

»Mir bestimmt, sonst hätte er mich nicht mit dir zusammengebracht«, sagte das junge Mädchen leise.

Der Stoß, den Michael Strogoff dem Tarantas mit letzter Anstrengung gegeben hatte, bewirkte ein kleines Wunder: die stutzenden Pferde hatten die Vorwärtsbewegung gespürt und sich instinktiv in die Zügel geworfen. So konnten sie von dem Kurier und dem Jemschik wieder in die Mitte der Straße gebracht und weitergezerrt werden – bergauf bis unter einen von Nord nach Süd verlaufenden Kamm, wo man endlich gegen den direkten Aufprall des Orkans einigermaßen gesichert war. Die Bergwand zur Rechten hing an dieser Stelle über und bildete eine Art Dach, über das schäumende Wildwasser schossen. Hier konnten sich wenigstens nicht diese gefährlichen Sturmwirbel bilden, und es mußte möglich sein, sich an dieser Stelle eine Zeitlang zu halten, während sonst überall ringsum kein Mensch und kein Tier länger als wenige Sekunden auf den Beinen blieb.

Man sah, wie einige Tannen, welche die Felswand überragten, von einem Augenblick zum andern keine Wipfel mehr hatten: sie waren gemäht worden von der Riesensense des Orkans.

Jetzt hatte das Unwetter seine volle Stärke, seinen absoluten Höhepunkt erreicht. Die Blitze schlugen in grellen Flammen in den Engpaß hinein, und im gleichen Atemzug brüllte der Donner hinterher. Die Erde zitterte und schwankte unterm Steinschlag; es war, als würde die ganze Gebirgskette durcheinandergeschüttelt.

Glücklicherweise war der Tarantas in einer geräumigen Felshöhlung verhältnismäßig gut gesichert. Die Böen strichen an seiner Seite vorbei. Trotzdem stand er nicht so vollständig im Windschatten, daß er nicht manchmal von verirrten Wirbeln gestreift und gegen das Gestein gedrückt worden wäre, so daß man immer befürchten mußte, ein besonders starker Stoß würde ihn an der Wand zerschmettern oder hochheben und in der Luft zerfetzen. Nadja mußte aussteigen.

Michael Strogoff suchte für sie mit der Laterne einen Unterschlupf. Er fand in der Felswand ein kleines Loch, das sich wahrscheinlich irgendwann ein Bergmann – vielleicht in ähnlicher Situation – mit der Spitzhacke geschlagen hatte. In diese winzige Höhle verkroch sich das junge Mädchen und konnte nur noch hoffen, daß sich das Unwetter jetzt rasch austoben würde.

Es war gegen ein Uhr morgens – da brach endlich der erlösende Sturzregen los. Die Orkanböen waren jetzt mit Wasser vermengt und dadurch von einer ungeheuren Kompaktheit. Blitz, Sturm und Wasser vereinigten sich zu einer gigantischen, unaufhörlich auf die Schlucht einschlagenden Peitsche.

Unter diesen Umständen die Fahrt fortzusetzen, daran war überhaupt nicht zu denken.

Wir kennen Michael Strogoffs Ungeduld. Aber er sah ein, daß er warten mußte, bis das Schlimmste vorbei war. Und den größten und beschwerlicheren Teil der Durchquerung des Ural hatten sie ja hinter sich. Die Paßhöhe zwischen Perm und Jekaterinburg war erreicht; es ging nur noch darum, die östlichen Hänge hinunterzufahren. Und eine Talfahrt in dieser Nacht, auf einem von Felsbrocken und Baumstämmen blockierten und durch Wildwasser teilweise fortgespülten Weg, und ringsum Nacht, Sturm und Wolkenbrüche – das würde zur sprichwörtlichen Höllenfahrt. Es wäre glatter Selbstmord.

»Abwarten fällt uns natürlich schwer«, sagte Michael Strogoff, »aber ganz bestimmt vermeiden wir dadurch schlimmere Verzögerungen. Dieses Unwetter ist so verheerend, daß es nicht lange andauern kann. Gegen drei Uhr fängt es zu dämmern an. Jetzt im Dunkeln hinunterzufahren ist Unsinn! Nach Sonnenaufgang wird es zwar noch schwierig genug sein, aber immerhin möglich!«

»Also warten wir natürlich ab«, erwiderte Nadja, »nur darfst du die Abfahrt auf keinen Fall mir zuliebe verschieben!«

»Ich weiß, daß du alles riskierst, Nadja! Aber wenn ich leichtsinnig wäre, würde ich nicht nur mein und dein Leben aufs Spiel setzen, sondern einen sehr wichtigen Auftrag.«

›Er hat also einen Auftrag, genau wie ich‹, dachte Nadja.

Da zerriß ein greller Blitz den Himmel. Er schien den Regen in eine sprühende Wolke zu zerstäuben. Im gleichen Augenblick hörte man den trocken gellenden Krach des Donnerschlags. Die Luft war voll von schwefeligem, stickigem Gestank, und eine zwanzig Schritte von dem Tarantas entfernt stehende Gruppe alter Kiefern loderte als gigantische Fackel.

Der Jemschik fiel flach auf den Rücken, konnte aber glücklicherweise unverletzt wieder aufstehen.

Als das letzte Rollen des in die Täler fliehenden Donners verklungen war, faßte Nadja Michael Strogoffs Hand und sagte ihm leise ins Ohr:

»Jemand ruft um Hilfe! Hast du's auch gehört? Irgendwo sind Leute in Not!«

ELFTES KAPITEL

HILFERUFE

Tatsächlich: in eine kurze Pause hinein waren oben von der Straße her und aus nicht allzu großer Entfernung von der Höhle, in welcher der Tarantas Schutz gefunden hatte, Hilferufe gedrungen.

Sie hörten sich an wie irgendein letzter verzweifelter Versuch, sich bemerkbar zu machen. Dort oben mußten sich Menschen in einer aussichtslosen Situation befinden!

188

Michael Strogoff lauschte angespannt.

Der Jemschik ebenso, aber dann schüttelte er den Kopf. Er hielt es für unmöglich, hier zu helfen.

»Das sind Leute, die uns brauchen!« rief Nadja.

»Uns? Mit uns können die nicht rechnen!« meinte der Jemschik.

»Und warum nicht?« antwortete ihm Michael Strogoff ärgerlich: »Was sie im umgekehrten Fall ganz bestimmt für uns tun würden, sollen wir nicht einmal versuchen?«

»Dabei kann alles draufgehen – Pferde und Wagen –«

»Dann lauf' ich zu Fuß«, unterbrach Michael Strogoff den Kutscher.

»Ich geh' mit!« sagte die junge Livländerin ganz spontan.

»Nein, Nadja – bleib lieber hier! Der Jemschik bleibt auch, und ihn möchte ich nicht alleine lassen.«

»Wie du meinst«, erwiderte Nadja.

»Und ganz gleich, was passiert – geh nicht aus dieser Höhle!«

»Du wirst mich in jedem Fall hier finden.«

Michael drückte dem Mädchen die Hand, lief gebückt um den Felsvorsprung und verschwand hinter der Kurve.

»Das ist nicht richtig, was dein Bruder da macht!« sagte der Jemschik zu dem jungen Mädchen.

Und sie antwortete nur mit einem Wort:

»Doch!«

Inzwischen kämpfte sich Michael Strogoff die Straße hinauf. Er beeilte sich nicht nur, weil er den Leuten, die gerufen hatten, möglichst rasch helfen wollte, sondern auch aus brennender Neugierde: Wer mochten sie sein? Was für zwingende Gründe mochten sie haben, ebenso wie er und Nadja ihr Leben einzusetzen, um unter so unmöglichen Bedingungen den Ural zu überqueren?!

Nur eines schien ihm sicher: Es mußten die gleichen sein, die seit gestern abend in einer Telega vor ihnen hergefahren waren.

Der Regen hatte nachgelassen, dafür tobte der Sturm fast noch schlimmer als bisher. Die Rufe, die der Wind heruntertrug, wurden immer deutlicher. Sehen konnte man von der Stelle aus, an der Michael Strogoff Nadja zurückgelassen hatte, noch nichts. Denn die Straße verlief in Serpentinen, und das bläuliche Flackern der Blitze beleuchtete immer nur die Felsnase, die vor der nächsten Wegbiegung stand.

Der Sturm fing sich in den Windungen der Straße und wirbelte dann auf der Suche nach einem Ausweg mit so schrecklicher Gewalt an den Felskanten entlang, daß Michael Strogoff sich manchmal nur mit letzter Kraft an einen Strauch oder eine Wurzel klammern konnte, um nicht fortgeblasen zu werden.

Doch bald war kein Zweifel mehr möglich: Die Leute, die um Hilfe riefen, mußten jetzt ganz in der Nähe sein. Wenn sie Michael Strogoff noch nicht sehen konnte, so kam das von der völligen Dunkelheit oder daher, daß sich diese Leute ebenfalls von der Straße weg in irgendeinen Unterschlupf geflüchtet hatten.

Aber schon waren die einzelnen Worte deutlicher zu unterscheiden. Und Michael Strogoff wunderte sich nicht wenig über das, was da gesprochen wurde.

»Kommst du zurück, du alter Gauner?!«

»Auf der nächsten Station laß ich dir die Knute geben!«

»He – du da unten – verdammter Höllenkutscher!«

»So wird man in diesem verfluchten Land spazierengefahren!«

»Und das nennen die eine Telega!«

»Dieser dreifache Erzhalunke! Einfach abhauen und die Fahrgäste im Dreck stecken lassen! Aber wahrscheinlich hat er's noch gar nicht gemerkt!«

»Und so was muß ich mir bieten lassen! Ich als Brite in offizieller Mission! Ich werde mich beschweren bei meiner Botschaft! Der Kerl muß gefaßt werden – und bestraft!«

Dieser ›Brite in offizieller Mission‹ war offensichtlich außer sich vor Wut. Der andere dagegen – so schien es Michael Strogoff – betrachtete die Situation aus einer weit weniger dramatischen Perspektive, denn er lachte ganz unvermittelt auf und meinte:

»Also ich finde das Ganze furchtbar komisch!«

»Was! Sie wagen es, über diese Katastrophe auch noch zu lachen?!« Der stolze Bürger des Vereinigten Königreichs wurde immer ärgerlicher, zumal er sich als Antwort anhören mußte:

»Aber natürlich, mein lieber Kollege – ich lache

aus vollem Hals! Was sollen wir denn sonst tun? Haben Sie eine bessere Idee? Nein? Dann lachen Sie doch auch! Oder haben Sie schon mal so was Komisches erlebt?«

Da füllte wieder ein entsetzlicher Donnerschlag die Schlucht mit Krachen und schwefeligem Dunst; es dauerte Minuten, bis das tausendfache Echo rings in den Bergen so weit abgeebbt war, daß die Stimme des Mannes, der die ganze Geschichte komisch fand, wieder zu hören war.

»Mir jedenfalls ist so was noch nie passiert! Aber in Frankreich gibt es das ja auch nicht!«

»Glauben Sie vielleicht – in England!?« erwiderte der Brite scharf.

Im Zucken der Blitze sah Michael Strogoff jetzt endlich, was hier eigentlich vorgefallen war: mitten auf der Straße, etwa zwanzig Schritt vor ihm, saßen zwei Männer auf dem hohen Rücksitz eines sonderbaren Wagens, der bis zur Hinterachse im Schlamm eines ausgefahrenen Geleises zu stecken schien.

Michael Strogoff konnte sich vollends zu den zwei Männern durcharbeiten, von denen der eine immer weiterlachte und der andere unaufhörlich weiterschimpfte.

Er erkannte die beiden Reporter, die mit ihm auf der *Kaukasus* von Nishny-Nowgorod nach Perm gefahren waren.

»Bonjour, Monsieur!« begrüßte ihn der Franzose: »Sehr erfreut, Sie auch einmal bei schlechtem

Wetter kennenzulernen! Sie gestatten, daß ich Ihnen Mister Blount vorstelle – meinen aufrichtigsten Feind!«

Der englische Journalist grüßte, und offenbar wollte er nun seinerseits in aller Form den Kollegen Alcide Jolivet vorstellen, aber Michael Strogoff winkte ab:

»Überflüssig, meine Herren, wir sind ja alte Bekannte von der Fahrt auf der Wolga her!«

»Eben – ganz recht, Monsieur –?«

»Nikolaus Korpanoff – Kaufmann aus Irkutsk«, antwortete Michael Strogoff. »Aber wollen Sie mir vielleicht verraten, was das für ein Unfall war, der Ihnen so komisch vorkommt und Ihren Herrn Kollegen so sehr in Wut bringt?«

»Urteilen Sie selbst, Herr Korpanoff«, sagte Alcide Jolivet, »ob das lächerlich ist oder nicht: Da fährt uns der Kutscher mit dem Vordergestell dieses idiotischen Klapperkastens davon und läßt uns auf der hinteren Hälfte einfach hier sitzen! Nun haben wir eine halbe Telega für uns beide, aber keinen Kutscher mehr, der den Weg weiß, und keine Pferde, die uns auf diesem Weg ziehen können. Wenn das nicht ungeheuer komisch ist –!?«

»Ich finde das überhaupt nicht lächerlich«, brummte der Engländer.

»Ist es aber, Herr Kollege. Leider sehen Sie die Sache aus einer etwas unglücklichen Perspektive!«

»Und wie stellen Sie sich vor, sollen wir jetzt noch weiterkommen?« fragte Harry Blount.

»Nichts einfacher als das«, lachte Alcide Jolivet: »Sie spannen sich beispielsweise vor dieses
Fragment von einer Kutsche. Ich nehme Peitsche
und Zügel, spiele den Jemschik, sage zu Ihnen:
›Auf geht's, mein Täubchen‹, und dann traben Sie
mit mir los – genau wie vorher die –«

»Mister Jolivet!« Der Engländer richtete sich
auf seinem Sitz hoch: »Dieser Scherz geht mir einfach zu weit, und –«

»Warum denn? Beruhigen Sie sich doch! Sobald
Sie schlappmachen, wechseln wir ab! Und wenn
ich dann nicht einen Höllengalopp vorlege, dürfen
Sie mich auch als faule Schnecke oder lahme Schildkröte beschimpfen, so lange Sie Lust haben!«

Das alles sprudelte Alcide Jolivet unter so
selbstverständlichem Gelächter heraus, daß Michael Strogoff am Ende mitlachte.

»Meine Herrn«, sagte er schließlich, »da möchte
ich Ihnen doch etwas Besseres vorschlagen. Wir
sind hier ungefähr auf der Paßhöhe des Ural,
brauchen also von jetzt ab fast nur noch bergab
zu fahren. Mein Wagen steht fünfhundert Schritte
hinter uns. Ich trete Ihnen eines meiner Pferde ab,
das können Sie vor Ihre restliche Telega spannen.
So kommen wir, wenn alles gut geht, morgen alle
miteinander in Jekaterinburg an.«

»Herr Korpanoff«, sagte Alcide Jolivet, »das
ist ein äußerst großzügiges Angebot!«

»Ich muß hinzufügen«, antwortete Michael
Strogoff, »daß ich Sie gern in meinem Tarantas

mitnehmen würde; aber der hat nur zwei Plätze – und ich reise zusammen mit meiner Schwester.«

»Aber ich bitte Sie, Monsieur«, erwiderte Alcide Jolivet, »mein Kollege und ich – mit Ihrem Pferd vor dem Hinterteil unserer Telega – so kommen wir, wenn es sein muß, ans Ende der Welt!«

»Sir«, sagte Harry Blount, »wir nehmen Ihren liebenswürdigen Vorschlag an! Aber dieser Jemschik –«

»Ach, glauben Sie mir – es ist bestimmt nicht das erste Mal, daß dem so was passiert!« bemerkte Michael Strogoff.

»Warum kommt er dann nicht zurück? Er weiß doch genau, daß er uns hier in einer scheußlichen Lage zurückgelassen hat, der Halunke!«

»Wahrscheinlich hat er keine Ahnung!«

»Was? Dieser Gauner soll gar nicht bemerkt haben, daß ihm von seiner Telega die hintere Hälfte fehlt?«

»Ganz bestimmt nicht! Der fährt auf seinem Vorderteil mit der unschuldigsten Miene der Welt nach Jekaterinburg hinein!«

»Was habe ich gesagt, Herr Kollege«, lachte wieder Alcide Jolivet, »es ist die komischste Geschichte, die uns passieren konnte!«

»Also, meine Herrn«, drängte Michael Strogoff, »kommen Sie jetzt bitte mit zu meinem Wagen!«

»Und unsere Telega?« fragte der Engländer.

»Keine Angst, mein lieber Blount«, rief ihm Alcide Jolivet zu, »die fliegt uns nicht davon! Die hat hier so gut Wurzeln geschlagen, daß sie kommendes Frühjahr Knospen treiben würde, wenn man sie stehenließe!«

»Also – gehen wir«, sagte Michael Strogoff. »Wir müssen den Tarantas erst mal hierherschaffen!«

Der Franzose und der Engländer stiegen von ihrer Bank, die unfreiwillig vom Rücksitz zum Vordersitz geworden war, herunter und liefen dann hinter Michael Strogoff her.

Auch unterwegs verlor Alcide Jolivet keine Sekunde lang seine glänzende Laune, die sich als absolut unzerstörbar erwies.

»Also, Herr Korpanoff«, wiederholte er immer wieder, »Sie helfen uns da tatsächlich aus der größten Verlegenheit, die man sich vorstellen kann!«

»Ich tue nicht mehr«, erwiderte Michael Strogoff, »als was jeder andere an meiner Stelle auch getan hätte. Wenn wir erst einmal so weit sind, daß man sich auf der Landstraße nicht mehr gegenseitig weiterhilft, dann bleiben wir besser gleich zu Hause.«

»Jedenfalls sind wir jetzt tief in Ihrer Schuld! Wenn wir uns irgendwie einmal revanchieren können – Sie haben ja sicher noch einen weiten Weg vor sich – vielleicht durch die Steppen, oder –?«

Alcide Jolivet fragte zwar nicht direkt, wohin Michael Strogoffs Reise gehen sollte, aber dieser hörte doch gleich die nackte Neugierde des Reporters heraus und antwortete, um nicht in den Verdacht der Geheimniskrämerei zu kommen:

»Ich fahre zunächst nach Omsk.«

»Und Mister Blount und ich«, erklärte Alcide Jolivet, »haben eigentlich überhaupt kein konkretes Ziel. Wir wollen dorthin, wo wir vielleicht Kugeln pfeifen hören – wo es zumindest ein bißchen aufregend zugeht.«

»Zum Kriegsschauplatz?« fragte Michael Strogoff mit einem gewissen Interesse.

»Ganz recht, Monsieur Korpanoff! Und dort treffen wir uns sicher nicht wieder!«

»Ganz bestimmt nicht«, antwortete Michael Strogoff. »Ich bin gar nicht scharf auf eine Kugel oder einen Lanzenstich. Ich bin ein friedlicher Bürger und denke nicht daran, freiwillig dorthin zu gehen, wo man sich gegenseitig totschlägt.«

»Tut mir leid, Monsieur – tut mir aufrichtig leid, daß wir uns so schnell wieder trennen müssen! Aber vielleicht haben wir Glück und können wenigstens von Jekaterinburg aus noch ein Stück miteinander fahren, und wenn es nur ein paar Tage sind!?«

Michael Strogoff überlegte kurz, dann fragte er zurück: »Wieso? Fahren Sie auch über Omsk?«

»Das wissen wir im Augenblick selber noch nicht genau«, antwortete Alcide Jolivet, »jedenfalls zunächst mal nach Ischim. Von dort aus sehen wir weiter – je nachdem.«

»Schön, meine Herrn«, sagte Michael Strogoff,

»dann werden wir auf jeden Fall bis Ischim zusammen sein.«

Michael Strogoff wäre eigentlich lieber alleine geblieben. Aber er konnte sich von den beiden, die genau die gleiche Strecke vor sich hatten, nicht gut absetzen, ohne daß es auffallen würde. Im übrigen schien Alcide Jolivet mit seinem Kollegen in Ischim eine Rast einlegen zu wollen, während er selber mit Nadja sofort nach Omsk weiterfahren mußte. So lag also für ihn kein Grund vor, den beiden Reportern ihren Wunsch abzuschlagen.

»Also, meine Herrn, einverstanden: Wir bleiben beieinander!«

Und dann fragte er ganz nebenbei:

»Wissen Sie vielleicht irgendwas Genaueres über die Tatareninvasion?«

»Leider nur so viel«, erwiderte Alcide Jolivet, »wie in Perm allgemein bekannt ist: Die Tatarenhaufen des Feofar-Khan haben die ganze Provinz Semipalatinsk überrannt und stoßen jetzt in Eilmärschen am Irtysch entlang nach Omsk vor. Sie werden sich also ein bißchen beeilen müssen, wenn Sie noch vorher dort sein wollen!«

»Da haben Sie allerdings recht«, bemerkte Michael Strogoff.

»Und dann redet man davon, es sei dem Oberst Ogareff gelungen, verkleidet über die Grenze zu kommen, und er versuche jetzt, sich in der überfallenen Provinz wieder dem Tatarenchef anzuschließen.«

»Woher will man das alles wissen?« warf Michael Strogoff ein, für den diese mehr oder weniger glaubwürdigen Neuigkeiten ja sehr wichtig waren.

»Nun – wie man eben wissen muß, was alles so in der Luft liegt!« antwortete Alcide Jolivet.

»Haben Sie konkrete Anhaltspunkte für Ihre Vermutung, Ogareff sei in Sibirien?«

»Man sagte mir, er sei auch auf dem Weg von Kasan nach Jekaterinburg.«

»Wer hat Ihnen das gesagt?« mischte sich Harry Blount ein, den die letzte Bemerkung des französischen Reporters aus seiner Reserve getrieben hatte.

»Ich weiß es eben«, lächelte Alcide Jolivet.

»War Ihnen auch bekannt, daß er sich als Zigeuner verkleidet hat?«

»Als Zigeuner?!« wiederholte Michael Strogoff unwillkürlich. Er erinnerte sich an den alten Tsiganen in Nishny-Nowgorod, an dessen Fahrt auf der *Kaukasus* – und seine Ausschiffung in Kasan.

»Ich habe genug darüber erfahren«, meinte Alcide Jolivet, »um meiner Cousine rasch ein Briefchen zu schreiben.«

»Sie scheinen in Kasan sehr produktiv gewesen zu sein«, bemerkte der Engländer frostig.

»Warum auch nicht, mein lieber Kollege: Die *Kaukasus* und ich – wir beide haben in Kasan Proviant aufgenommen!«

Michael Strogoff achtete nicht mehr auf das Wortgefecht, das zwischen Harry Blount und Alcide Jolivet weitergeführt wurde. Er mußte immer wieder an die Zigeunertruppe denken: an den alten Tsiganen, dessen Gesicht er nicht deutlich erkennen konnte, an die Frau, die bei ihm war, an die sonderbaren Blicke, die sie ihm zugeworfen hatte. Er gab sich Mühe, alle Einzelheiten, an die er sich erinnerte, miteinander in Zusammenhang zu bringen.

Da krachte aus der Richtung, in der sein Wagen stand, ein Schuß.

»Los – vorwärts, meine Herrn!« rief er.

»Ganz beachtlich für einen, der behauptet, er sei ein friedlicher Bürger«, bemerkte Alcide Jolivet zu Harry Blount. »Hört einen Flintenschuß und läuft ihm gleich nach!«

Beide Reporter – keiner von ihnen wollte bei dieser gefährlichen Angelegenheit der letzte sein oder zu spät kommen – rannten hinter Michael Strogoff her.

Und schon nach wenigen Augenblicken bogen sie um die Kurve, hinter welcher der Tarantas unter dem Felsendach stand.

Noch schlugen die Flammen aus der Fichtengruppe, die der Blitz in Brand gesetzt hatte, und so sah man auf den ersten Blick, daß niemand auf der Straße war. Aber Michael Strogoff wußte, er konnte sich nicht getäuscht haben: Der scharfe Knall mußte ein Flintenschuß gewesen sein.

Da brummte es plötzlich wütend, und unter dem Felsdach hervor krachte ein zweiter Schuß.

»Ein Bär!« schrie Michael Strogoff, der dieses Brummen nur zu gut kannte: »Nadja – Nadja!«

Er riß seinen Hirschfänger aus dem Gürtel und lief gebückt um die Felsnase herum, hinter der das junge Mädchen auf ihn zu warten versprochen hatte.

Die Fichten, die jetzt bis zum Wipfel hinauf wie Stroh brannten, warfen ihr grelles Licht über die ganze Schlucht.

Michael Strogoff erreichte den Tarantas; im gleichen Augenblick tappte eine enorme Masse schwerfällig auf ihn zu.

Es war ein riesiger Bär. Vermutlich hatte ihn der Sturm aus dem Gehölz vertrieben, das hier überall an den Abhängen wucherte, und wahrscheinlich hatte er Unterschlupf gesucht in der Höhle, in der sich Nadja versteckt hielt.

Zwei von den Pferden rissen sich, als das ungeheure Tier auf sie zutaumelte, von ihren Strängen los und galoppierten davon. Der Jemschik, der natürlich nur an seine Tiere dachte und völlig vergaß, daß das Mädchen dem Angriff des Bären nun schutzlos ausgeliefert war, rannte seinen Pferden nach.

Nadja war ein couragiertes Mädchen und behielt die Nerven. Der Bär hatte sie noch nicht bemerkt und ging auf das dritte Pferd los. So konnte sie aus der Höhlung schleichen, die sie verborgen hatte, zum Wagen laufen, einen von Michael Strogoffs Revolvern finden, sich kaltblütig vor den

Bären hinstellen und aus unmittelbarer Nähe einen Schuß auf ihn abfeuern.

An der Schulter nur leicht verletzt, wandte sich das Tier nun gegen das Mädchen, das zunächst davonlief, um den Tarantas herum. Dabei sah es, daß das dritte – das einzige noch übriggebliebene – Pferd sich inzwischen auch loszureißen versuchte, und wußte, daß mit dem Verlust aller drei Pferde an eine Weiterfahrt vorerst nicht zu denken war.

So machte Nadja kehrt und stellte sich dem Bären erneut in den Weg. Und in dem Augenblick, als er sich hochrichtete und die gewaltige Tatze hob, um ihr den Kopf zu zertrümmern, nahm sie ihren ganzen Mut zusammen und schoß noch einmal auf ihn.

Das war der zweite Schuß – ganz in der Nähe Michael Strogoffs – gewesen. Und eine Sekunde später war der Kurier des Zaren zur Stelle. Mit einem Sprung stand er zwischen dem Bären und dem jungen Mädchen.

Seine Hand stieß hart zu und riß dann das Messer nur einmal von unten nach oben. Und das gewaltige Tier sackte, vom Bauch bis zur Gurgel aufgeschlitzt, in sich zusammen.

Das war eine Probe des Könnens der sibirischen Jäger, die mit dieser Methode den Bären erlegen, ohne dabei das für sie so kostbare Fell zu beschädigen.

»Du bist doch nicht verletzt?« war Michael

Strogoffs erste Frage, als er sich zu dem jungen
Mädchen umdrehte.

»Nein«, antwortete Nadja.

Da kamen auch die beiden Reporter.

Voran Alcide Jolivet, der sofort das Pferd an

der Mähne packte. Und offensichtlich konnte er kräftig zugreifen, denn es gelang ihm sofort, das aufgescheuchte Tier wieder zur Räson zu bringen.

Natürlich hatte er, ebenso wie Harry Blount, Michael Strogoffs kurzen Kampf aus nächster Nähe mit angesehen.

»Donnerwetter!« platzte er heraus. »Für einen kleinen Kaufmann führen Sie eine beachtlich gute Klinge!«

»Eine verdammt gute!« bestätigte Harry Blount.

»In Sibirien«, meinte Michael Strogoff, »muß man von allem ein bißchen was verstehen.«

Alcide Jolivet schaute sich den jungen Mann genauer an.

Wie er so dastand, hell beleuchtet von den Riesenfackeln der brennenden Fichten, den blutigen Hirschfänger in der Faust, den Fuß auf dem Rükken des erlegten Bären, machte Michael Strogoff bei seinem hohen Wuchs und seinem entschlossenen Blick schon eine imposante Figur.

›Ein toller Bursche‹, sagte sich Alcide Jolivet.

Dann nahm er den Hut vom Kopf, ging zu dem jungen Mädchen und begrüßte es.

Nadja antwortete mit einer leichten Verbeugung.

Alcide Jolivet drehte sich zu seinem Kollegen um und sagte:

»Die paßt gut zu ihrem Bruder. Wenn ich Bär wäre – diesem couragierten und charmanten Pärchen ginge ich bestimmt aus dem Weg.«

Harry Blount stand, steif wie eine Hopfen-
stange und ebenfalls mit gezogenem Hut, ein
Stückchen abseits. Die zwanglose Höflichkeit seines Kollegen machte ihn noch verklemmter als gewöhnlich.

Jetzt kam auch der Jemschik zurück, dem es gelungen war, seine beiden Rosse wieder einzufangen. Er warf zuerst einen bedauernden Blick auf
das prächtige Tier, das hier am Boden lag und das
man den Vögeln und Füchsen als Beute lassen
mußte. Dann machte er sich daran, das Geschirr
wieder in Ordnung zu bringen.

Michael Strogoff erklärte ihm die Situation der
beiden Reporter und sagte, daß er den Herren
eines der Pferde seines Tarantas versprochen habe.

»Ganz wie du willst«, entgegnete der Jemschik.
»Allerdings – bei zwei Wagen –«

Alcide Jolivet wußte sofort, was es mit dieser
Einschränkung auf sich hatte.

»Natürlich«, fiel er ihm rasch ins Wort, »kosten
zwei Wagen doppelt so viel wie einer – das ist ganz
klar, mon ami!«

»Ja, dann«, strahlte der Jemschik: »Auf geht's –
meine Süßen, meine Täubchen!«

Nadja war eingestiegen, Strogoff und die beiden
Reporter folgten dem Tarantas zu Fuß.

Es war drei Uhr. Der Sturm hatte sich zwar
noch nicht völlig gelegt, seine Zerstörungskraft jedoch schon weitgehend eingebüßt. Man kam ziemlich schnell durch den Hohlweg voran.

Mit dem ersten Schimmer der Morgendämmerung erreichte man das Wrack der Telega, die – so wie sich das gehörte – bis zur Achse im Schlamm steckte. Man sah deutlich, daß sich bei einem heftigen Ruck das Vorderteil losgerissen haben mußte.

Das eine der Seitenpferde des Tarantas wurde nun, so gut das eben ging, mit Stricken vor den Sitzkasten der Telega gespannt. Die beiden Reporter setzten sich auf die Bank ihrer kuriosen halben Kutsche, und beide Wagen fuhren hintereinander los. Und da es nur noch die östlichen Ausläufer des Ural hinunter, also fortwährend bergab ging, gab es keinerlei Schwierigkeiten mehr.

Sechs Stunden später kamen die beiden Fahrzeuge miteinander in Jekaterinburg an, ohne daß es durch weitere Zwischenfälle unterwegs Verzögerungen gegeben hätte.

Der erste Mensch, dem die Reporter schon unter der Tür zur Poststation begegneten, war ihr Jemschik, der sie in aller Seelenruhe zu erwarten schien.

Diesen würdigen Kutscher hatte der Unfall überhaupt nicht aus dem Konzept gebracht. Mit dem besten Gewissen und der größten Selbstverständlichkeit ging er seinen Fahrgästen entgegen und hielt augenzwinkernd die Hand hin, um sein – wovon er überzeugt war – wohlverdientes Trinkgeld zu kassieren.

Hier kann leider nicht verschwiegen werden, daß Harry Blount mit britischer Vehemenz geradezu explodierte. Wäre der Jemschik nicht vor-

sichtig drei Schritte zurückgewichen, hätte ihm
sein Fahrgast das ›na vodku‹ in Gestalt eines Auf-
wärtshakens unters Kinn gegeben.

Als Alcide Jolivet diesen Ausbruch angelsäch-
sischen Temperaments sah, krümmte er sich vor

Vergnügen und lachte wie vielleicht noch nie zuvor.

»Aber er hat doch recht, der arme Teufel!« schrie er. »Vollkommen recht hat er, mein lieber Kollege! Oder ist es vielleicht seine Schuld, wenn wir ihm nicht nachgekommen sind?!«

Er kramte ein paar Kopeken aus der Tasche.

»Da, nimm!« rief er und warf sie dem Jemschik hin. »Was kannst du dafür, wenn du sie nicht verdient hast?!«

Das brachte nun Harry Blount noch mehr durcheinander. Er wollte den Postmeister verantwortlich machen und drohte mit einem Prozeß.

»Ein Prozeß – in Rußland?!« lachte Alcide Jolivet: »So wie der Streitfall hier liegt, mein Bester, würden Sie das Ende davon gar nicht erleben! Kennen Sie nicht die Geschichte von der russischen Amme, die von der Familie ihres Säuglings verklagt wurde, weil sie dem Baby nicht mehr ihre Milch geben wollte?«

»Nein, die Geschichte kenne ich nicht«, gestand Harry Blount.

»Dann wissen Sie auch nicht, was aus dem Säugling geworden war, als das Urteil zu seinen Gunsten in Kraft treten konnte?!«

»Er war vermutlich inzwischen halb verhungert?!«

»Nein, er war Oberst bei den Gardehusaren!«
Allgemeines Gelächter.

Alcide Jolivet holte in bester Stimmung sein

Notizbuch aus der Tasche und bereicherte es – da er
beabsichtigte, später einmal ein Wörterbuch mos-
kowitischer Spezialausdrücke herauszugeben –
durch folgende Bemerkung:

›Telega – ein in Rußland sehr beliebter Reise-
wagen; fährt auf vier Rädern ab, kommt auf zwei
Rädern an.‹

ZWÖLFTES KAPITEL

DIE HERAUSFORDERUNG

Geographisch ist Jekaterinburg eine Stadt in
Asien, denn sie liegt östlich vom Ural, mitten in
dessen letzten Ausläufern. Trotzdem gehört sie
zum Gouvernement Perm, ist also ein Teil von
dem ausgedehnten Gebiet des europäischen Rußlands. Dieser administrative Übergriff hat seinen
guten Grund: Jekaterinburg verbleibt als fester
sibirischer Brocken zwischen den Kiefern Rußlands.

Weder für Michael Strogoff noch für die beiden
Reporter konnte es schwierig sein, sich in dieser
großen, schon 1723 gegründeten Stadt die not-
wendigen Mittel für die Fortsetzung ihrer Reise
zu beschaffen.

In Jekaterinburg befindet sich die älteste und
bedeutendste Münze des ganzen Reiches. Auch die

zaristische Generaldirektion sämtlicher Erzberg-
werke hat dort ihren Sitz. Die Stadt ist also ein
wichtiges Industriezentrum in einem Land, wo
Erzhütten, Goldminen und Platinwäschereien auf
Schritt und Tritt anzutreffen sind.

In jenen Tagen war der spontane Bevölkerungs-
zuwachs ungewöhnlich. Russen und Sibirier ström-
ten von allen Seiten in die Stadt. Zum Teil Leute,
die von Feofar-Khans Horden bereits verjagt worden waren, aber auch Flüchtlinge – Russen ebenso
wie Sibirier, die ihr Hab und Gut rechtzeitig in
Sicherheit bringen wollten –, vor allem Kirgisen
aus dem südwestlichen Irtyschgebiet bis zu den
Grenzen von Turkestan.

War es also schwierig, Wagen für die Fahrt nach
Jekaterinburg zu bekommen, so konnte man in der
Stadt – um diese zu verlassen – an jeder Ecke
Verkehrsmittel kaufen. Denn in der gegenwärtigen Situation gab es nur wenige, die Lust hatten,
nach Sibirien zu reisen oder dorthin zurückzukehren.

Unter diesen Umständen wurde es für Alcide
Jolivet und für Harry Blount natürlich leicht,
ihre kuriose halbe Telega durch ein komplettes
Fahrzeug zu ersetzen.

Was Michael Strogoff angeht, so hatte er ja noch
seinen Tarantas, der durch die Fahrt über die
Kette des Ural nicht sonderlich mitgenommen war.
Man brauchte nur drei frische, gute Pferde vorzu-
spannen, und die Reise nach Irkutsk konnte mit

der bisherigen Geschwindigkeit fortgesetzt werden.

Bis Tjumen – sogar bis Novo-Zaimskoe – ging es immer noch fortwährend bergauf und bergab, denn so weit dehnten sich die hügeligen Vorberge, in denen die Uralkette nach Osten hin in immer sanfter verebbenden Wellen ausläuft. Jenseits von Novo-Zaimskoe jedoch begann dann unwiderruflich die grenzenlose Steppe, die sich hinzieht bis in die Nähe von Krasnojarsk, das heißt durch ein Gebiet von eintausendsiebenhundert Werst, das sind eintausendachthundertundfünfzehn Kilometer Durchmesser.

Wir hörten schon, daß die beiden Reporter vorhatten, zunächst bis Ischim durchzufahren. Diese Stadt liegt sechshundertdreißig Werst von Jekaterinburg entfernt. Dort wollten sie sich erst einmal über den gegenwärtigen Stand der militärischen Lage informieren und dann zum Brennpunkt der Ereignisse aufbrechen. Gemeinsam oder getrennt, in jedem Fall dem eigenen Jagdinstinkt folgend.

Die Straße von Jekaterinburg nach Ischim – sie setzt sich von dort bis Irkutsk fort – war die einzige gute und direkte Verbindung, und so mußte sie auch Michael Strogoff unbedingt benützen. Da er aber im Gegensatz zu den beiden Journalisten keine Veranlassung hatte, allen möglichen Neuigkeiten und Gerüchten nachzugehen, und auch den Kriegsschauplatz nicht aufsuchen, sondern ihm aus

dem Weg gehen wollte, war er fest entschlossen, hier und auf der Fahrt auch nicht eine einzige Stunde zu verlieren.

So erklärte er seiner neuen Reisebekanntschaft: »Meine Herren, es wird mir zwar ein Vergnügen sein, noch eine Weile mit Ihnen gemeinsam zu reisen. Doch muß ich Sie im voraus darauf hinweisen, daß ich so schnell wie irgend möglich in Omsk sein möchte, wo meine Schwester und ich zu unserer Mutter wollen. Wer weiß, ob wir überhaupt noch hinkommen, bevor die Tataren dort sind! Ich hoffe, Sie haben Verständnis, wenn ich ohne Rast und Pause Tag und Nacht durchfahre und auf keiner Poststation länger anhalte, als es das Umspannen der Pferde erfordert.«

»Genauso wollen wir es auch halten – vorerst«, bemerkte Harry Blount.

»Also schön«, erwiderte Michael Strogoff, »dann verlieren Sie jetzt keine Zeit. Mieten oder kaufen Sie sich einen Wagen, der –«

»– so liebenswürdig ist«, fuhr Alcide Jolivet fort, »mit vorderer und hinterer Hälfte und der kompletten Anzahl seiner Räder auf der nächsten Station anzukommen.«

Eine halbe Stunde später hatte der schlaue Franzose mühelos einen Tarantas aufgetrieben, der dem Michael Strogoffs ziemlich ähnlich sah, und er und sein Kollege machten sich's darin bequem.

Michael Strogoff und Nadja stiegen ebenfalls ein – und so verließen beide Fahrzeuge gegen Mittag hintereinander Jekaterinburg.

Nun war also Nadja endlich in Sibirien und auf dem langen Weg, der nach Irkutsk führt. Was mochte der jungen Livländerin alles durch den Kopf gehen? Drei schnelle Rosse zogen sie durch dieses Land der Verbannung, wo ihr Vater verurteilt war, unendlich fern von der Heimat vielleicht sein ganzes Leben zu verbringen!

Aber sie sah kaum hinaus auf die unermeßlichen Steppen, die sie eigentlich gar nicht betreten durfte. Ihre Blicke hingen am fernen östlichen Horizont – dort suchte sie das Gesicht des Verbannten. Von der Landschaft, die mit einer Geschwindigkeit von durchschnittlich sechzehn Werst in der Stunde an ihr vorbeiflog, nahm sie überhaupt keine Notiz. Was interessierte sie schon dieses westliche Sibirien, das sich vom östlichen Teil so grundlegend unterscheidet!

Hier findet man nur da und dort vereinzelt ein bebautes Feld. Denn der Boden ist – zumindest seine oberste Kruste – karg und steinig. Dafür liegen in der Tiefe unerschöpfliche Schätze: Eisen, Kupfer, Gold, Platin. Deshalb sieht man überall Hütten, Bergwerke und Minen, aber fast nirgends Bauernhöfe. Woher sollten auch die erforderlichen Arbeitskräfte kommen, um die Erde zu pflügen, die Felder zu säen und zu ernten? Es ist ja weitaus rentabler, den Boden aufzugraben und mit Spitzhacke und schwerem Hammer wertvolles Gestein und Metall loszuhauen! Hier hat der Bauer dem Bergmann Platz gemacht. Überall stehen Hacken herum, nirgends ein Spaten.

Nur manchmal konnte Nadja ihre Gedanken von den fernen Provinzen am Baikalsee losreißen und mit einigem Interesse auf ihre gegenwärtige

Lage richten. Dann verblaßte das Bild ihres Vaters ein wenig und verwandelte sich in die Züge ihres Begleiters, mit dem sie ein freundlicher Zufall zum erstenmal auf der Eisenbahn von Wladimir zusammengebracht hatte. Sie erinnerte sich seiner höflichen Aufmerksamkeit während der Fahrt. Sie dachte zurück an sein plötzliches Auftauchen im Vorzimmer der Polizeidienststelle von Nishny-Nowgorod; wie er sie einfach mit ›Schwester‹ angeredet hatte; mit wieviel Anstand und Zurückhaltung er sich auf dem Wolgadampfer um sie gekümmert hatte; und wie er schließlich bei dem schrecklichen Gewitter im Ural sein Leben für sie eingesetzt hatte.

Nadja beschäftigte sich also mit Michael Strogoff. Sie dankte dem Himmel, daß er ihr als Beschützer gerade diesen rücksichtsvollen und anständigen jungen Mann geschenkt hatte. Neben ihm fühlte sie sich vollkommen sicher. Ein leiblicher Bruder konnte sie nicht besser behandeln und nicht sorgfältiger auf sie aufpassen. Sie fürchtete keine Schwierigkeiten mehr. Sie war fest überzeugt, daß sie am Ende ihr Ziel erreichen würde.

Auch Michael Strogoff sprach wenig und dachte über vieles nach. Auch er spürte, wie er allen Grund hatte, dem Himmel dankbar zu sein. Die Begegnung mit Nadja sicherte ihm seine Anonymität und erleichterte es ihm, unerkannt zu bleiben. Nebenbei konnte er dem Mädchen wirklich helfen.

Ihre Ruhe und Unerschrockenheit weckten in ihm nicht nur Sympathie, sondern ein Gefühl echter Zusammengehörigkeit. Hätte sie nicht tatsächlich seine Schwester sein können? Er empfand für seine schöne und couragierte Reisegefährtin ebensoviel Respekt wie Zuneigung. Hier saß an seiner Seite einer der wenigen Menschen, auf die man sich in jeder Lage verlassen konnte.

Das war um so wichtiger, als mit dem Betreten sibirischen Bodens für ihn die eigentlichen Schwierigkeiten erst begannen. Denn wenn die beiden Reporter richtig gehört hatten: wenn es Iwan Ogareff wirklich gelungen war, die Grenze zu überschreiten, dann konnte sich Michael Strogoff von jetzt ab überall nur noch mit größter Vorsicht bewegen.

Hier lagen die Verhältnisse genau umgekehrt als im europäischen Rußland. Sibirien wimmelte von tatarischen Spionen. Ging sein Inkognito verloren, wurde er als Kurier des Zaren entlarvt, dann war seine Mission gescheitert, sein Leben zumindest bedroht. Michael Strogoff drückte die Verantwortung, die ihm aufgeladen worden war, immer schwerer.

Das war also die Situation im ersten Wagen. Wie sah es im zweiten aus? Man könnte sagen: Keine besonderen Vorkommnisse! Alcide Jolivet schwätzte wie immer munter drauflos, Harry Blount antwortete wie immer mit einsilbigen Brocken. Jeder sah alles, was sich ereignete, aus seiner ganz persönlichen Perspektive und machte sich Reisenotizen; aber es wäre übertrieben, wenn man behaupten wollte, daß sich während dieses ersten Abschnitts ihrer Fahrt durch Westsibirien überhaupt etwas Notierenswertes ereignete.

In jeder Station stiegen die beiden Reporter aus und statteten Michael Strogoffs Tarantas einen kurzen Besuch ab. Denn wo keine Mahlzeit eingenommen wurde, verließ Nadja den Wagen gar nicht. Nur wenn man frühstückte oder zu Mittag aß, setzte sie sich mit an den Tisch, hielt sich aber sehr zurück und beteiligte sich kaum an der Unterhaltung.

Ohne jemals die Grenzen gebildeter Konvention zu überschreiten, zeigte sich Alcide Jolivet der jungen Livländerin gegenüber, die er überaus anziehend fand, von der besten Seite. Er bewunderte die disziplinierte Energie, die das Mädchen bei all den Strapazen einer unter so widrigen Umständen durchgeführten Reise an den Tag legte.

Diese kurzen Zwangspausen gefielen Michael Strogoff gar nicht sehr. Auf jeder Poststation war er es, der zur baldmöglichen Weiterfahrt drängte, den Postmeister antrieb und dem Jemschik beim Anspannen zur Hand ging. Hatte man die Mahlzeit hinter sich – in größter Hast und zum Ärger Harry Blounts, der nun einmal ein sorgfältiger und methodischer Esser war –, so fuhr man weiter. Die beiden Reporter natürlich ebenfalls als ›Adler‹. Auch sie bezahlten großzügig und, wie Alcide Joli-

218

vet sich ausdrückte, ›nicht nur als Adler, sondern auch mit Adlern‹ [1].

Es versteht sich, daß Harry Blount mit dem jungen Mädchen nichts anfangen konnte. Sie war eines der wenigen Themen, über die er mit seinem Kollegen nie ins Gespräch kam. Der ehrenwerte Gentleman hielt es für eine schlechte Angewohnheit, sich um zweierlei gleichzeitig zu kümmern.

Als ihn einmal Alcide Jolivet ganz nebenbei fragte, wie alt die kleine Livländerin wohl sein mochte, kniff er die Augen zusammen und fragte zurück:

»Welche kleine Livländerin?«

»Teufel noch mal: die Schwester von Nikolaus Korpanoff!«

»Ach – das ist seine Schwester?!«

»Nein, seine Großmutter!« antwortete Alcide Jolivet, dem ein solches Ausmaß an Phlegma unverständlich war. »Nun, für wie alt halten Sie das Mädchen?«

»Woher soll ich das wissen? Als sie geboren wurde, war ich nicht dabei«, meinte Harry Blount, dem Alcide Jolivets Interesse völlig überflüssig vorkam.

Der Landstrich, über den die beiden Wagen hinrollten, war fast vollkommen menschenleer. Das Wetter blieb freundlich, der Himmel leicht bewölkt, die Temperatur angenehm. Auf besser ab-

[1] ›Adler‹ ist auch eine russische Münze im Wert von fünf Rubeln.

gefederten Sitzen wäre die Reise geradezu behag-
lich gewesen. Sie kamen sehr rasch voran, so schnell
wie mit den Berlinen der russischen Post.

Daß dieses Land so öde dalag, hatte aber seinen
Grund einzig in den augenblicklichen Verhältnissen. Tatsächlich sah man auf den wenigen Anbau-
flächen kaum einen jener bleichen und todernsten
sibirischen Bauern, die eine berühmte Dame mit
den Kastiliern verglichen, aber gleichzeitig auf den
Unterschied hingewiesen hat: daß ihnen der trot-
zige Stolz des Spaniers fehle.

Manche verlassenen Dörfer ließen sogar schon
auf Überfälle von Tataren schließen. Dort waren
die Einheimischen nach Norden geflohen und hatten natürlich ihre Schafherden, Kamele und Pferde
mitgenommen.

Einige loyale Stämme der großen Kirgisen-
horde hatten auch schon ihre Zelte über den Irtysch
und Obi geschafft, um der Plünderung und Rache
der Rebellen zu entgehen.

Glücklicherweise lief der Postbetrieb hier noch
störungsfrei, ebenso das Telegraphenwesen, soweit
eben der Draht noch nicht unterbrochen war.

So stellten die Postmeister ihre Pferde zu den
vorgeschriebenen Gebühren zur Verfügung, und
auf jeder Station saß ein Beamter hinter seinem
Schalter und nahm Telegramme entgegen, deren
Beförderung höchstens durch das verständliche
Vorrecht dringender Staatsdepeschen ein wenig
verzögert wurde. Natürlich machten Harry Blount

und Alcide Jolivet von diesen Möglichkeiten regen
Gebrauch.

Bis hierher war Michael Strogoffs Reise also
unter zufriedenstellenden Bedingungen verlaufen.
Der Kurier des Zaren hatte sich nirgendwo ver-

spätet. Und wenn es ihm gelang, die Vorhuten des von Feofar-Khan über Krasnojarsk hinausgetriebenen Keils zu umgehen, konnte er sicher sein, vor ihnen und in der kürzesten Zeit, die überhaupt denkbar war, nach Irkutsk zu kommen.

Am folgenden Morgen um sieben Uhr erreichten beide Wagen die kleine Stadt Tuluguisk. Sie hatten nun von Jekaterinburg aus eine Strecke von zweihundertzwanzig Werst hinter sich gebracht, ohne daß es zu irgendeinem erwähnenswerten Zwischenfall gekommen wäre.

Dort wurde ausnahmsweise eine volle halbe Stunde lang gefrühstückt. Dann bekamen die Jemschiks ein beachtliches Trinkgeld – und man fuhr noch schneller als bisher.

Am gleichen Tag noch – es war der 22. Juli – kamen die beiden Wagen nach einer Fahrt über sechzig Werst in Tjumen an.

Diese Stadt, die zu normalen Zeiten eine Bevölkerung von ungefähr zehntausend Einheimischen aufweist, beherbergte jetzt wohl zusätzlich die gleiche Anzahl Fremder. Übrigens ist Tjumen das erste von den Russen in Sibirien gegründete Industriestädtchen und inzwischen weithin bekannt durch Goldschmiedearbeiten, Feinmechanik und Glockengießereien.

Wahrscheinlich boten seine Straßen noch nie ein so bunt belebtes Bild wie an diesem Tag, und die beiden Reporter gingen natürlich sofort wieder auf die Jagd nach letzten Meldungen und Gerüchten.

Es klang nicht sehr beruhigend, was die sibirischen Flüchtlinge an Neuigkeiten vom Kriegsschauplatz mitbrachten. Unter anderem erzählte
man, die Armee Feofar-Khans stoße in Eilmärschen zum Tal des Ischim vor, und man bestätigte
aus verschiedenen Quellen, daß sich der Tatarenchef sehr bald mit Oberst Iwan Ogareff treffen
werde – wenn das nicht schon geschehen sei. Und
daraus folgerte man ganz richtig, daß sich dann die
Operationen mit mehr Nachdruck als bisher in das
östliche Sibirien verlagern würden.

Das Gros der russischen Truppen jedoch mußte
erst aus den europäischen Provinzen herbeigeschafft werden. Diese Einheiten standen aber
vorerst noch in so großer Entfernung, daß sie bis
auf weiteres nicht eingreifen konnten. Dagegen
flogen die berittenen Kosaken des Gouvernements
Tobolsk auf Tomsk zu, in der Hoffnung, den Tataren dort noch vor der Stadt den Weg abzuschneiden.

Um acht Uhr hatten die beiden Wagen weitere
fünfundsiebzig Werst zurückgelegt und kamen
nach Jalutorowsk.

Man wechselte wieder die Pferde und überquerte unterhalb der Stadt den Tobol auf einer
Fähre. Der Tobol fließt sehr ruhig, die Überfahrt
bot also keine Probleme, im Gegensatz zu den
anderen Flüssen, bei welchen später das Übersetzzen zum riskanten Abenteuer werden sollte.

Nach weiteren fünfundfünfzig Werst kamen sie

um Mitternacht durch den Marktflecken Novo-Saimsk; und damit ließen sie endlich die flachen, waldreichen Hügel, die letzten Ausläufer des Ural, hinter sich.

Hier begann nun die eigentliche sibirische Steppe, die sich bis in die Gegend von Krasnojarsk hinzieht: Flachland ohne Begrenzung, eine Art grasbewachsener Wüste, wo sich Himmel und Erde wie in einem mit dem Zirkel geschlagenen Halbkreis berühren.

Diese Steppe bot dem Auge nur einen einzigen Orientierungspunkt: die Telegraphenstangen links und rechts von der Straße. Und alles, was das Ohr aufnahm, war das leise Singen der Drähte, die wie die Saiten einer riesigen, von den Fingern des Windes angeschlagenen Aeolsharfe klangen.

Im übrigen hob sich die Straße nur durch den feinen Staub, den die Räder des Tarantas aufwirbelten, von der weiten Ebene ab. Ohne dieses weißliche Band, das sich hinzog, so weit man blicken konnte, hätte man sich wirklich in einer Wüste geglaubt.

Durch diese Steppe fuhren die beiden Wagen noch schneller. Die von den Jemschiks angetriebenen Pferde fanden nirgends mehr Hindernisse vor, und der Weg schrumpfte sichtbar hinter ihnen zusammen. Beide Fahrzeuge flogen förmlich auf Ischim zu, wo die beiden Reporter eine Rast einlegen wollten, wenn nicht unerwartete Zwischenfälle ihren Fahrplan umwarfen.

Von Novo-Saimsk nach Ischim waren es etwa zweihundert Werst, und diese konnte man bis zum Abend des folgenden Tages hinter sich haben – vorausgesetzt, daß man keinen Augenblick lang unterwegs aufgehalten wurde.

Die Jemschiks taten ihr Bestes, denn die Trinkgelder waren so reichlich, daß es sich bei den vier Reisenden entweder tatsächlich um hochgestellte Persönlichkeiten handeln mußte oder doch zumindest um solche, die es eigentlich zu sein verdienten.

Am nächsten Morgen, das war der 23. Juli, waren die beiden Tarantase noch dreißig Werst von Ischim entfernt.

Da bemerkte Michael Strogoff auf der Straße an einer Wolke von aufgewirbeltem Staub, daß seinem Wagen – vorerst noch kaum sichtbar – ein anderer vorausfuhr; und weil seine verhältnismäßig frischen Pferde in scharfem Trab liefen, mußte er dieses Gespann rasch einholen.

Es war kein Tarantas und auch keine Telega, sondern eine Postkutsche. Mit einer dicken Staubkruste überzogen, schien sie einen weiten Weg hinter sich zu haben. Der Kutscher schlug unentwegt auf die Gäule los und suchte sie zusätzlich mit heiserem Geschrei in Galopp zu halten.

Offensichtlich war diese Berline nicht durch Novo-Saimsk gekommen, sondern hatte sich irgendwie auf verlorenen Steppenwegen wieder auf die Straße nach Irkutsk geschmuggelt.

Als Michael Strogoff und die beiden Reporter

den Wagen sahen, hatten alle sofort den gleichen Gedanken: die Kutsche zu überholen, damit sie vor ihr auf der nächsten Poststation ankommen und sich die dort verfügbaren Pferde für die Weiterreise sichern konnten. Sie gaben ihren Jemschiks den Befehl vorbeizufahren, und bald waren sie an der Seite der von ihren ausgepumpten Rossen vorwärts geschleppten Kutsche.

Michael Strogoff als erster.

Und in diesem Augenblick tauchte ein Kopf hinter dem Seitenvorhang der Berline auf.

Michael Strogoff konnte das Gesicht nur undeutlich erkennen. Aber trotz der Geschwindigkeit, mit der er vorbeifuhr, hörte er den Fremden doch im Kommandoton herausrufen:

»Anhalten!«

Natürlich kamen weder er noch der Tarantas der beiden Reporter dieser unverschämten Aufforderung nach, sondern sie überholten die Berline nur um so schneller.

Dieses Manöver artete jetzt eine Zeitlang zu einem richtigen Wettrennen aus, denn die Rosse der Kutsche waren so aufgeschreckt worden, daß sie noch einmal wie verrückt losrannten und tatsächlich einige Minuten lang mithalten konnten. So galoppierten die drei Gespanne zunächst in einer einzigen enormen Staubwolke. Aus der weißgrauen Masse knallten die Peitschen wie ein Raketenfeuerwerk, und dazu brüllten sich die Jemschiks die Lungen aus dem Hals.

Natürlich blieben Michael Strogoff und die Reporter vorn – und der bald wachsende Vorsprung konnte von Bedeutung werden, falls die nächste Poststation nur wenige Pferde verfügbar hatte; sehr oft war ein Postmeister, der kurz nacheinander zwei Wagen bespannen sollte, einfach überfordert.

Eine halbe Stunde später hatte man die Berline bereits weit hinter sich gelassen. Sie war nur noch als Punkt am Horizont zu erkennen.

Um acht Uhr abends kamen die beiden Wagen vor dem Posthaus – am Stadtrand von Ischim – zum Stehen.

Die Nachrichten über die Tatareninvasion waren inzwischen noch bedrohlicher geworden. Vorausabteilungen von einzelnen Horden standen schon unmittelbar vor der Stadt, die Behörden waren vor zwei Tagen nach Tobolsk zurückverlegt worden. In Ischim selbst blieb weder ein Beamter noch ein Soldat zurück.

Michael Strogoff verlangte auf der Station sofort nach frischen Pferden.

Und da zeigte sich schon, wie gut er daran getan hatte, die Berline zu überholen. Nur noch genau drei Pferde waren überhaupt in einem Zustand, daß man sie sofort anschirren konnte. Alle andern lagen – von irgendeiner langen und gerade beendeten Fahrt erschöpft – in den Stallungen.

Der Postmeister gab Befehl, den Tarantas anzuspannen.

Die beiden Reporter, die ja ohnehin in Ischim bleiben wollten, hatten vorerst keinen Grund, sich um die Weiterreise Sorgen zu machen. Sie ließen ihren Wagen in einer Remise des Posthofes abstellen.

Zehn Minuten später wurde Michael Strogoff gemeldet, sein Tarantas sei abfahrbereit.

»Schön«, sagte er.

Dann wandte er sich den beiden Reportern zu:

»Meine Herren, Sie wollten ja hier eine kurze Rast einlegen. Also müssen wir uns wohl verabschieden!«

»Aber, Monsieur Korpanoff«, sagte Alcide Jolivet, »Sie werden doch wenigstens noch eine kleine Stunde bei uns bleiben?!«

»Nein, Monsieur Jolivet – mir liegt viel daran, von hier zu verschwinden, bevor die Berline ankommt, die wir überholt haben.«

»Haben Sie Angst, der Bursche könnte Ihnen Ihre Pferde streitig machen?«

»Ich möchte unter keinen Umständen, daß es Ärger gibt.«

»Tja, Monsieur Korpanoff«, bedauerte Alcide Jolivet, »dann können wir nichts mehr tun, als uns noch einmal für Ihre Hilfe zu bedanken und für das Vergnügen, das uns Ihre Gesellschaft bereitet hat!«

»Übrigens möglich«, fügte Harry Blount hinzu, »daß wir uns in ein paar Tagen wiedersehen – vielleicht in Omsk?!«

»Warum nicht?« antwortete Michael Strogoff, »ich fahre ja auch dorthin.«

»Also gute Reise, mein lieber Monsieur Korpanoff«, sagte Alcide Jolivet, »und der Himmel schütze Sie vor allen Telegas!«

Die beiden Reporter drückten Michael Strogoff noch einmal sehr herzlich die Hand – da hörte man, wie draußen ein Wagen vorfuhr.

Schon flog die Tür auf, und ein Mann kam herein.

Es war der Fahrgast der Berline, die inzwischen angekommen war. Ein Bursche, dem man den Soldaten ansah. Vielleicht knapp vierzig Jahre alt, groß, kräftig – ein mächtiger Schädel, breite Schultern. Ein martialischer Schnauzbart, der struppig in den rötlichen Backenbart überging. Er trug eine Uniform ohne Rangabzeichen. Ein Kavalleriesäbel hing ihm an der Seite, in der Hand hielt er eine Peitsche mit kurzem Stiel.

»Pferde!« kommandierte er mit der Selbstverständlichkeit des Offiziers, der zu befehlen gewohnt ist.

»Im Augenblick habe ich keine Pferde mehr zur Verfügung«, antwortete der Postmeister mit einer devoten Verbeugung.

»Ich brauche welche – und zwar sofort!«

»Es tut mir leid.«

»Was sind das für Pferde, die man draußen vor den Tarantas gespannt hat?«

»Sie wurden von diesem Herrn dort bestellt«,

sagte der Postmeister und deutete auf Michael Strogoff.

»Dann spann sie wieder ab!« rief der Bursche in einem Ton, der jeden Widerspruch ausschließen sollte.

Aber Michael Strogoff trat einen Schritt vor:

»Die Pferde sind von mir bereits bezahlt.«

»Interessiert mich nicht. – Los, ich kann hier keinen Augenblick verlieren!«

»Ich auch nicht«, erwiderte Michael Strogoff, dem es schwerfiel, diesem unverschämten Kerl nicht eine deutlichere Antwort zu geben.

Nadja kam zu ihm hin. Auch sie gab sich alle Mühe, ruhig zu bleiben; man wollte ja jeden Streit vermeiden, der die Reise vielleicht verzögern könnte.

»Was soll überhaupt der ganze Unsinn?!« rief der Uniformierte. Und wandte sich an den Postmeister:

»Der Tarantas da draußen wird sofort abgeschirrt, und die Pferde kommen vor meine Berline!« Dabei schlug er sich ungeduldig mit der Peitsche an den Stiefel.

Der Postmeister war in großer Verlegenheit. Wem sollte er gehorchen? Er sah zu Michael Strogoff hinüber, von dem er hoffte, er werde seine Sache selbst vertreten.

Michael Strogoff zögerte. Was tun? Zeigte er seinen Podaroshna vor, so hatte er das unbestrittene Vorrecht, lenkte damit aber die Aufmerksam-

keit des Postmeisters und vor allem die des unheimlichen Offiziers auf sich – und das mußte er
unbedingt vermeiden. Überließ er diesem aber
seine Pferde, dann verzögerte sich die Weiterfahrt
um viele Stunden. In keinem Fall jedoch durfte er
eine sinnlose Auseinandersetzung provozieren, die
die Durchführung seines Auftrags in Frage stellen
konnte.

Die beiden Reporter sahen ihn erwartungsvoll
an; sie waren offensichtlich bereit, ihm zu helfen,
wenn er sie darum bitten sollte.

»Die Pferde bleiben an meinem Wagen«, sagte
Michael Strogoff mit der zurückhaltenden Bestimmtheit, die einem einfachen sibirischen Kaufmann zustand.

Sein Gegner ließ ihn nicht weiterreden. Er kam
auf ihn zu und legte ihm grob die Hand auf die
Schulter:

»Ach – so ist das also mit dir? Du willst deine
Pferde nicht hergeben?!«

»Nein«, antwortete Michael Strogoff.

»Na schön! Dann kriegt sie eben der, der hinterher noch weiterfahren kann! – Los, wehr dich!
Aber paß auf – Pardon gibt's bei mir nicht!«

Mit diesen Worten riß er mit Schwung seinen
Pallasch aus der Scheide und ging in Stellung.

Nadja warf sich zwischen ihn und Michael Strogoff.

Harry Blount und Alcide Jolivet stellten sich an
seine Seite.

»Ich will mich nicht schlagen!« sagte Michael Strogoff und kreuzte die Arme vor der Brust, um nicht die Beherrschung zu verlieren.

»Nicht?«

»Nein!«

»Jetzt immer noch nicht?!« schrie der andere.

Und bevor man ihn zurückhalten konnte, hatte er Michael Strogoff seine Peitsche über die Schulter gezogen.

Nach dieser unglaublichen Herausforderung war das Gesicht des Kuriers weiß wie Kalk. Er verkrampfte die Fäuste, um sie dem Gegner nicht an die Gurgel legen zu müssen. Ein Übermaß an Selbstbeherrschung wurde ihm in diesem Augenblick abverlangt.

Aber er mußte Disziplin wahren. Ein Duell – das bedeutete mehr als eine Verzögerung. Das konnte seine Mission zum Scheitern verurteilen. Lieber ein paar Stunden opfern. – Wie sollte er jedoch diese Beleidigung hinnehmen!

»Nein«, sagte er, ohne sich zu bewegen. Er sah dem andern dabei nur ganz fest in die Augen.

»Also, die Pferde umspannen – sofort!« kommandierte der Uniformierte.

Und marschierte aus dem Zimmer.

Der Postmeister folgte ihm rasch, hob aber verwundert die Schultern und warf Michael Strogoff einen nicht gerade ehrfurchtsvollen Blick zu.

Der Eindruck, den das Verhalten Michael Strogoffs auf die beiden Reporter machte, konnte natürlich auch nicht besonders günstig sein. Sie waren offensichtlich enttäuscht. Dieser junge Hüne ließ sich mit der Peitsche schlagen und forderte für diese schlimmste aller Demütigungen keine Genugtuung?!

Sie grüßten ihn zum Abschied noch einmal ziemlich verlegen und zogen sich dann zurück.

Alcide Jolivet meinte zu Harry Blount:

»Das hätte ich für unmöglich gehalten – von einem Mann, der die Uralbären vom Nabel bis zum Hals aufschlitzt! Scheint es also doch zu stimmen: daß die Courage ihre ganz bestimmten Zeiten hat und ihre ganz spezifischen Ausdrucksformen. Trotzdem ist mir das Ganze einfach unverständlich. Vielleicht deshalb, weil wir Westeuropäer nie Leibeigene waren?!«

Kurz darauf rollten die Räder und knallte die Peitsche: Die mit den Pferden des Tarantas bespannte Berline fuhr los.

Nadja und Michael Strogoff blieben allein im Vorraum der Poststation zurück. Nadja schien ruhig, Michael Strogoff zitterte noch vor Erregung.

Er hatte sich – und immer noch mit gekreuzten Armen – auf die Wartebank gesetzt, aufrecht und starr wie eine Bildsäule. Nur die tödliche Blässe im Gesicht war einem tiefen Rot gewichen. Aber er schämte sich nicht.

Für Nadja gab es keinen Zweifel: nur sehr gewichtige Gründe konnten einen solchen Mann dazu bringen, diese Unverschämtheit widerstandslos hinzunehmen.

Sie ging auf ihn zu, so ruhig und selbstverständlich wie damals auf dem Polizeirevier von Nishny-Nowgorod.

»Gib mir die Hand«, sagte sie.

Wie sie die Finger in einer beinahe mütterlichen Geste hinstreckte, fingen sie eine Träne auf, die Michael Strogoff langsam und schwer die Wange heruntergelaufen war.

DREIZEHNTES KAPITEL

ÜBER ALLEM DIE PFLICHT

Nadja hatte also durchschaut, daß irgendein schwerwiegendes Geheimnis das Tun und Lassen Michael Strogoffs bestimmte. Und daß er – warum, wußte sie nicht – kein freies Verfügungsrecht über seine eigene Person hatte. Er mußte unter diesen Umständen alles, auch Stolz und Ehre, seiner Pflicht opfern, durfte sich nicht einmal gegen tödliche Beleidigungen zur Wehr setzen.

Weil Nadja das genau zu wissen glaubte, vermied sie es auch, Michael Strogoff zu irgendwelchen Erklärungen zu veranlassen.

Vor dem nächsten Morgen konnte der Postmeister keine frischen Pferde mehr stellen. Man mußte also auf der Station übernachten. Für Nadja hatte es den Vorteil, daß sie sich nach den Strapazen der vergangenen Tage einmal gründlich ausruhen konnte. Es wurde für sie ein Zimmer gerichtet.

Sicher hätte das junge Mädchen lieber ihrem

Freund Gesellschaft geleistet; aber sie spürte, daß
er jetzt allein sein mußte, und so nahm sie ihre
wenigen Habseligkeiten unter den Arm, um schlafen zu gehen.

Im letzten Augenblick konnte sie es aber doch

nicht lassen, ihm wenigstens auf Wiedersehen zu sagen.

»Bruder –«

Aber Michael Strogoff winkte nur müde ab. Und so blieb dem jungen Mädchen nichts als zu schweigen und hinauszugehen.

Michael Strogoff legte sich nicht zu Bett. Er hätte unmöglich schlafen können. Seine Schulter, die von der Peitsche des brutalen Unbekannten getroffen worden war, brannte wie Feuer.

»Für das Vaterland – und für den Vater«, so schloß er leise sein Abendgebet.

Vor allem eine Frage folterte ihn bis zur Unerträglichkeit: Wer war der Mensch, der ihn zu schlagen gewagt hatte? Woher kam er, wohin ging er? Das Gesicht des Mannes hatte er sich so scharf eingeprägt, daß er sicher war, es – wann und wo auch immer – wiederzuerkennen.

Michael Strogoff ließ den Postmeister rufen.

Dieser kam sofort. Er war ein Sibirier vom alten Schrot und Korn und sah den jungen Mann über die Schulter weg an.

»Was wollen Sie?«

»Du bist hier aus der Gegend?«

»Ja.«

»Kennst du den Mann, der mir die Pferde weggenommen hat?«

»Nein.«

»Du hast ihn nie gesehen?«

»Nie.«

»Wer, glaubst du, könnte das gewesen sein?«

»Ein Herr, der weiß, wie man sich Respekt verschafft.«

Diese Antwort war für Michael Strogoff ein
zweiter Peitschenschlag. Aber der Postmeister

blieb fest, als ihn Michael Strogoff empört fragte:

»Du unterstehst dich, über mich zu urteilen?«

»Ja«, antwortete der Sibirier: »Hier geht es um eine Sache, die sich auch kein kleiner Kaufmann einfach gefallen läßt.«

»Du meinst den Schlag mit der Peitsche.«

»Ja – den meine ich, junger Mann. Ich bin alt und kräftig genug, dir das zu sagen.«

Michael Strogoff ging auf den Postmeister zu und packte ihn mit seinen mächtigen Fäusten bei den Schultern.

Dann sagte er mit gefährlich ruhiger Stimme:

»Besser, du gehst jetzt – mein Lieber! Sonst bringe ich dich um!«

Diesmal verstand ihn der Postmeister sofort.

»So gefallen Sie mir schon eher«, murmelte er.

Ohne ein weiteres Wort verließ er das Zimmer.

Am nächsten Tag, dem 24. Juli, stand der Tarantas morgens acht Uhr mit drei kräftigen Pferden bespannt vor der Station. Michael Strogoff und Nadja stiegen ein, und Ischim, eine Stadt, die für beide mit unerfreulichen Erinnerungen verbunden war, verschwand bald hinter einer Biegung der Straße.

Auf den verschiedenen Poststationen, an denen Michael Strogoff im Laufe des Tages vorbeikam, konnte er erfahren, daß ihm die Berline fortwährend auf dem Weg nach Irkutsk vorausfuhr und daß es der Reisende offenbar ebenso eilig hatte wie er und in dieser Steppe keinen Augenblick verlieren wollte.

Gegen vier Uhr nachmittags hatte man fünfundsiebzig Werst zurückgelegt und mußte bei der Station Abatskaja über den Ischim, einen der bedeutendsten Nebenflüsse des Irtysch.

Das Übersetzen war hier etwas schwieriger als über den Tobol, weil die Strömung des Ischim gerade an dieser Stelle besonders stark ist.

Den ganzen sibirischen Winter über sind diese Steppenflüsse, die der Frost mit einem mehrere Fuß dicken Panzer zudeckt, leicht zu überqueren. Denn alles liegt dann unter dem einen riesengroßen weißen Tuch aus Eis und Schnee, das sich über die nördliche Hälfte des größten Kontinents unserer Erde zieht. Im Sommer dagegen ist fast jede Flußüberfahrt mit erheblichen Schwierigkeiten verbunden.

Hier über den Ischim dauerte sie volle zwei Stunden. Zwei Stunden, die Michael Strogoff um so mehr zur Verzweiflung brachten, als die Fährleute wieder sehr beunruhigende Neuigkeiten über die Tatareninvasion zu berichten wußten.

Folgendes hatten sie in Erfahrung gebracht: Einzelne Spähtrupps von Feofar-Khans Heerhaufen hatten sich schon an beiden Ufern des unteren Ischim, in den südlichen Provinzen des Gouvernements Tobolsk, gezeigt. Omsk war in höchster Gefahr. Man sprach bereits von einer Vereinigung der sibirischen und tatarischen Armeen in den Grenzgebieten der großen Kirgisenhorden. Ein solcher Zusammenschluß mußte für die in dieser Region viel zu schwachen Russen von großem Nachteil sein; denn ihre Regimenter waren offensichtlich auf dem Rückzug, was natürlich eine allgemeine Flucht der dort ansässigen Bauern nach sich zog.

Man erzählte von haarsträubenden Verbrechen und Gewalttätigkeiten der Eroberer: Plünderung, Diebstahl, Brandstiftung und Mord. Aber das war ja nichts weiter als die übliche Art der tatarischen Kriegführung.

Überall versuchte man also, den Vorausabteilungen Feofar-Khans zu entkommen. Bei dieser wilden Evakuierung der Dörfer und Städtchen fürchtete Michael Strogoff vor allem, daß es für seine Weiterreise an dem nötigen Pferdematerial fehlen könne. Deshalb lag ihm besonders daran, möglichst schnell nach Omsk zu kommen. Hatte er diese Stadt erst im Rücken, so durfte er eher hoffen, die tatarischen Patrouillen, die den Irtysch entlang vorstießen, hinter sich zu lassen und die noch freie Straße nach Irkutsk zu erreichen.

Der Tarantas setzte an genau der Stelle über den Fluß, die man in der militärischen Fachsprache die ›Ischimsperre‹ nennt. Das ist eine Kette von Holztürmen und Befestigungsanlagen, die sich von der sibirischen Südgrenze in einer Länge von vierhundert Werst – vierhundertsiebenundzwanzig Kilometer – nach Norden hinzieht.

Bis vor kurzem waren die Blockhäuser von

Wachmannschaften besetzt, um die Grenzen gegen Übergriffe von Kirgisen und Tataren abzuschirmen. Als jedoch die moskowitische Regierung diese Stämme für völlig unterworfen und ihr Gebiet für befriedet hielt, zog man die Grenztruppen ab. Das erwies sich in der gegenwärtigen Lage als ein grober Fehler; denn hier hätte man zumindest hinhaltenden Widerstand leisten können.

So lagen die meisten Türme und Blockhütten in Schutt und Asche, und die am Horizont sichtbaren Rauchschwaden, auf die der Fährmann Michael Strogoff aufmerksam machte, waren unwiderlegbare Beweise, daß man jederzeit mit dem Auftauchen von Spähtrupps rechnen mußte.

Sobald die Fähre den Tarantas und seine Bespannung ans rechte Flußufer übergesetzt hatte, wurde die Fahrt durch die Steppe mit der größtmöglichen Geschwindigkeit fortgesetzt.

Es war sieben Uhr abends, der Himmel lag unter einer geschlossenen Wolkendecke. Ab und zu prasselte ein kurzer Platzregen herunter; aber das hatte den Vorteil, daß der Staub am Boden und der Weg in gutem Zustand blieb.

Seit Ischim hatte Michael Strogoff kein Wort mehr gesprochen. Natürlich war er auch jetzt stets darauf bedacht, Nadja die Strapazen einer solchen pausenlosen Fahrt wo immer möglich zu erleichtern, obwohl das Mädchen nie geklagt oder irgendeinen Wunsch geäußert hatte.

Sie wünschte nur, sie könnte dem Tarantas Flügel anbinden! Ein unbestimmtes Gefühl sagte ihr, daß die Zeit ihren Freund noch weit mehr drängte als sie selber. Und wie viele Werst waren es jetzt immer noch bis Irkutsk!

Sie mußte auch daran denken, daß bei einer Besetzung von Omsk durch die Tataren Michael Strogoffs Mutter, die ja dort wohnte, allen möglichen Gefahren und Schikanen ausgesetzt sein konnte und sich der Sohn darüber beunruhigen mußte. Vielleicht lag hier schon die Erklärung für seine Hast und Ungeduld, so schnell wie möglich Omsk zu erreichen. Nadja hatte also das Gefühl, sie müsse jetzt einmal mit ihm über die alte Marfa sprechen – und über die schlimme Lage, in der sich die einsame Frau inmitten einer unsicheren Umgebung befand. So fragte sie ihn:

»Du hast seit Beginn der Tatareninvasion nichts mehr von deiner Mutter gehört?!«

»Nein, Nadja. Ihr letzter Brief ist schon zwei Monate alt; da schrieb sie noch, es ginge ihr gut. Marfa ist eine energische Frau, eine hellwache, echte Sibirierin. Sie hat sich ihre körperliche und geistige Spannkraft bis ins hohe Alter bewahrt. Sie hält sich auch in schwierigen Situationen über Wasser.«

»Ich darf sie doch besuchen?« fragte das Mädchen weiter. »Wenn du mich schon zu deiner Schwester gemacht hast, bin ich ja auch Marfas Tochter!«

Und da Michael Strogoff mit seiner Antwort zurückhielt, fuhr sie fort:

»Oder ist sie inzwischen gar nicht mehr in Omsk?!«

»Vielleicht«, meinte Michael Strogoff schließlich. »Ich hoffe sogar, daß es ihr noch möglich war, nach Tobolsk auszuweichen. Die alte Marfa haßt die Tataren wie die Pest. Und sie kennt die Steppe und hat keine Angst. Ich wollte, sie hätte ihren Stock zur Hand genommen und wäre den Irtysch hinunter nach Tobolsk gewandert. An der ganzen Strecke gibt es keinen Flecken, in dem sie nicht bekannt und zu Hause ist. Sie war ja in diesen Provinzen so oft gemeinsam mit meinem Vater unterwegs, genau wie ich mit ihm auf der Jagd durch die sibirischen Steppen! Ich hoffe sehr, meine Mutter ist noch glücklich aus Omsk herausgekommen!«

»Wann – glaubst du – siehst du sie wieder?«

»In jedem Fall auf der Rückreise.«

»Aber falls sie doch noch in Omsk ist, wirst du ihr doch guten Tag sagen!«

»Nein, ich gehe nicht hin.«

»Was – du willst sie nicht einmal sehen?!«

»Nein, Nadja«, erwiderte Michael Strogoff noch einmal. Er atmete schwer, denn er wußte, daß er die nächste Frage – nach dem ›Warum‹ – nicht beantworten konnte.

»Nein – sagst du?! Was müssen das für Gründe sein, daß du in Omsk deine eigene Mutter nicht besuchen willst?!«

»Die Gründe, Nadja – bitte, frag mich nicht danach«, rief Michael Strogoff mit so veränderter Stimme, daß das Mädchen eine Gänsehaut überlief. »Es sind die gleichen, die mich zurückgehalten haben, diesem Schuft, der mir die Peitsche –«

Er konnte nicht mehr weitersprechen.

»Du darfst dich nicht so aufregen«, redete ihm Nadja leise zu, »ich weiß nur eines – oder vielmehr spüre ich es: du hast irgendeinen Auftrag, der noch wichtiger und größer ist als die Pflichten eines Sohnes seiner Mutter gegenüber.«

Damit schloß Nadja das Gespräch ab und vermied von nun an jede Bemerkung, die im Zusammenhang stehen konnte mit Michael Strogoffs rätselhaftem Verhalten. Er trug ganz offensichtlich ein Geheimnis mit sich, das er keinem Menschen – auch ihr nicht – preisgeben durfte; Nadja respektierte das.

Am nächsten Tag, dem 25. Juli, erreichte der Tarantas um drei Uhr in der Früh die Poststation von Tjukalinsk, nachdem er von der Übergangsstelle am Ischim einhundertzwanzig Werst zurückgelegt hatte.

Und wieder wurden rasch die Pferde gewechselt. Doch hier weigerte sich der Jemschik zum erstenmal weiterzufahren. Er begründete seinen Einspruch mit dem Hinweis auf die Tatarenabteilungen, die ringsum die Steppen unsicher machten und für die Reisende, Pferde und Wagen eine stets willkommene Beute waren.

Michael Strogoff konnte die Argumente des Jemschik nur mit klingender Münze widerlegen, denn von seinem Podaroshna wollte er wie bisher keinen Gebrauch machen.

Der letzte telegraphisch durchgegebene ›Ukas‹ war überall in Sibirien bekannt, und selbstverständlich würde man auf jeden Russen, der mit Sondervollmachten unterwegs war, sofort aufmerksam. Und gerade das konnte sich der Kurier des Zaren nicht leisten.

Wahrscheinlich war die Weigerung des Jemschik nichts weiter als eine, übrigens erfolgreiche, Spekulation auf den Geldbeutel eines wohlhabenden und sehr ungeduldigen Reisenden; was natürlich nicht ausschloß, daß es tatsächlich zu unliebsamen Zwischenfällen mit Tataren kommen konnte.

Endlich ging es weiter, und der Tarantas fuhr jetzt so schnell, daß man um drei Uhr nachmittags in Kulatsinskoe war, achtzig Werst östlich von Tjukalinsk.

Eine Stunde später kam man ans Ufer des Irtysch. Von hier aus waren es noch zwanzig Werst bis zur Stadt Omsk.

Es ist ein großer Strom, dieser Irtysch – eine der bedeutendsten Wasseradern, durch die der Regen Sibiriens nach dem Norden hin abfließt. Seine Quelle hat er im Altaigebirge, er schlängelt sich von Südosten nach Nordwesten und mündet nach einem Verlauf von siebenhundert Werst in den Obi.

Zu dieser Jahreszeit führten alle Ströme der sibirischen Tiefebene Hochwasser. Auch der Irtysch war ungewöhnlich stark angeschwollen, so daß die heftige, an manchen Stellen reißende Strömung eine Überquerung ziemlich schwierig machte. Auch der beste Schwimmer wäre nicht lebend am Gegenufer angekommen, und sogar für die Fähre – die einzige Möglichkeit überhaupt, den Fluß zu überwinden – war das Übersetzen ein gewisses Wagnis.

Aber auch diese Gefahr konnte, ebensowenig wie die vorangegangenen, Nadja und Michael Strogoff auch nur einen Augenblick zögern lassen. Beide waren entschlossen, Hindernisse grundsätzlich zu ignorieren.

Michael Strogoff machte dem jungen Mädchen den Vorschlag, er selber wolle erst einmal alleine über den Fluß setzen und sich auf der mit Wagen und Bespannung beladenen Fähre einschiffen; denn er fürchtete, das Gewicht des Wagens und der drei Pferde, die vielleicht auch noch unruhig wurden, könnte die Fähre zum Kentern bringen. Hinterher wollte er noch einmal zurückkehren, um Nadja abzuholen.

Nadja schlug ihm das ab. Diese Rücksichtnahme hätte einen Zeitverlust von mindestens einer Stunde mit sich gebracht, und sie wollte um ihrer persönlichen Sicherheit willen keinesfalls die Ursache der geringsten Verzögerung sein.

Die Einschiffung war schon mühevoll. Denn das

ganze Gelände stand unter Wasser, so daß die Fähre gar nicht direkt am Ufer anlegen konnte.

Nach dreißig Minuten harter Arbeit hatte der Fährmann den Tarantas und die Pferde glücklich an Bord. Michael Strogoff, Nadja und der Jemschik stiegen zu, und man stieß ab.

Die ersten Minuten ging alles leidlich. Der Irtysch, der sich oberhalb der Übergangsstelle an einer weit in den Strom ragenden Landzunge brach, bildete hier eine Art Wirbel, der das Fortkommen erleichterte.

Der Fährmann und sein Gehilfe stießen ihr Schiff mit zwei langen Stangen geschickt vom Ufer weg. Je weiter sie aber zur Mitte des Flusses kamen, desto tiefer wurde sein Bett, so daß von den Stangen bald nur noch das oberste Stückchen zu sehen war. Zuletzt ragte der Kopf der Stangen kaum noch einen Fuß aus dem Wasser, so daß sich die Fährleute kaum mehr mit der Schulter dagegenstemmen konnten.

Michael Strogoff und Nadja standen am hinteren Rand der Fähre und beobachteten – immer in der Furcht, es könne zu einer Verzögerung kommen – die angestrengte Arbeit der beiden Männer.

»Vorsicht!« rief der eine dem andern zu.

Eine ganz schnelle und unerwartete Drehung der Fähre hatte ihn zu dieser Warnung veranlaßt. Das Boot war nämlich in diesem Augenblick von der Strömung voll erfaßt und flußabwärts fortgerissen worden.

Nun ging es darum, durch geschicktes Manö-
vrieren mit den Stangen die Fähre wieder in schräge
Richtung gegen den Strom zu bringen. Die Fährleute ließen nichts unversucht, und schließlich gelang es ihnen, wenn auch mit größter Mühe, das
Boot wieder zu drehen und so dem rechten Ufer
entgegenzusteuern.

Man konnte schon ungefähr ausrechnen, daß die
Fähre fünf bis sechs Werst stromabwärts ans Ufer
stoßen würde. Das war nicht weiter schlimm –
wenn nur Menschen, Tiere und der Wagen glücklich wieder aufs Trockene kamen.

Den beiden Bootsmännern, kräftigen Burschen,
war ein besonders hohes Fährgeld zugesichert
worden; sie hatten jetzt nicht mehr den geringsten
Zweifel, daß sie den Rest trotz Strömung und
Hochwasser schaffen würden.

Dabei rechneten sie allerdings nicht mit einem
Zwischenfall, den sie unmöglich voraussehen
konnten und gegen den auch weder ihre Kraft
noch ihre Geschicklichkeit etwas auszurichten ver-
mocht hätte.

Die Fähre hatte inzwischen die Mitte des Flusses erreicht, beide Ufer lagen also in gleicher Entfernung. Sie wurde mit einer Geschwindigkeit von
zwei Werst pro Stunde stromabwärts getrieben.

Da drehte sich Michael Strogoff plötzlich um
und schaute gespannt den Fluß hinauf.

Er sah einige schmale Boote; sie schossen förmlich zu Tal – von der Strömung mitgerissen und

zusätzlich von kräftigen Ruderschlägen durchs Wasser gepeitscht.

Michael Strogoff hatte auf einmal tiefe Falten in der Stirn; er stieß unwillkürlich einen Laut des Erschreckens aus.

»Was hast du denn?« fragte das junge Mädchen.

Aber noch ehe Michael Strogoff Zeit fand zu antworten, rief schon einer die Fährleute entsetzt:

»Die Tataren! Die Tataren!«

Und tatsächlich schwammen einige von Kriegern besetzte Boote in größter Geschwindigkeit den Irtysch herunter. Sie mußten in wenigen Minuten die Fähre überholen, die viel zu plump war und zu tief im Wasser lag, um irgendein Ausweichmanöver durchzuführen.

Die Fährleute waren außer sich und warfen ihre Bootshaken weg.

»Nehmt euch doch zusammen!« rief ihnen Michael Strogoff zu. »Fünfzig Rubel für jeden, wenn wir vor diesem Gesindel am Ufer sind!«

Das Versprechen einer so beträchtlichen Belohnung fuhr den beiden Männern derart in die Glieder, daß sie unter Aufbietung aller Kräfte versuchten, ihre Fähre noch schärfer in die Seitenströmung hineinzusteuern. Aber bald zeigte sich – es war unmöglich, vor den Tatarenbooten zu landen.

Was würden sie tun? Vorbeifahren, ohne von der Fähre und dem, was sich auf ihr befand, Notiz zu nehmen? Sicher nicht: Von diesen Räubern konnte man nur das Schlimmste erwarten!

»Keine Angst, Nadja«, sagte Michael Strogoff, »aber wir müssen jetzt mit allem rechnen!«

»Ich weiß. Ich will alles tun, was du verlangst!«

»Auch durch den Fluß schwimmen, wenn es sein muß?«

»Du brauchst nur ein Wort zu sagen!«

»Verlaß dich ganz auf mich!«

»Ich verlasse mich immer auf dich!«

Die Tatarenboote waren auf etwa hundert Schritte herangekommen. Ihre Besatzung, ein Trupp bukharischer Soldaten, wollte offenbar nach Omsk.

Die Entfernung der Fähre vom Ufer betrug noch etwa zwei Schiffslängen. Die Bootsleute verdoppelten ihre Anstrengungen. Auch Michael Strogoff half: Er griff nach einem Bootshaken und stemmte ihn mit übermenschlicher Kraft in den Grund des Flußbettes.

Gelang es, den Tarantas und die Pferde noch rechtzeitig ans Ufer zu ziehen und dann sofort davonzugaloppieren, so bestand einige Hoffnung, den Tataren, die ja nicht beritten waren, zu entkommen.

Aber alle Anstrengungen halfen nicht mehr.

»Sarin na kitschu!« schrien die Soldaten im ersten Boot.

Michael Strogoff kannte den Kriegsruf der tatarischen Piraten. Auf ihn gibt es nur eine Ant-

wort: gehorchen und sich flach auf den Boden werfen.

Da aber weder er noch die Bootsführer dieser
Aufforderung nachkamen, knatterte eine heftige
Gewehrsalve; zwei der drei Pferde stürzten tödlich
getroffen auf die Schiffsplanken.

Da – ein kräftiger Stoß: die Boote hatten längsseits der Fähre angelegt.

»Komm, Nadja!« rief Michael Strogoff – und wollte mit ihr über Bord springen.

Doch dazu kam es nicht mehr. Das junge Mädchen lief zu ihm hin – aber da wurde er von einer Lanze getroffen und fiel in den Fluß. Das Wasser riß ihn gleich weg. Einen Augenblick noch kämpfte er mit den Wellen, dann verschwand er in einem Wirbel.

Nadja konnte nur einen Schrei ausstoßen. Als sie sich Michael Strogoff nachstürzen wollte, wurde sie gepackt, weggeschleppt und in eines der Boote geworfen.

Kurz darauf wurden die beiden Bootsmänner durch Lanzenstiche getötet. Die Fähre trieb steuerlos abwärts. Die Tataren ruderten weiter, den Irtysch hinunter.

VIERZEHNTES KAPITEL

MUTTER UND SOHN

Omsk ist offiziell die Hauptstadt von Westsibirien. Es ist zwar nicht die wichtigste Stadt des gleichnamigen Gouvernements, denn Tomsk hat mehr Einwohner und größere Bedeutung. Aber in Omsk ist der Sitz des Generalgouverneurs über diese eine Hälfte des asiatischen Rußlands.

Genaugenommen setzt sich Omsk aus zwei verschiedenen Städten zusammen. Die Oberstadt ist das Regierungsviertel mit den Behörden und den Dienstwohnungen der dort beschäftigten Beamten. Die Unterstadt wird vor allem von den sibirischen Kaufleuten, meist einfachen Händlern, bevölkert.

Die Stadt zählt zwischen zwölf- und dreizehntausend Einwohner. Sie kann von einem durch Bastionen verstärkten Ringwall herunter verteidigt werden. Aber das sind Befestigungen aus Lehm, die nur einen sehr unzulänglichen Schutz bieten.

Die Tataren, die mit dieser Situation gut vertraut waren, bereiteten sich gerade darauf vor, die Stadt im Sturm zu nehmen, was ihnen dann auch nach einer Belagerung von nur wenigen Tagen gelang.

Die auf zweitausend Mann zusammengeschmolzene Garnison von Omsk hatte sich tapfer gewehrt. Nachdem sie aber von den Truppen des Emirs eingeschlossen und Schritt für Schritt aus dem Händlerviertel verdrängt worden war, mußte sie sich schließlich in die Oberstadt zurückziehen.

Und hier hatten sich jetzt der General des Gouverneurs mit seinen Offizieren und Soldaten verschanzt. Sie machten aus diesem höhergelegenen Teil von Omsk eine Art Zitadelle und schlugen Schießscharten in Häuser und Kirchen.

In diesem improvisierten Kreml hielten sich die Truppen noch eine Zeitlang, obwohl sie wußten, sie kämpften auf verlorenem Posten. Denn die Tataren erhielten auf dem Wasserweg, den Irtysch herunter, täglich Verstärkung; und sie wurden – ein nicht unwesentlicher Faktor – von einem Offizier geführt, der zwar ein Deserteur war, trotzdem aber ein Soldat von hoher Intelligenz und rücksichtsloser Courage.

Es war der Oberst Iwan Ogareff.

Dieser Iwan Ogareff, ebenso gewalttätig wie irgendeiner der Tatarenhäuptlinge, die er antrieb, zeichnete sich durch fundierte militärische Kenntnisse aus. Da seine Vorfahren mütterlicherseits Asiaten waren, hatte er auch mongolisches Blut in den Adern. So liebte er es besonders, durch List und Täuschung sein Ziel zu erreichen, und immer fielen ihm neue Spielarten ein, den Gegner in eine Falle zu locken. Hinterhältig von Natur, trat er am liebsten in allen möglichen und unmöglichen Verkleidungen auf, gelegentlich zeigte er sich sogar als Bettler, wobei er mit größter Geschicklichkeit sein Aussehen und sein Benehmen der Rolle anglich, die er von Fall zu Fall spielte. Seine angeborene Grausamkeit befähigte ihn sogar, gelegentlich das Amt des Henkers zu übernehmen.

Feofar-Khan hatte in ihm wirklich den idealen Generalstabschef für seinen Ausrottungsfeldzug.

Als Michael Strogoff am Ufer des Irtysch ankam, hielt Iwan Ogareff die Stadt selbst schon längst besetzt und war dabei, die Eroberung der Zitadelle voranzutreiben. Denn er wollte baldmöglichst weiter – nach Tomsk, wo sich das Gros der tatarischen Streitkräfte konzentriert hatte.

Diese Stadt war schon vor einigen Tagen von Feofar-Khan eingenommen worden; sie sollte das Hauptquartier werden, von dem aus die Heere durch das zentrale Sibirien nach Irkutsk vorzustoßen beabsichtigten.

Irkutsk war das eigentliche Kriegsziel Iwan Ogareffs.

Der Plan dieses Verräters ging dahin, unter falschem Namen dem Großfürsten seinen Dienst anzubieten, sich sein Vertrauen zu erschleichen und ihn und die Stadt zu gegebener Stunde den Tataren in die Hände zu spielen.

Mit dieser Stadt als Pfand und dem Großfürsten als Geisel mußte das ganze asiatische Sibirien vor der Invasionsarmee kapitulieren.

Wir wissen, daß dieser Plan dem Zaren bekannt war und daß man Michael Strogoff mit der höchstwichtigen Mission betraut hatte, Iwan Ogareff zuvorzukommen und so den Anschlag zu vereiteln. Deshalb hatte der junge Mann seinerzeit auch angemessene Vollmachten erhalten, um unerkannt durch das von den Feinden besetzte Gebiet zu gelangen.

Bis heute konnte er diese Erwartungen erfüllen. Würde er – nach dem, was ihm inzwischen zugestoßen war – sein Ziel trotzdem erreichen?

Der Lanzenstoß, der Michael Strogoff über Bord geworfen hatte, war nicht tödlich gewesen. Er

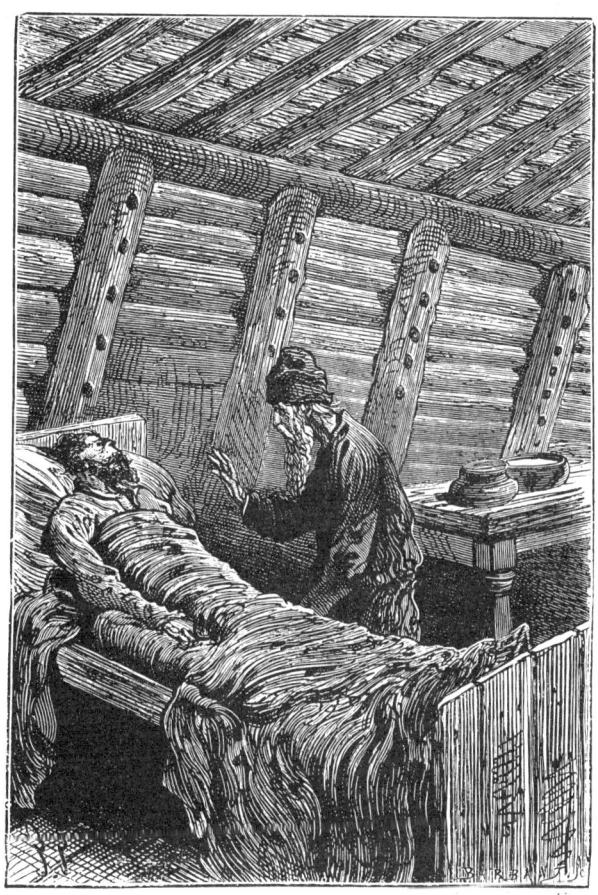

tauchte, schwamm unter Wasser ans rechte Flußufer und brach dort in einem Gebüsch ohnmächtig
zusammen.

Als er wieder zu Bewußtsein kam, fand er sich
zu seiner Verwunderung in der Hütte eines Mujik,
der ihn gefunden, nach Hause geschleppt, verbun-

den und versorgt hatte – dem er also sein Leben verdankte.

Wie lange mochte er schon hier liegen? Es fehlte ihm jede Erinnerung an den Vorfall, der ihn zum unfreiwilligen Gast des Sibiriers gemacht hatte. Als er die Augen öffnete, sah er über sich nur ein bärtiges, freundliches Gesicht, über dem ein teilnehmendes und aufmunterndes Lächeln lag. Er wollte fragen, wo er sei, aber der Mujik kam ihm zuvor:

»Sag nichts, Väterchen! Du darfst nicht sprechen, du bist noch zu schwach. Ich werde dir erzählen, wo du warst und was passiert ist – und warum ich dich in mein Häuschen geschafft habe.«

Und der Mujik berichtete ihm von dem Überfall der Tatarenboote, den er zufällig mit angesehen hatte, von der Plünderung des Tarantas, der Ermordung der beiden Fährmänner –

Doch Michael Strogoff hörte kaum hin. Er griff mit der Hand unter seinen Kittel: Der Brief des Zaren war noch da – und unbeschädigt!

Er atmete auf, doch schon mußte er an etwas anderes denken.

»Ein junges Mädchen war bei mir!« sagte er.

»Umgekommen ist sie jedenfalls nicht«, versicherte der Mujik, der den Augen seines Patienten dessen tiefe Besorgnis ablas. »Man hat sie in ein Boot gebracht und ist mit ihr den Irtysch hinuntergerudert. Sie ist jetzt eine von den Gefangenen, die man nach Tomsk verschleppt.«

Michael Strogoff konnte nichts antworten. Er legte sich die Hand auf die Brust – sein Herz klopfte zum Zerspringen.

Trotz allem, was geschehen war, wurde er nur von einem beherrscht: dem Gefühl seiner Verantwortung – seiner Aufgabe.

»Wo bin ich jetzt?« fragte er.

»Am rechten Ufer des Irtysch – nur noch fünf Werst vor Omsk«, antwortete der Mujik.

»Was war das für eine Verletzung, die mich so lange um mein Bewußtsein gebracht hat? Ein Flintenschuß?«

»Nein, ein Lanzenstich am Kopf. Die Wunde ist aber schon vernarbt«, erwiderte der Mujik. »Noch ein paar ruhige Tage, Väterchen – und du kannst deine Reise fortsetzen. Die Tataren haben dich ins Wasser geworfen. Aber sie haben dir nichts weggenommen. Sogar die Geldkatze steckt noch in deiner Tasche.«

Michael Strogoff gab dem Mujik die Hand. Dann setzte er sich mit einer hastigen Anstrengung auf und fragte:

»Hör mal, Freund – wie lange liege ich schon hier in deinem Häuschen?«

»Seit vorgestern.«

»Drei Tage verloren!«

»Du warst die ganze Zeit ohne Bewußtsein.«

»Kannst du mir ein Pferd verkaufen?«

»Du willst weiter?«

»Ja – sofort!«

»Ich habe kein Pferd und auch keinen Wagen mehr. Wo die Tataren vorbeigekommen sind, gibt es nichts mehr.«

»Dann muß ich zu Fuß nach Omsk und dort ein Pferd kaufen!«

»Laß dich heute noch von mir versorgen. Morgen bist du vielleicht schon kräftig genug –«

»Ich kann keine Minute mehr warten!«

»Also, dann komm«, sagte der Bauer; er sah ein, daß an dem festen Entschluß seines Gastes nicht zu rütteln war. »Ich bringe dich selber hin. Es sind ja auch noch viele Russen in Omsk. Vielleicht kommst du durch, ohne daß man dich erwischt.«

»Der Himmel soll dich für alles belohnen, was du für mich tust, alter Freund«, sagte Michael Strogoff.

»Nur Dummköpfe hoffen auf Belohnung in dieser Welt«, meinte der Mujik.

Michael Strogoff stand auf und ging hinaus. Aber schon bei den ersten Schritten überkam ihn ein heftiges Schwindelgefühl, so daß er sich nur auf den Bauern gestützt aufrecht halten konnte. Aber bald gab ihm die frische Luft seine Kraft und Sicherheit wieder.

Erst jetzt spürte er die Nachwirkungen der Kopfverletzung. Glücklicherweise hatte seine Pelzmütze den Lanzenstoß teilweise aufgefangen. Und bei der Energie, die wir an ihm kennenlernten, war er nicht der Mann, sich jetzt noch weiter um solche Kleinigkeiten zu kümmern. Er hatte nur das eine Ziel vor sich: das noch weit entfernte Irkutsk, das er erreichen mußte. In Omsk durfte er sich keine Minute lang aufhalten!

›Mama und Nadja – Gott schütze euch!‹ dachte er. ›Ich darf jetzt nicht mehr an euch denken!‹

Michael Strogoff und der Mujik kamen bald ins Händlerviertel der Unterstadt. Trotz der feindlichen Besatzung war das nicht allzu schwierig gewesen. Nur die Zerstörung an den Wällen ließ noch die einzelnen Breschen erkennen, durch die Feofar-Khans Marodeure eingedrungen waren.

In der Innenstadt von Omsk, auf allen Straßen und Plätzen, wimmelte es von tatarischer Soldateska. Dabei war jedoch unverkennbar, daß hier eine eiserne Faust für strenge Disziplin sorgte – eine diesen Räubern sicher sehr unangenehme und ungewohnte Maßnahme. Man sah nirgends einzelne Soldaten, sondern nur bewaffnete Marschkolonnen, offenbar um jeden Aufstand im Keim ersticken zu können.

Auf dem Marktplatz, der zu einem von vielen Posten gesicherten Heerlager geworden war, biwakierten gegen zweitausend Tataren in musterhafter Ordnung. An eingerammte Pfähle gebunden, standen ihre Pferde, gestriegelt und gesattelt, so daß man jederzeit aufsitzen und losreiten konnte.

Omsk war für die Tatarenkavallerie ja nicht

mehr als eine provisorische Etappe auf ihrem Vor-
marsch in die fruchtbaren ostsibirischen Ebenen,
wo das Land reicher und die Städte wohlhabender
waren, wo die Raubzüge also viel ergiebiger zu
werden versprachen.

Hoch über dem Kaufmannsviertel ragte die
Zitadelle der Oberstadt. Sie hatte Iwan Ogareff
immer noch nicht erobern können. Mehrere Sturm-
angriffe seiner Eliteeinheiten waren verlustreich
zusammengebrochen. Über den Gebäuden, in denen sich die Verteidiger verschanzt hatten, flatterte
immer noch die russische Fahne.

Michael Strogoff und der Mujik grüßten sie voller Hoffnung und nicht ohne Stolz.

Der Kurier kannte die Stadt Omsk natürlich wie
seine Tasche. Zwar ließ er den Mujik führen; doch
verstand er es, die belebtesten Straßen immer zu
umgehen. Er tat das nicht in der Befürchtung, erkannt zu werden. Außer seiner alten Mutter hätte
ihn hier niemand bei seinem richtigen Namen nennen können. Aber nicht einmal sie sollte ihn zu
Gesicht bekommen – das hatte er dem Zaren
geschworen; und er war entschlossen, den Schwur
zu halten. Übrigens hoffte er natürlich, daß es
ihr inzwischen gelungen war, in irgendeine ruhi-
gere Gegend der umliegenden Steppen auszuweichen.

Zum Glück kannte der Mujik einen Postmeister,
von dem er annehmen durfte, daß er gegen gute
Bezahlung einen Wagen und Pferde verleihen oder

verkaufen würde. Dann blieb nur noch ein Problem: wieder aus der Stadt herauszukommen. Aber die zahllosen Breschen in den Erdwällen mußten Michael Strogoff die Flucht erleichtern.

Der Mujik führte seinen Gast auf direktem Weg zu der Poststation, als Michael Strogoff in einer engen Gasse plötzlich stehenblieb und sich in einer Häusernische versteckte.

»Was hast du denn?« fragte der Bauer, der sich dieses seltsame Verhalten nicht erklären konnte.

»Pst!« flüsterte Michael Strogoff und legte den Finger auf den Mund.

Kurz vorher war ein Zug Tataren vom Lager weggeritten; jetzt bog er in die Gasse ein, in der Michael Strogoff und der Bauer standen.

An der Spitze der etwa zwanzig Reiter trabte ein Offizier in sehr einfacher Uniform; ein Mann, der voller Mißtrauen unentwegt nach allen Seiten Ausschau hielt. Aber er konnte Michael Strogoff, der sich schnell und geschickt zurückgezogen hatte, nicht gesehen haben.

Das kleine Detachement klapperte in scharfem Trab durch die enge Straße. Weder der Offizier noch seine Soldaten nahmen irgendwelche Rücksicht auf die Passanten. Die armen Leute hatten kaum Zeit, vor den Pferden zur Seite zu springen.

Da und dort wurde ein unterdrückter Aufschrei mit einem Lanzenstoß beantwortet und so der Weg auf einfache Weise frei gehalten.

»Wer war dieser Offizier?« fragte Michael Strogoff den Mujik, als die Reiter vorbei waren und er wieder aus seinem Versteck heraus konnte.

Schon bei dieser Frage war sein Gesicht weiß wie ein Laken.

»Iwan Ogareff«, antwortete der Sibirier. Er sagte das ganz leise; aber man hörte deutlich den Haß und die Verachtung heraus.

»Er war das also?!« rief Michael Strogoff, den es große Mühe kostete, seine aufflammende Wut niederzuhalten.

Er hatte in dem Offizier den Reisenden auf der Poststation in Ischim wiedererkannt: den Mann mit der Peitsche.

Und gleichzeitig – war es eine plötzliche Eingebung? – erinnerte ihn dieser Bursche, obwohl er ihn damals nur ganz kurz und undeutlich gesehen hatte, auch an den alten Zigeuner, mit dem er auf dem Messegelände von Nishny-Nowgorod einige Worte gewechselt hatte.

Michael Strogoff täuschte sich nicht. Beide waren ein und derselbe. Iwan Ogareff hatte wahrscheinlich unter den vielen zweifelhaften Individuen asiatischer Herkunft, die sich auf der Messe herumtrieben, Komplicen angeworben. Dann war es ihm gelungen, als Zigeuner verkleidet und zusammen mit Sangarres Truppe die Provinz Nishny-Nowgorod zu verlassen. Und sicher wurden Sangarre und ihre Mädchen von ihm als Spione bezahlt und waren ihm völlig ergeben.

Er mußte es auch gewesen sein, der in jener

Nacht vom ›Vater‹ gesprochen hatte, der ›uns geschickt, wohin wir wollen‹ – Worte, deren Sinn Michael Strogoff jetzt erst verstand.

Iwan Ogareff hatte sich dann mit der ganzen Zigeunerbande auf der *Kaukasus* eingeschifft; über den Ural – von Kasan nach Ischim – war er auf Nebenstraßen gekommen; und nun hatte er Omsk fest in seiner Hand und unter seinem Kommando.

Er war erst vorgestern eingetroffen. Michael Strogoff hätte – ohne die Verzögerung in Ischim und den Unfall, der ihn drei Tage lang am Ufer des Irtysch festhielt – den Oberst auf dem Weg nach Irkutsk weit überholt.

Und wer weiß, wieviel Unglück dadurch in Zukunft vermieden worden wäre!

Jedenfalls mußte Michael Strogoff jetzt noch mehr darauf achten, seinem Feind aus dem Weg zu gehen, vor allem, von ihm nicht erkannt zu werden. Kam dann einmal der Augenblick, mit ihm die offene Rechnung zu begleichen – nun, dann würde er den Deserteur schon zu finden wissen, selbst wenn sich dieser inzwischen zum Herrscher über ganz Sibirien gemacht hätte!

So ging er also mit dem Mujik weiter durch die Stadt, und beide kamen unbehelligt zur Poststation. Sie waren zuversichtlich, nach Einbruch der Dunkelheit irgendeine Bresche zu finden, um die Stadt ungesehen zu verlassen.

Einen Tarantas oder irgendeinen anderen Wagen aufzutreiben, zu mieten oder käuflich zu erwerben, stellte sich dagegen als unmöglich heraus.

Aber brauchte Michael Strogoff jetzt überhaupt noch ein Fahrzeug? War er für die restliche Strecke nicht allein? Genügte ihm nicht ein Reitpferd?

Und ein solches war glücklicherweise zu haben. Ein gutes, offensichtlich an Strapazen gewöhntes Tier; und da Michael Strogoff ein gewandter und ausdauernder Reiter war, durfte er hoffen, von jetzt ab sogar noch schneller voranzukommen als bisher.

Das Pferd kostete eine Menge Geld. Nach wenigen Minuten stand es gesattelt.

Es war jetzt etwa vier Uhr am Nachmittag.

Da Michael Strogoff die Nacht abwarten mußte, um aus der Stadt zu kommen, sich jedoch auf den Straßen von Omsk nicht sehen lassen wollte, blieb er gleich in der Poststation und ließ sich etwas zu essen bringen.

In diesem Wartesaal ging es recht lebhaft zu. So wie wir es schon von den russischen Bahnhöfen her kennen, lief hier viel ängstliches Volk zusammen, um irgendwelche Neuigkeiten zu erfahren. Man sprach von vorstoßenden russischen Truppen, einem ganzen Korps, das zwar nicht Omsk entsetzen, dafür aber Tomsk wieder von den Heeren Feofar-Khans befreien sollte.

Michael Strogoff hörte gespannt auf jeden in seiner Umgebung gewechselten Satz, vermied es aber, sich selber in die Diskussion einzumischen.

Plötzlich drang ein Aufschrei bis in sein Inner-
stes. Es waren nur zwei Worte, aber sie überliefen
ihn heiß und kalt zugleich:

»Mein Sohn!«

Seine Mutter, die alte Marfa, stand vor ihm.

Strahlend und vor Freude zitternd, streckte sie ihm die Arme entgegen.

Michael Strogoff stand auf – wollte auf sie zu-stürzen –

Aber ein Gedanke hielt ihn zurück, der Gedanke an seine Pflicht – an seinen großen Auftrag. Er konnte sich soweit beherrschen, stehenzubleiben und seine Mutter in gleichgültiger Verwunderung anzuschauen.

Denn mindestens zwanzig Leute füllten den Wartesaal. Und sicher waren Spione darunter – und mehr als einer der Anwesenden wußte, wer Marfa war – und daß ihr einziger Sohn zur Elite-truppe der Kuriere des Zaren gehörte.

Michael Strogoff preßte die Lippen aufeinan-der.

»Michael!« rief seine Mutter.

»Wer sind Sie, gute Frau?« fragte Michael Stro-goff, der die Worte mehr stammelte als sprach.

»Wer ich bin? Das fragst du? – Aber Junge, kennst du denn deine Mutter nicht mehr?!«

»Sie irren sich«, antwortete Michael Strogoff kalt. »Eine Ähnlichkeit vielleicht –«

Die alte Marfa ging ganz nahe an ihn heran, so daß ihre Augen sein Gesicht absuchen konnten.

»Du bist nicht der Sohn von Peter und Marfa Strogoff?« fragte sie.

Michael Strogoff hätte alles gegeben, seine Mut-ter in die Arme schließen zu dürfen. Aber wenn er sich jetzt nicht zusammennahm, war nicht nur er verloren, sondern auch sie; und seine Mission gescheitert, sein Eid gebrochen.

Und er beherrschte sich, schloß die Augen, um nicht die Angst und Verwirrung sehen zu müssen in den Zügen, die er so sehr liebte und verehrte; und zog seine Hände zurück, um sie nicht doch noch ungewollt in jene zu legen, die sich in zitterndem Verlangen nach ihm ausstreckten.

»Liebe Frau – ich weiß wirklich nicht, was ich mit Ihren Worten anfangen soll«, antwortete er und trat einen Schritt zurück.

»Michael!« rief die alte Frau noch einmal.

»Ich heiße nicht Michael! Ich bin niemals Ihr Sohn gewesen! Mein Name ist Nikolaus Korpanoff, ich bin ein Kaufmann aus Irkutsk!«

Damit lief er aus dem Wartesaal und hörte als letztes hinter sich die Worte:

»Aber Michael – mein Junge –!«

Michael Strogoff war einfach fortgerannt – so schwer ihm das auch wurde. Er sah nicht mehr, wie seine alte Mutter fast leblos auf einer Bank zusammensank.

Aber als ihr der Postmeister gerade zu Hilfe kommen wollte, richtete sie sich schon wieder auf. Denn plötzlich hatte sie begriffen: Daß ihr Sohn sie verleugnete, war unmöglich. Und ebenso unmöglich erschien es ihr, daß sie sich getäuscht und ihn mit einem anderen Mann verwechselt haben könnte.

Also war es tatsächlich Michael gewesen, den sie gesehen hatte.

Wenn dieser jedoch vorgab, sie nicht wiederzuerkennen, so wollte er das nicht – durfte es nicht, hatte triftige, zwingende Gründe, so zu handeln und nicht anders.

So unterdrückte sie alle quälenden Fragen und hatte nur noch einen Gedanken: ›Hoffentlich habe ich ihm nicht geschadet, ohne es zu wollen!‹

»Ich bin eine alte, dumme, kurzsichtige Frau«, antwortete sie allen, die es wissen wollten. »Meine schlechten Augen haben mir einen Streich gespielt! Der junge Mann war nicht mein Sohn! Er hatte ja auch gar nicht seine Stimme! Laßt mich doch in Ruhe! Es kommt noch so weit, daß ich in jedem jungen Mann meinen Michael sehe!«

Es waren keine zehn Minuten um, da erschien ein Tatarenoffizier in der Poststation.

»Marfa Strogoff?!«

»Ja, das bin ich«, antwortete die alte Frau mit so ruhiger Stimme und so gleichgültigem Gesicht, daß die Zeugen des vorangegangenen Vorfalls sie nicht wiedererkannt hätten.

»Mitkommen!«

Mit festen Schritten verließ Marfa Strogoff die Poststation und folgte dem Offizier.

Kurz darauf stand sie mitten im Lager auf dem Marktplatz vor dem gefürchteten Iwan Ogareff, dem der Zwischenfall offensichtlich in allen Details hinterbracht worden war.

Iwan Ogareff hatte einen unbestimmten Verdacht und wollte deshalb die alte Sibirierin selber
verhören.

»Name?« begann er grob.

»Marfa Strogoff.«

»Du hast einen Sohn?!«

»Ja.«

»Er ist Kurier des Zaren?«

»Ja.«

»Wo hält er sich zur Zeit auf?«

»In Moskau.«

»Hast du Nachricht von ihm?«

»Keine.«

»Seit wann?«

»Seit zwei Monaten.«

»Und wer ist der junge Mann, den du vorhin im Posthaus mit ›mein Sohn‹ angeredet hast?«

»Ein junger Sibirier, den ich für Michael hielt«, antwortete Marfa Strogoff. »Das ist schon der zehnte, von dem ich das geglaubt habe, seit die Stadt voll von Fremden ist. Überall sehe ich meinen Sohn Michael!«

»Aber er war es nicht?!«

»Nein!«

»Alte – weißt du, daß ich dich foltern lassen kann, bis du die Wahrheit gestehst?«

»Es ist die Wahrheit, und daran kann keine Folter etwas ändern!«

»Du bleibst also dabei: Der junge Sibirier war nicht Michael Strogoff?!« fragte Iwan Ogareff noch einmal mit allem Nachdruck.

Und Marfa Strogoff antwortete zum zweitenmal: »Nein, er war es nicht! Glauben Sie – um nichts in der Welt würde ich einen so guten Sohn verleugnen!«

Iwan Ogareff schaute die Frau, die ihm ins Gesicht hinein zu lügen wagte, böse an. Denn er zweifelte keinen Augenblick, daß sie in dem jungen Sibirier wirklich ihren Sohn erkannt hatte.

Aber wenn der Sohn zuerst die Mutter verleugnete und sie dann ihn – dann mußten einer solchen Handlungsweise schon sehr gewichtige Ursachen zugrunde liegen.

Für Iwan Ogareff war es eine unbestreitbare Tatsache, daß sich hinter dem angeblichen Nikolaus Korpanoff kein anderer verbarg als eben dieser Michael Strogoff. Und dieser mußte unterwegs sein – mit einem Auftrag von weittragender Bedeutung. Also gab er Befehl, unverzüglich die Verfolgung aufzunehmen.

Dann sagte er zu seinem Adjutanten und deutete dabei auf Marfa Strogoff:

»Die Frau da wird sofort nach Tomsk gebracht!«

Und während Soldaten sie vor sich her und zum Zelt hinausstießen, murmelte er zwischen den Zähnen:

»Es kommt der Moment, da bring' ich dich zum Reden, verdammte alte Hexe!«

FÜNFZEHNTES KAPITEL

DIE BARABASÜMPFE

Ein Glück für Michael Strogoff, daß er Hals über Kopf von der Poststation weggelaufen war. Denn Iwan Ogareff gab sofort Befehl, alle Straßen, die aus der Stadt führten, scharf zu bewachen; sämtliche Postmeister erhielten entsprechende Anweisungen, die eine Flucht des Kuriers verhindern sollten.

Aber es war zu spät: Michael Strogoff hatte in dem Erdwall, der Omsk umgab, bereits eine Bresche entdeckt, schlüpfte mit seinem Pferd hindurch und jagte in östlicher Richtung los. Und da er keine unmittelbaren Verfolger hinter sich hatte, konnte er sich zunächst einen beruhigenden Vorsprung herausgaloppieren.

Das war am 29. Juli, abends gegen acht Uhr, gewesen.

Nun liegt Omsk ungefähr in der Mitte des direkten Weges zwischen Moskau und Irkutsk. Und dort mußte er in etwa zehn Tagen sein, sonst würden ihm die tatarischen Invasionstruppen möglicherweise zuvorkommen.

Leider hatte ihn ein dummer Zufall mit seiner Mutter zusammengebracht und dadurch sein Inkognito gelüftet. Iwan Ogareff mußte zumindest den Verdacht haben, daß ein Kurier des Zaren auf dem Weg nach Irkutsk in Omsk aufgetaucht war.

Die Depeschen dieses Kuriers mußten von besonderer Bedeutung sein. Also würde Iwan Ogareff alles daransetzen, diesen wichtigen Boten in seine Hand zu bekommen.

Was Michael Strogoff nicht wissen konnte, das war die inzwischen erfolgte Gefangennahme und Verschleppung seiner Mutter. Daß sie jetzt vielleicht gequält und gefoltert wurde, daß sie ihre spontane Freude, den Sohn wiederzusehen, möglicherweise sogar mit dem Leben bezahlen mußte – von alldem ahnte er nichts. Und das war gut. Denn ob er dieser neuen und einer solchen Belastung gewachsen gewesen wäre?

Er ließ seinem Pferd die Zügel schießen; trieb es zur gleichen Ungeduld an, die ihn selber vorwärtspeitschte. Er mußte mit ihm zur nächsten Station durchgaloppieren, wo er es gegen ein schnelles Gespann auswechseln konnte.

Um Mitternacht hatte er siebzig Werst zurückgelegt und machte bei der Station Kulikowo halt. Doch schon hier fand er seine Besorgnis bestätigt: Es standen weder Rosse im Stall noch Wagen im Schuppen. Einzelne Tatarentrupps waren auf der Straße in die Steppen vorgestoßen und hatten auf den Stationen ebenso wie in den Dörfern alles, was sie brauchen konnten, requiriert oder einfach gestohlen. Michael Strogoff konnte kaum noch ein bißchen Proviant für sich selber und Futter für sein Pferd beschaffen.

Überhaupt mußte er es, da er ja keinen Ersatz

mehr bekam, von jetzt ab schonender behandeln. Andrerseits bestand die Möglichkeit, daß ihm Iwan Ogareff doch einige Reiter nachgeschickt hatte, und deshalb durfte sein Vorsprung auf keinen Fall geringer oder gar aufgegeben werden. So sattelte er für eine Stunde ab und galoppierte dann weiter.

Bisher war die allgemeine Wetterlage für den Kurier des Zaren außergewöhnlich günstig gewesen. Die Temperaturen waren angenehm und nie unerträglich hoch; die im Sommer kurze Nacht war nie ganz finster, denn der Mond drang immer durch den leichten Wolkenschleier, der über den Steppen lag; so konnte man in diesem Dämmerlicht den Straßenrand leidlich gut erkennen. Und da Michael Strogoff die Gegend kannte und ausgezeichnete Augen hatte, ritt er bei Nacht ebenso schnell wie am Tag.

Trotz aller quälenden Gedanken an Nadja und seine Mutter blieb er doch völlig klar und nüchtern in der Verfolgung seines Ziels. In gestrecktem Galopp hielt er darauf zu – so als müsse es jeden Augenblick vor ihm am Horizont auftauchen. Wenn er an einer Kurve anhielt, so geschah es nur, um sein Pferd einen Augenblick lang verschnaufen zu lassen. Er saß dann ab, lockerte den Sattelgurt, legte sich mit dem Ohr flach auf die Erde und lauschte, ob er nicht das Bodenecho von Pferdegetrappel hören konnte. Dann stand er beruhigt wieder auf, und weiter ging's!

Was hätte er darum gegeben, wenn es Winter gewesen wäre: monatelange Nacht und harter Untergrund! Wie schnell – und wie leicht ginge dann alles!

Am 30. Juli, gegen neun Uhr morgens, kam der Kurier an der Station Turumoff vorbei; sie liegt am Rand der Barabasümpfe.

In diesem Gebiet, das sich über dreihundert Werst hinzieht, waren allein durch natürliche Hindernisse die größten Schwierigkeiten zu erwarten. Michael Strogoff wußte das, aber er wußte auch, daß er mit ihnen fertig werden würde.

Die Barabasümpfe, die sich zwischen dem zweiundfünfzigsten und dem sechzigsten Breitengrad von Süden nach Norden ausdehnen, sind das große Sammelbecken aller Niederschläge, die nicht durch den Obi oder den Irtysch abfließen können. Der Boden dieser ungeheuren Tiefebene ist Lehm und so gut wie undurchlässig, so daß das Wasser darüber stehen bleibt. Während der warmen Monate ist diese Gegend praktisch unpassierbar.

Aber gerade durch dieses Gebiet führt die Straße nach Irkutsk. Zahllose Sümpfe, Teiche, Seen, aber auch harmlos scheinende Wasserlachen, die sich als Untiefen erweisen, bedrohen den Reisenden nicht weniger als fiebrige Krankheiten infolge der faulen, feuchten Dünste, die sich unter der sengenden Sonne überall einnisten.

Im Winter ist das völlig anders; da läßt der Frost alles Flüssige erstarren, die Schneedecke gleicht die Unebenheiten aus und begräbt und tötet die schädlichen Krankheitskeime.

Dann fliegen die leichten Schlitten ungefährdet über die verharschte Kruste der Barabasteppe. Dann ziehen Jäger durch die wildreichen Ebenen und schießen Marder, Zobel und vor allem Füchse, deren Fell hier besonders wertvoll und kostbar ist.

Im Sommer jedoch ist dieses ganze Land ein einziger ungesunder, verseuchter, übelriechender Sumpf – bei hohem Wasserstand kommt man überhaupt nicht hindurch.

Michael Strogoff lenkte sein Pferd zunächst durch ein Torfmoor, auf dem nicht mehr das kurze Steppengras wuchs, von dem sich die zahllosen sibirischen Herden fast ausnahmslos ernähren. Hier war die unermeßliche Wiese zu Ende; sie ging über in eine Art Heide mit Sträuchern und verkrüppelten Bäumchen.

Der Rasen trieb hier fünf bis sechs Fuß hoch. Aber das waren keine feinen Gräser, sondern üppige Sumpfpflanzen, die eine brennende Sonne und andauernde Feuchtigkeit zu gigantischer Größe emporschießen ließ; vor allem Binsen und Schilfgewächse; sie hatten sich zu einem unentwirrbaren Netz, zu einem undurchdringlichen Gitter verflochten.

Dazwischen gab es Tausende von Blumen in allen – und vorwiegend grell leuchtenden – Farben; vor allem Lilien und verschiedene Arten der Iris, deren Duft sich betäubend mit den faulen

Dünsten mischte, die aus dem warmen Boden stiegen.

Michael Strogoff, der zwischen den Binsen immer weitergaloppierte, war von den Sümpfen links und rechts der Straße aus nicht zu sehen. Die Pflanzen überragten Pferd und Reiter; nur das Aufflattern zahlloser Wasservögel, die in schreienden Wolken vor ihm in die Luft stoben, verriet, daß die brütende Sommerruhe gestört wurde.

Die Straße war übrigens in ordentlichem Zustand. Streckenweise durchschnitt sie wie ein Messer kerzengerade das Gewirr der Sumpfpflanzen; manchmal schlängelte sie sich auch an den Ufern großer Teiche entlang, von denen man einige mit ihrem Umfang von vielen Werst schon als ausgewachsene Seen bezeichnen konnte.

An wieder anderen Stellen waren solche Gewässer nicht zu umgehen, man mußte sie überbrükken. Zu diesem Zweck hatte man Hunderte von Bohlen nebeneinandergebunden, die ein langes, von einem Ufer zum anderen reichendes, unter jedem Schritt nachgebendes und schwankendes Floß bildeten. Manche dieser primitiven Brücken waren zwei- bis dreihundert Schritte lang; man erzählt sich, daß Reisende, besonders weibliche, bei der Fahrt über diese Wellenstege gar nicht so selten von einer Art Seekrankheit befallen werden.

Michael Strogoff galoppierte, ob er festen Boden unter sich hatte oder nicht, immer mit der gleichen Geschwindigkeit und setzte mit mächtigen Sprün-

gen über die Lücken, die ab und zu durch ein paar
verfaulte Planken entstanden waren.

So schnell Roß und Reiter aber auch dahin-
flogen – einer Plage konnten sie nicht entkommen:
den äußerst lästigen Stichen einer zweiflügeligen

Insektenart, die dieses Sumpfland zusätzlich verseucht und für Menschen unerträglich macht.

Reisende, die im Sommer durch die Barabasümpfe müssen, stülpen sich Masken aus Pferdehaar über, an die ein kurzes, feinmaschiges Panzerhemd zum Schutz der Schultern angenäht ist. Aber trotz dieser Vorsichtsmaßnahme kommen wenige aus dem Sumpf heraus ohne zahllose Stiche im Gesicht, am Hals und an den Händen.

Hier scheint die ganze Luft voll summender Nadeln, und man möchte zweifeln, ob eine komplette Ritterrüstung als Schutz gegen die Giftstiche dieser erbarmungslosen Zweiflügler ausreichen würde.

Eine traurige Landschaft, die der Mensch mit großem Aufwand an Schutzvorkehrungen den Mücken, Schnaken und Stechfliegen streitig macht – ganz zu schweigen von den Milliarden mikroskopisch kleiner Insekten, die man mit bloßem Auge überhaupt nicht sehen kann, deren feine Stiche aber so sehr jucken, daß selbst hartgesottene sibirische Jäger oft in panischer Flucht davonlaufen.

Michael Strogoffs Pferd bäumte sich unter dieser Quälerei oft auf, als würden ihm tausend Sporen in die Flanken gedrückt. Dann jagte, raste und flog es halb wahnsinnig und mit der Geschwindigkeit eines D-Zuges weiter – Werst um Werst, peitschte mit dem Schwanz um sich und suchte in ununterbrochener Flucht Erleichterung.

Man mußte schon so sattelfest sein wie Michael

Strogoff, um von den hektischen Kapriolen und Sprüngen des Pferdes, das durch die erbarmungslose Fliegenplage in seinen Bewegungen immer unberechenbarer wurde, nicht heruntergeschleudert zu werden. Aber Michael Strogoff kannte keine physischen Schmerzen mehr. Unempfindlich und wie in einem permanenten Trancezustand setzte er diese sinnlose Jagd fort, nur noch in dem Gedanken: ich muß ans Ziel kommen – rechtzeitig – unter allen Umständen!

Niemand würde es für möglich halten, daß dieser im Sommer fast tödliche Barabasumpf trotzdem von Menschen bewohnt wird.

Und doch ist es so. Weit verstreut findet man zwischen den gigantischen Binsenflächen sibirische Ansiedlungen. Dort führen Männer, Frauen, Kinder und Greise ihre kümmerlichen Herden zur Weide. Die Eingeborenen haben sich in Tierfelle gewickelt und tragen pechüberzogene Masken vor dem Gesicht. Ihre Tiere schützen sie vor den Insekten durch qualmende Feuer, die sie in der Richtung unterhalten, aus welcher der Wind kommt. So verbrennen sie Tag und Nacht grüne Zweige, deren beißender Rauch sich schwer über ihre Herden wälzt.

Als Michael Strogoff einsehen mußte, daß sein Pferd bald vor Erschöpfung zusammenbrechen würde, hielt er an einem dieser elenden Dörfer an und rieb, bevor er an sich selber dachte, zunächst einmal den zerstochenen Körper seines armen Tieres mit warmem Fett ein – ein altbewährtes sibirisches Mittel gegen Insektenstiche. Dann gab er dem Pferd eine ordentliche Ration Futter.

Erst nachdem er es so den Umständen entsprechend bestmöglich versorgt hatte, aß er selber ein bißchen Brot und Fleisch und trank einige Gläschen Kwass. Eine oder zwei Stunden später sattelte er wieder und galoppierte weiter, denn Irkutsk lag immer noch in fast unerreichbar scheinender Entfernung.

Jetzt hatte er von Turumoff aus wieder neunzig Werst hinter sich gebracht. Und am nächsten Tag – das war der 30. Juli – kam er, unter den Strapazen fast völlig gefühllos geworden, nach Elamsk.

Hier mußte er sein Pferd die Nacht über ausruhen lassen. Das brave Tier hätte die Reise unmöglich fortsetzen können.

Und irgendein anderes Pferd oder gar ein Wagen mit Gespann war auch hier nicht mehr aufzutreiben, aus den gleichen Gründen wie tags zuvor in Kulikowo.

Dem Städtchen Elamsk hatten die Tataren noch keinen ihrer Besuche abgestattet. Trotzdem schien es auch schon fast völlig evakuiert; von Süden her konnte es sehr leicht überfallen und von Norden her kaum geschützt werden.

So waren auf behördliche Anordnung die Poststation, die Polizeistelle und das Rathaus geräumt worden. Und die Beamten hatten sich ebenso wie die übrigen Einwohner nach dem nördlicher und mitten in den Barabasümpfen gelegenen Kamsk zurückgezogen.

Michael Strogoff konnte also nichts weiter tun, als die Nacht in Elamsk zu verbringen und seinem Pferd dadurch zwölf Stunden Ruhe und Erholung zu verschaffen.

Er erinnerte sich dabei an die Instruktionen, die man ihm bei der Übernahme seines Auftrags in Moskau mitgegeben hatte: er solle in jedem Fall und so schnell wie möglich Irkutsk zu erreichen versuchen, ohne allerdings den Erfolg durch Über-eilung aufs Spiel zu setzen. Unter diesen Umstän-den war es im Augenblick nicht nur sein Recht, sondern seine Pflicht, das Pferd, das ihm als ein-ziges Fortbewegungsmittel geblieben war, ratio-nell einzusetzen.

Am nächsten Morgen ritt Michael Strogoff wei-ter – zumal auf der Sumpfstraße etwa zehn Werst vor der Stadt das Auftauchen tatarischer Patrouillen gemeldet wurde.

Die Straße, die gleich wieder in die morastige Steppe einmündete, führte durch ebenes Gelände, wand sich aber in endlosen Schleifen zwischen Seen und Tümpeln hin, wodurch der Weg zwar bequem, aber um so länger wurde. Und in diesem Laby-rinth von Moor und Torf hätte jeder Versuch, ab-zukürzen, Selbstmord bedeutet.

Am folgenden Tag, dem 1. August, erreichte Michael Strogoff gegen Mittag hundertzwanzig Werst östlich Elamsk das Dorf Spaskoe; und um

14 Uhr hielt er in der nächsten kleinen Ortschaft –
Pokrowskoe – zum erstenmal wieder an.

Sein durch den pausenlosen Ritt von Elamsk
her überfordertes Pferd hätte auch keinen Schritt
mehr tun können.

Bei dieser Zwangspause verlor Michael Strogoff
zwar die zweite Hälfte dieses Tages und die dar-
auffolgende Nacht. Dafür kam er am nächsten Tag
– dem 2. August – die restlichen fünfundsiebzig
Werst durch halb unter Wasser stehendes Gebiet
rasch voran und war am Abend in der kleinen
Stadt Kamsk.

Hier sah die Gegend anders aus. Der Marktflek-
ken Kamsk liegt als eine wohnliche Oase mitten in
diesen grauenhaften Barabasümpfen. Ein land-
schaftlicher Gesundungsprozeß, als Folge der
Kanalisierung des Tom, eines bei Kamsk vorbei-
fließenden Nebenflusses des Irtysch, hat hier die
pestschwitzenden Sümpfe in fette, üppige Weide-
flächen verwandelt. Trotzdem vermochte diese Ver-
besserung des Humus noch nicht völlig das Fieber
auszurotten, das den Aufenthalt in dieser Stadt
im Herbst immer noch lebensgefährlich macht.
Immerhin flüchten sich die wenigen Eingeborenen
der Barabasümpfe hierher, sobald eine ausbre-
chende Epidemie sie aus ihren Moderbehausungen
treibt.

Die allgemeine Evakuierung als Folge der Tatareninvasion hatte Kamsk noch nicht berührt. Seine
Bewohner glaubten sich im Zentrum ihrer für grö-

ßere Truppenbewegungen ungeeigneten Provinz einigermaßen sicher; zumindest waren sie der Ansicht, im Fall einer unmittelbaren Bedrohung immer noch genügend Zeit zur Flucht zu finden.

Michael Strogoff konnte hier über die militärische Lage leider nichts Neues in Erfahrung bringen. Eher hätte sich der Gouverneur an ihn gewandt, wäre er über die Person und den Auftrag des angeblichen Kaufmanns unterrichtet gewesen. Denn Kamsk schien infolge seiner glücklichen geographischen Lage tatsächlich außerhalb Sibiriens und damit der Ereignisse zu liegen, die dieses Land erschütterten. Im übrigen zeigte sich Michael Strogoff wenig oder überhaupt nicht. Er wollte jedes Aufsehen vermeiden und noch lieber erst gar nicht gesehen werden. Die jüngsten Erfahrungen hatten sein Mißtrauen noch bestärkt und ihn für alle Zukunft gewarnt. So zog er sich völlig zurück, hatte gar keine Lust, sich das Städtchen anzuschauen, und blieb in dem Gasthaus, in dem er abgestiegen war.

In Kamsk hätte Michael Strogoff sich ohne weiteres einen Wagen kaufen und das Pferd, das ihn von Omsk hierhergebracht hatte, gegen ein bequemeres Verkehrsmittel eintauschen können. Aber er sagte sich nach reiflicher Überlegung, daß ein solcher Handel wieder unnötigerweise die Aufmerksamkeit auf ihn lenken mußte. Und da er über das von den Tataren besetzte Gebiet, das sich etwa bis zum Irtysch erstreckte, noch nicht hinaus war, wollte er vorerst alles vermeiden, was auch nur den Schein eines Verdachts erwecken konnte.

Um übrigens hier durchzukommen – vor allem sich bei Verfolgung notfalls durch weg- und steglose Sumpfniederungen oder dichte Binsenwälder zu schlagen –, war ein Pferd weit nützlicher und beweglicher als ein Wagen. Später, vielleicht hinter Tomsk oder gar Krasnojarsk, hoffte Michael Strogoff sich dann in irgendeiner größeren Stadt ein Gespann anschaffen und ein bißchen mehr Reisebequemlichkeit leisten zu können.

Sein bisheriges Reitpferd aber gegen ein anderes auszuwechseln – diese Idee kam ihm erst gar nicht. Er hatte sich an dieses zuverlässige und ausdauernde Tier gewöhnt und wußte, was er ihm zutrauen konnte. Er hatte bei diesem Kauf in Omsk besonderes Glück gehabt und dachte immer noch dankbar an den guten Mujik zurück, der ihn zu dem Postmeister geführt hatte.

Und es war nicht nur Michael Strogoff, der inzwischen mit großer Liebe an seinem Pferd hing. Auch dieses zeigte ihm gegenüber eine wachsende Anhänglichkeit. Und es hatte sich auch schon so sehr an die Strapazen eines solchen Gewaltritts gewöhnt, daß man ihm nur ab und zu ein paar Stunden Ruhe gönnen mußte, und schon wollte es weiter! Unter diesen Umständen konnte sein Reiter zuversichtlich hoffen, in wenigen Tagen vollends über die vom Feind besetzte Zone hinauszukommen.

An diesem Abend und in der folgenden Nacht –
vom 2. auf den 3. August – blieb Michael Strogoff
also in dem Gasthaus am Rand des Städtchens, wo
wenig Verkehr war und es keine neugierigen oder
zudringlichen Gäste gab.

Er war todmüde. Nachdem er sich vergewissert
hatte, daß sein Pferd gut gefüttert und versorgt
wurde, ging er zu Bett; aber er schlief sehr unruhig
und wachte zwischendurch immer wieder auf.

Zu viele Erinnerungen und zu viele Sorgen um
die nächste Zukunft quälten ihn. Das Bild seiner
alten Mutter stand vor ihm – und das des jungen
Mädchens, das jetzt schutzlos den Tataren ausgeliefert war. In seinen Träumen verwischten sich
die beiden Gestalten und schmolzen zusammen in
Visionen schrecklicher Befürchtungen.

Und dann riß ihn wieder der Gedanke an seine
Aufgabe aus dem Schlaf, vor der niemals zu kapitulieren er feierlich geschworen hatte. Seine bis-
herige Reise hatte ihm oft die Bedeutung seiner
Mission vor Augen geführt. Immer wieder tastete
er nach dem mit dem Siegel des Zaren verschlosse-
nen Brief; nach dem Brief, der so wichtig war für
dieses arme, von einem wilden, blutigen Krieg zer-
fleischte Land und Volk.

Michael Strogoff stöhnte unter dem Verlangen,
sofort durch die Steppen weiterzugaloppieren. Ein
Vogel wollte er sein und nach Irkutsk fliegen – ein
Adler, für den es keine Straßen und keine Umwege
gibt – ein Orkan, um mit der Geschwindigkeit von

hundert Werst die Stunde über die Provinzen hin-
wegzufegen, damit er endlich vor den Großfürsten
treten und ihm den Brief hinstrecken konnte mit
der Meldung: »Hoheit – von Seiner Majestät dem
Zaren!«

Am folgenden Morgen früh um sechs Uhr ritt
Michael Strogoff wieder los. Er nahm sich vor, an
diesem Tag bis Ubinsk zu kommen. Das waren
vierundachtzig Werst – achtundneunzig Kilometer.

Nach ungefähr zwanzig Werst begann wieder
der Barabasumpf, den hier kein Sickergraben mehr
trockenlegte, so daß der Boden manchmal einen
Fuß hoch unter Wasser stand. Dann mußte man
zwar aufpassen, um nicht vom Weg abzukommen,
aber Michael Strogoff hatte die Augen überall,
und so gab es nirgends einen Aufenthalt.

In Ubinsk ließ er sein Pferd wieder die ganze
Nacht über im Stall, denn am folgenden Tag wollte
er die hundert Werst entfernte Stadt Ikulskoe erreichen. Er brach mit der Dämmerung auf, aber
leider wurde die Straße durch diesen Teil der Barabasümpfe immer miserabler.

Zwischen Ubinsk und Kamakowa hatten sich
nämlich die ergiebigen Niederschläge der vergangenen Wochen wie in einer langen, flachen Schüssel
gesammelt. Eine verhältnismäßig enge Bodensen-
kung – ein unentwirrbares Labyrinth von Sumpf-
adern, Tümpeln und Seen. An einem von ihnen,
der Tschang hieß – ein chinesischer Name – und so

groß war, daß er eigentlich auf topographischen Karten verzeichnet sein sollte, mußte Michael Strogoff unter ziemlichen Schwierigkeiten zwanzig Werst am Ufer entlangreiten, was natürlich eine Verzögerung mit sich brachte, die er aber bei aller Ungeduld nicht vermeiden konnte. Dabei bestätigte sich, wie gut es war, daß er in Kamsk auf einen Wagen verzichtet hatte; denn hier kam er mit seinem Pferd noch über Hindernisse hinweg, an denen jedes Fahrzeug zu Bruch gegangen wäre.

Gegen neun Uhr abends kam Michael Strogoff in Ikulskoe an und blieb dort die Nacht über. In diesem verlassenen Marktflecken gab es überhaupt keine Nachrichten vom Kriegsschauplatz. Denn hier war das Land durch seine natürliche Lage – mitten in einer Gabel zwischen dem Teil des Tatarenheeres, der nach Omsk vorgestoßen war und dem, der auf Tomsk marschierte – von diesem Krieg bisher völlig verschont geblieben.

Und jetzt mußte auch bald die Straße besser werden; denn allmählich ging der Sumpf wieder in Steppe über, und falls keine Verzögerung eintrat, durfte Michael Strogoff hoffen, am nächsten Tag diesen unangenehmsten Teil seiner Route hinter sich zu haben. Und wenn er erst die hundertfünfundzwanzig Werst – hundertdreiunddreißig Kilometer – die ihn noch von Kolywan trennten, zurückgelegt hatte, würde er ohnehin wieder einen gut ausgebauten Weg vorfinden.

Kolywan war übrigens eine etwas größere Stadt

und lag – von Ikulskoe aus – auf halber Strecke in Richtung Tomsk. Und dort hatte er sich dann zu entscheiden, ob es nicht besser sei, diese von Feofar-Khan besetzte Stadt zu umgehen.

Michael Strogoff mußte jetzt oft an ein anderes Problem denken: Wenn diese kleinen Städtchen wie Ikulskoe, Karguinsk und andere infolge ihrer Lage mitten im Sumpf und durch die Schwierigkeit, sie mit stärkeren Streitkräften anzugreifen, bisher nichts vom Krieg gespürt hatten, war da nicht zu befürchten, daß in den reichen, fruchtbaren Gebieten östlich des Obi anstelle natürlicher Hindernisse noch weit größere Gefahren von seiten der Tataren auf ihn warteten?

Jedenfalls mußte er sich auch mit der Notwendigkeit vertraut machen, gegebenenfalls die Straße nach Irkutsk streckenweise ganz zu meiden. Allerdings konnte es ihm bei einem Ritt durch die verlassene Steppe leicht passieren, daß ihm der Proviant und das Futter für sein Pferd ausgingen. Denn dort gab es keine Straße, keine Stadt, kein Dorf mehr; nur einzelne Bauernhöfe – vielmehr Hütten ganz armer Leute, die bei aller sprichwörtlichen Gastfreundschaft nicht mehr geben konnten als sie selber hatten – und das war fast nichts. Trotzdem – Michael Strogoff mußte auch diese Situation einkalkulieren.

Endlich, gegen halb vier Uhr nachmittags, verließ er hinter der kleinen Station Kargatsk die Barabasümpfe, und der trockene Hufschlag seines

Pferdes sagte ihm, daß wieder harter sibirischer Boden unter ihm lag.

Er hatte Moskau am 15. Juli verlassen. Wenn man die am Ufer des Irtysch verlorenen zweiundsiebzig Stunden dazurechnet, war er bis heute einundzwanzig Tage unterwegs gewesen.

Die Entfernung nach Irkutsk betrug jetzt noch fünfzehnhundert Werst.

SECHZEHNTES KAPITEL

DER LETZTE VERSUCH

Michael Strogoff hatte zu Recht befürchtet, in den Ebenen, die sich nach Osten an die Barabasümpfe anschließen, auf ungebetene Gesellschaft zu stoßen: Die von Pferdehufen zertrampelten Felder bewiesen, daß die Tataren hier vorbeigezogen waren. Und auch auf diese Barbaren paßt sehr wohl das Sprichwort, das man für die Türken erfunden hat: ›Wo der Türke war, wächst kein Gras mehr.‹

Bei seinem Ritt durch diesen Landstrich mußte Michael Strogoff also mit größter Umsicht vorgehen. Über dem Horizont hängende Rauchwolken waren ein sicheres Zeichen, daß Dörfer und Gehöfte in Flammen standen.

Waren diese Brände von einzelnen Spähtrupps

gelegt worden, oder rückte schon die ganze Armee des Emirs in die östlichsten Teile der Provinz vor? Stand Feofar-Khan vielleicht schon selber mitten im Gouvernement Jenisseisk?

Michael Strogoff hatte von alldem keine Ahnung. Und bevor er nicht irgendwelche konkrete Informationen erhielt, konnte er von jetzt an keine vernünftigen Entscheidungen mehr treffen; und das Land um ihn schien so völlig ausgestorben, als sei kein einziger Sibirier mehr übrig, der ihm eine Auskunft geben könnte.

Michael Strogoff ritt auf der menschenleeren Straße ungefähr zwei Werst weiter. Er schaute angestrengt nach beiden Seiten und suchte ein Haus, in dem sich noch Leben zeigte, aber vergebens: Alles war niedergebrannt.

Nur eine einzelne Hütte, die er zwischen den Bäumen entdeckte, rauchte noch. Und als er näherkam, fand er wenige Schritte vor den Trümmern seiner Behausung einen uralten Mann, an dem ein Rudel weinender Kinder hing.

Eine noch junge Frau, offenbar die Tochter und Mutter der Kinder, kniete auf der Erde und starrte verzweifelt auf die schwelenden Balken; dabei stillte sie einen Säugling.

Und rings um diese Familie nichts mehr als Ruinen und Tod.

Michael Strogoff stieg vom Pferd und sprach den Alten an:

»Kannst du mir noch Antwort geben?«

»Was willst du wissen?«

»Waren die Tataren hier?«

»Natürlich – sonst würde mein Haus nicht brennen.«

»Ein großes Heer oder nur eine Abteilung?«

»Ein ganzes Heer. So weit du sehen kannst, sind alle Felder zertreten.«

»Kommandiert sie der Emir?«

»Ja. Das Wasser des Obi ist rot.«

»Hat Feofar-Khan Tomsk genommen?«

»Sicher.«

»Und Kolywan?«

»Nein, Kolywan brennt noch nicht.«

»Ich danke dir. Kann ich etwas für euch tun?«

»Nichts.«

»Wiedersehen!«

»Leb wohl!«

Michael Strogoff legte der unglücklichen Frau noch fünfundzwanzig Rubel in den Schoß; sie hatte nicht einmal mehr die Kraft, ihm zu danken. Dann gab er seinem Roß wieder die Sporen und setzte seinen kurz unterbrochenen Weg fort.

Eines wußte er jetzt: Um Tomsk mußte er einen weiten Bogen schlagen. Eher konnte er versuchen, über Kolywan zu reiten, das noch nicht von den Tataren überrannt schien. Dort würde er sich für einen sehr langen und anstrengenden Tagesritt vorbereiten und verproviantieren, um dann unter Vermeidung der Straße Tomsk zu umgehen. Einen anderen Ausweg gab es nicht.

Um diesen neuen Marschplan durchzuführen, durfte er keine Minute verlieren. So trieb er sein Pferd zu noch schnellerem Galopp und ritt auf direktem Weg in Richtung des Obi, von dessen

linkem Ufer ihn noch ungefähr vierzig Werst
trennten.

Ob es dort noch eine Möglichkeit gab, überzu-
setzen? Oder ob die Tataren alle Boote, Schiffe und
Fähren zerschlagen oder mitgenommen hatten?

Dann mußte er über den Fluß schwimmen! – Nun, das würde sich bald herausstellen.

Übrigens entschloß er sich, in Kolywan sein Pferd, das völlig am Ende war und wahrscheinlich in nächster Zukunft unter ihm zusammenbrechen würde, nun doch gegen ein frisches umzutauschen, bevor er seine letzte Etappe in Angriff nehmen wollte.

Tatsächlich würde für ihn Kolywan ein neuer Anfang sein, denn von dieser Stadt aus würde er unter ganz anderen Bedingungen weiterreisen. Solange ihn sein Weg noch durch feindbesetztes Gebiet führte, mußte er mit großen Schwierigkeiten rechnen. Hatte er aber Tomsk glücklich umgangen, konnte er wieder auf die Straße nach Irkutsk zurück. Und da die Provinz Jenisseisk noch nicht besetzt und verwüstet war, bestand Aussicht, das Ziel dann in wenigen Tagen zu erreichen.

Nach einem ziemlich heißen Tag wurde es langsam dunkel. Um Mitternacht lag die Steppe in tiefer Finsternis. Der Wind hatte sich am Abend gelegt, es war totenstill geworden. Man hörte nur den Hufschlag des Pferdes auf der leeren Straße und die Worte des Reiters, wenn er dem Tier gut zuredete. In dieser Dunkelheit mußte er sehr vorsichtig die Mitte der Straße halten, denn zu beiden Seiten des Weges flossen schon kleine Nebenarme des Obi.

Michael Strogoff kam bei aller Aufmerksamkeit trotzdem rasch voran. Denn er verließ sich nicht nur auf seine guten und an die Nacht gewöhnten Augen, sondern auch auf die Klugheit des Pferdes, dessen sicheren Instinkt er kannte.

Er war gerade wieder einmal abgestiegen, um sich über die Marschrichtung zu vergewissern, als er im Westen verworrene Geräusche zu hören glaubte. Es klang wie fernes Pferdegetrappel auf der trockenen Straße. Kein Zweifel: ein oder zwei Werst hinter ihm trabende Pferde!

Michael Strogoff legte das Ohr auf den Boden; sein Verdacht bestätigte sich.

›Das ist eine Reiterschwadron‹, dachte er, ›und sie kommt von Omsk her. Sie reiten sehr schnell, denn das Geräusch nimmt rasch zu. Ob es Russen sind oder Tataren?‹

Michael Strogoff hörte noch schärfer hin.

»Ja – und sie kommen in scharfem Trab«, sagte er leise. »Mein Pferd kann da nicht mehr mithalten. Wenn es Russen sind, schließe ich mich ihnen natürlich an. Aber wahrscheinlicher ist es eine Abteilung Tataren. Ich muß hier weg! Aber wohin! Wo soll ich mich verstecken – mitten in der Steppe?«

Michael Strogoff sah sich um und entdeckte eine in der Dunkelheit kaum erkennbare schwarze Masse etwa hundert Schritt links der Straße.

›Ein Gehölz‹, überlegte er. ›Dort finden sie mich nicht – es sei denn, sie durchsuchen es ganz genau. Aber eine andere Wahl bleibt mir nicht mehr. Da sind sie schon!‹

Er führte sein Pferd am Zügel und kam so we-

nige Minuten später in ein kleines Lärchenwäld-
chen, das nur von der Straße aus einen Zugang
hatte. Links und rechts war baumloses Gelände
voller Löcher und Tümpel, überwuchert von Stechginster und Heidekraut. Hier war kein Durch-

kommen; die Reiterabteilung mußte also auf der Hauptstraße nach Irkutsk dicht an diesem Wäldchen vorbei.

Michael Strogoff zwängte sich und sein Pferd zwischen den Lärchen hindurch, bis ihn nach etwa vierzig Schritten ein Wasserarm aufhielt, der im Halbkreis um die Baumgruppe herumfloß.

Hier war es aber so dunkel, daß keinerlei Gefahr bestand, entdeckt zu werden, solange man nicht in das Gehölz eindrang. Michael Strogoff führte sein Pferd ans Ufer, band es an einem Baum fest und schlich selber wieder zurück an den Rand des Wäldchens, um die Truppe vorbeireiten zu sehen und dann überlegen zu können, was zu tun sei.

Kaum hatte er sich unter einen Busch gekauert, sah er Lichter, die als glitzernde Punkte vor ihm aufflackerten.

Er erschrak: Das konnten nur Fackeln sein!

Sofort zog er sich zurück und kroch wie ein Indio wieder lautlos in das dichtere Gestrüpp hinein.

Die Reiter kamen näher an das Gehölz heran, die Pferde verlangsamten ihren Trab. War die Schwadron etwa vom Weg abgekommen und hielt an, um sich wieder zurechtzufinden?

Michael Strogoff konnte diese Möglichkeit nicht ausschließen; so ging er zurück bis zu dem Wasserlauf – entschlossen, notfalls auf die andere Seite zu schwimmen.

Die Reiter machten vor dem Wäldchen halt, die Soldaten saßen ab. Es mochten ungefähr fünfzig sein. Einige davon trugen Fackeln, die den Weg und die Umgebung hell ausleuchteten.

Aus ihrem Verhalten konnte Michael Strogoff den Schluß ziehen, daß die Burschen keineswegs im Sinn hatten, das Wäldchen zu durchsuchen. Offenbar wollten sie hier nur rasten, die Pferde ausruhen lassen und für die Mannschaften Verpflegung ausgeben.

Die abgezäumten Pferde fingen gleich an, das saftige Gras abzuweiden, das hier überall wuchs. Die Reiter setzten sich an den Straßenrand und begannen, ihre Rationen aufzuessen.

Michael Strogoff ließ sich nicht aus der Ruhe bringen. Er schlich wieder näher an die Straße heran. Er wollte sehen, was vorging; vielleicht konnte er sogar verstehen, was gesprochen wurde.

Die Abteilung, die hier Rast machte, kam aus Omsk. Es waren usbekische Soldaten, Männer einer Rasse, die man überall in der Tatarei findet und deren Merkmale auf eine Verwandtschaft mit den Mongolen hinweisen.

Alle diese wohlproportionierten, kräftigen und überdurchschnittlich großen Burschen mit ihren rohen, wilden Gesichtern trugen den ›Talpak‹, eine Art Mütze aus schwarzem Schafpelz, und gelbe Schaftstiefel, deren Spitze aufgebogen war wie die der Schuhe aus dem Mittelalter. Den mit grober Baumwolle gefütterten Rock aus Kattun hielt ein mit roter Stickerei verzierter Ledergürtel zusammen. Als Waffen hatten sie einen Schild zur Verteidigung und einen Krummsäbel, ein langes Dolchmesser und ein am Sattel hängendes Steinschloßgewehr für den Angriff. Über die Schulter trugen sie einen grellfarbigen Filzmantel.

Die frei am Rand des Gehölzes grasenden Pferde waren Usbeken – genau wie ihre Reiter. Im Flackern der Fackeln, die ihr Licht durch das Geäst der Lärchen tanzen ließen, konnte man das alles recht gut unterscheiden. Diese Tiere sind zwar etwas kleiner als die Pferde turkomanischer Rasse, dafür aber ungemein stark und zäh; echte Vollblüter, die als Gangart nur scharfen Trab oder Galopp kennen.

Der Trupp wurde kommandiert von einem ›Pendja-Baschi‹. Ihm unterstehen fünfzig Mann, und als Adjutanten hat er einen ›Deh-Baschi‹ – Anführer einer Rotte von zehn Soldaten. Diese beiden Offiziere trugen Helme und Waffenröcke; als Rangabzeichen hingen kleine Trompeten am Sattelknopf.

Der Pendja-Baschi wollte seine von einem weiten Ritt erschöpfte Mannschaft etwas ausruhen lassen. Er ging mit dem Deh-Baschi am Rand des Wäldchens auf und ab und rauchte dabei seine ›Beng‹ – das sind Hanfblätter als Hauptbestandteil des ›Haschisch‹, von dem die Asiaten ja gern und ausdauernd Gebrauch machen.

Da Michael Strogoff ganz in ihrer Nähe auf der

302

Lauer lag und die beiden Offiziere sich der tatarischen Sprache bedienten, konnte der Kurier von ihrer Unterhaltung jedes Wort verstehen.

Schon das erste davon weckte sein besonderes Interesse.

Denn zu seiner größten Verwunderung war von ihm selbst die Rede.

»Dieser Kurier kann unmöglich einen großen Vorsprung vor uns haben«, sagte der Pendja-Baschi: »Und er muß hier vorbeigekommen sein, einen anderen Weg durch die Barabasümpfe gibt es nicht.«

»Wenn er Omsk überhaupt verlassen hat?!« gab der Deh-Baschi zu bedenken. »Vielleicht versteckt er sich noch irgendwo in der Stadt?«

»Das könnte uns nur recht sein! Dann brauchte Oberst Ogareff nicht zu befürchten, daß die Depeschen, die der Kurier zweifellos bei sich hat, dort ankommen, wo sie hinsollen.«

»Man behauptet, der Kerl sei Einheimischer – Sibirier«, fuhr der Deh-Baschi fort: »Dann kennt er natürlich diese Gegend und kann hier quer durch die Steppe und erst wieder ein Stück weiter östlich auf die Straße nach Irkutsk zurückreiten.«

»Aber dann sind wir vor ihm. Denn er war noch keine Stunde unterwegs, da haben wir schon die Verfolgung aufgenommen – auf dem direkten Weg und mit unseren besten Pferden. Ob er also in Omsk geblieben ist oder wir schneller als er nach Tomsk kommen, bleibt sich gleich. In jedem Fall schneiden wir ihm den Weg ab.« Und Irkutsk, dort will er zweifellos hin, kriegt er nie zu sehen!«

»Ein zähes Luder übrigens, die alte Sibirierin«, bemerkte der Deh-Baschi, »muß ja wohl seine Mutter sein.«

Bei diesen Worten klopfte Michael Strogoff das Herz bis zum Hals.

»Ganz recht«, meinte der Pendja-Baschi, »sie hat zwar abzustreiten versucht, daß der angebliche Kaufmann ihr Sohn sei, aber mit dem Schwindel kommt sie nicht durch. Oberst Ogareff läßt sich da nichts weismachen. Er hat gesagt, daß er die alte Hexe irgendwann schon zu ihrem Geständnis bringen wird.«

Jede Silbe war für Michael Strogoff ein Stich mit einem Dolch.

Also hatte man ihn doch identifiziert – als Kurier des Zaren! Und eine Reiterschwadron nachgeschickt, um ihn zu verfolgen und ihm den Weg abzuschneiden! Und was ihn am härtesten traf: seine Mutter war in den Händen dieses Iwan Ogareff; und der hatte beschlossen, sie unter allen Umständen, das heißt mit allen Mitteln, zum Sprechen zu bringen!

Michael Strogoff wußte genau, die harte Sibirierin würde nicht aussagen – und wenn es sie das Leben kosten sollte.

Er hatte geglaubt, sein Haß auf Iwan Ogareff sei durch nichts mehr zu steigern. Aber jetzt war dieses Gefühl noch stärker als nach jenem Schlag mit der Peitsche.

Dieser elende Schuft! Erst verriet er sein Land, und jetzt drohte er, die alte Marfa foltern zu lassen!

Die beiden Offiziere unterhielten sich noch weiter.

Michael Strogoff glaubte zu verstehen, daß bei Kolywan ein Gefecht zwischen von Norden vorstoßenden russischen Einheiten und tatarischen Verbänden zu erwarten sei. Ein schwaches russisches Korps von zweitausend Mann marschierte, eingegangenen Meldungen zufolge, vom unteren Obi auf Tomsk zu. Wenn das stimmte, traf es auf das Heer des Feofar-Khan und wurde von diesem zweifellos aufgerieben. Dann aber kontrollierte der Feind ungehindert die Straße nach Irkutsk.

Was seine eigene Person anging, so schloß Michael Strogoff aus einigen Äußerungen des Pendja-Baschi, daß man auf seinen Kopf einen Preis gesetzt hatte und der Befehl ergangen war, ihn tot oder lebendig zu fangen.

Aus diesem Grund mußte er den usbekischen Reitern jetzt unbedingt zuvorkommen und sie dann jenseits des Obi auf der Straße nach Irkutsk vollends abschütteln. Mit andern Worten: Er konnte mit seinem Aufbruch nicht warten, bis die feindliche Schwadron ihre Rast beendet hatte.

Michael Strogoff ging sofort daran, seinen Entschluß auszuführen.

Er wußte, lange würde die Rast der Soldaten nicht mehr dauern. Der Pendja-Baschi würde nach höchstens einer Stunde wieder aufsitzen lassen, obwohl die Pferde seit Omsk sicher nicht gegen frische getauscht worden waren und deshalb ebenso erschöpft sein mußten wie sein eigenes.

Jedenfalls durfte er keinen Augenblick verlieren. Es war jetzt ein Uhr in der Nacht, und er mußte vor dem ersten Schimmer der Morgendämmerung aus dem Wäldchen sein und die Straße erreicht haben. Zwar erleichterte die Dunkelheit diesen Plan, doch schien die Chance einer solchen Flucht höchst zweifelhaft.

Michael Strogoff wollte nichts dem Zufall überlassen. Er überlegte gründlich und wog das Für und Wider der verschiedenen Möglichkeiten sorgfältig gegeneinander ab, um dann auch wirklich die Entscheidung zu treffen, die den relativ sichersten Erfolg versprach.

Die örtliche Lage ergab folgendes: Auf die Straße zurück mußte er auf jeden Fall, denn der Weg in die Steppe hinein war durch die Bogenlinie der nicht nur tiefen, sondern auch breiten und schlammigen Wasserader versperrt. Diese war so engmaschig von Stechginster überwuchert, daß man unmöglich hinüber konnte. Und unter der schaumigen Wasserfläche lag offenbar schlammiger Grund, in dem der Stiefel ebenso versinken würde wie der Huf des Pferdes. Außerdem schien das Gelände auf der andern Seite mit seinem Gestrüpp und Buschwerk für eine überhastete Flucht mehr als ungeeignet. War der Verfolgte erst einmal entdeckt, so würde er von den Tataren bestimmt mit allen Mitteln aufgespürt, umzingelt und gefangengenommen.

Blieb also als einziger Fluchtweg die Straße. Michael Strogoff mußte sie erreichen; das Pferd ungesehen an den Rand des Wäldchens führen; mit ihm an den Feinden vorbeischleichen, aufsitzen, davongaloppieren; mindestens eine Viertelwerst Vorsprung gewinnen; dem Pferd seine letzten Reserven an Kraft und Schnelligkeit abverlangen – selbst wenn es am Ufer des Obi tot zusammenbrechen sollte; dann übersetzen über diesen Strom – mit einem Boot oder, wenn keines zu finden war, hinüberschwimmen –: das war es, was Michael Strogoff als letztes Wagnis versuchen mußte.

Die drohende Gefahr verzehnfachte seinen Mut und seine Spannkraft. Hier ging es um sein Leben, um seine Mission, um die Ehre seines Staates – vielleicht um das Wohl seiner Mutter. Er durfte keinen Augenblick mehr verlieren, er mußte sofort handeln.

Die Mannschaften der Reiterabteilung wurden schon unruhig. Ein paar Soldaten gingen vor dem Wäldchen auf der Straße hin und her. Andere lagen noch unter den Bäumen, aber ihre Pferde fanden sich nach und nach wieder zusammen.

Michael Strogoff überlegte kurz, ob er nicht auf einem dieser Pferde davonreiten sollte. Aber dann sagte er sich, daß diese Tiere genauso erschöpft waren wie sein eigenes. Und da schien es ihm doch besser, sich dem Pferd anzuvertrauen, das er kannte und das sich bisher so ausgezeichnet gehalten hatte. Übrigens war es, im hohen Heidekraut versteckt, von keinem der Tataren, die sich ja nur am Rand des Wäldchens aufhielten, bemerkt worden.

Michael Strogoff kroch auf sein Pferd zu, das sich inzwischen hingelegt hatte. Er streichelte es, sprach ihm freundlich zu und brachte es geräuschlos wieder auf die Beine.

Zum Glück machten die Tataren jetzt ihre heruntergebrannten Fackeln aus und es herrschte – zumindest unter den Lärchenbäumen – undurchdringliches Dunkel.

Nachdem Michael Strogoff das Zaumgebiß wieder eingelegt, den Sattelgurt festgeschnallt und die Riemen der Steigbügel kontrolliert hatte, begann er, sein Pferd langsam am Zügel hinter sich herzuziehen. Das gescheite Tier folgte ihm so fromm und ohne ein einziges Mal zu wiehern, als wüßte es genau, worum es jetzt ging.

Trotzdem hoben ein paar von den usbekischen Pferden neugierig die Köpfe und wendeten die witternden Nasen dem Wäldchen zu.

In der rechten Hand hielt Michael Strogoff seinen Revolver. Er war entschlossen, dem ersten tatarischen Reiter, der ihm in den Weg kommen sollte, den Schädel zu zerschmettern. Glücklicherweise hörte er keine Kommandos – und erreichte die Straße an der Stelle, wo sich das Wäldchen in einem spitzen Vorsprung bis zu ihr vorschob.

Um auf keinen Fall entdeckt zu werden, wollte Michael Strogoff so spät wie irgend möglich aufsitzen, am besten erst hinter einer Kurve in etwa zweihundert Metern Entfernung.

Doch jetzt hatte er Pech. Als er gerade aus dem Wäldchen herauskam, nahm ein usbekisches Pferd Witterung auf und trabte auf ihn zu.

Sein Reiter lief ihm nach, um es einzufangen und zurückzuführen. Aber da sah er im ersten Morgengrauen eine Silhouette, die ihm verdächtig vorkam; er schrie:

»Alarm!!«

Die ganze Mannschaft sprang hoch, alle stürzten zu ihren Pferden und auf die Straße.

Michael Strogoff blieb nur noch eines: sich in den Sattel schwingen und davongaloppieren.

Die beiden Offiziere hatten ihr Leute zusammengerufen und den sofortigen Aufbruch befohlen.

Inzwischen saß Michael Strogoff schon auf dem Pferd.

Da krachte ein Schuß; er spürte, wie die Kugel seinen Mantel aufriß.

Ohne den Kopf zu wenden oder das Feuer zu erwidern, gab er dem Pferd beide Sporen: Mit einem einzigen mächtigen Sprung stand es mitten auf der Straße.

Michael Strogoff jagte mit verhängtem Zügel
davon – in Richtung Obi.

Die usbekischen Pferde waren abgezäumt worden. Er mußte sich also einen Vorsprung heraus-
reiten können.

Aber die Usbeken wußten jetzt, wen sie vermut-

vertrauen, den Kampf gegen solche Wellen und
Strudel aufzunehmen.

Die Reiter verhielten am Ufer. Keiner von
ihnen traute sich, den Kurier ins Wasser hinein zu
verfolgen.

Da griff der Pendja-Baschi nach seinem Gewehr, legte an und zielte sorgfältig; Michael Strogoff trieb jetzt mitten in der Strömung.

Der Schuß krachte.

Tödlich in die Flanke getroffen, versank Michael Strogoffs Pferd unter seinem Reiter.

Michael Strogoff konnte die Stiefel gerade noch rechtzeitig aus den Steigbügeln ziehen, bevor das Tier in den Wellen verschwand.

Fortwährend unter Wasser schwimmend und nur ab und zu auftauchend, um Luft zu holen, kam der Kurier des Zaren im prasselnden Kugelregen seiner Verfolger am rechten Ufer an und kletterte in das Buschwerk, das dort überall ins Wasser hineinwucherte.

SIEBZEHNTES KAPITEL

SPRÜCHE UND VERSE

Für den Augenblick war Michael Strogoff gerettet; und doch schien seine Lage ziemlich hoffnungslos.

Das gute Pferd, das so viel Mut und Treue bewiesen hatte, war ertrunken. Wie sollte er jetzt noch weiterkommen?

Er war zu Fuß, ohne ein Stück Brot in der Tasche. Und mitten in einem durch die Invasion verwüsteten und durch Plünderer ausgesaugten

Gebiet; und dabei noch eine Riesenstrecke von seinem Ziel entfernt.

»Weiß der Himmel – ich komme doch durch!« rief er als Antwort auf die Resignation, die ihn in diesem Augenblick zu überfallen drohte. »Gott schützt das heilige Rußland!«

Michael Strogoff war nicht mehr in Reichweite der tatarischen Gewehre. Die Usbeken hatten es nicht gewagt, ihn durch den Fluß zu verfolgen. Sie mußten auch annehmen, daß er ertrunken sei, denn er war in den Wellen versunken, und keiner hatte ihn am rechten Ufer des Obi auftauchen und an Land kriechen sehen.

Er wand sich zwischen dem hohen Uferschilf hindurch und erreichte so eine höher gelegene Stelle, wenn auch mit letzter Anstrengung; denn der Schlick, den das Hochwasser zurückgelassen hatte, machte den Grund schlüpfrig wie Seife.

Als er endlich festen Boden unter den Füßen spürte, blieb er stehen und überlegte, wie es jetzt weitergehen solle. Eines schien ihm sicher: In das von Tataren besetzte Tomsk durfte er nicht hinein. Trotzdem mußte er irgendeine Ortschaft oder zumindest eine Poststation erreichen; denn er brauchte ja wieder ein Pferd! Sobald er wieder im Sattel sitzen würde, könnte er parallel der vom Feind kontrollierten Straße in Richtung Irkutsk bis in die Gegend von Krasnojarsk weiterreiten. Das letzte Stück nach Südosten bis zum Baikalsee – so hoffte er – war noch nicht erobert, so daß er

auf diesem Rest der Strecke, wenn er sich jetzt beeilte, wieder die Hauptstraße benutzen konnte.

Zunächst aber mußte er wissen, wo er überhaupt
war.

Er schaute den Obi hinunter und sah etwa zwei

Werst entfernt auf einem in pittoresken Stufen ansteigenden Hügel eine kleine Stadt. Mehrere Kirchen mit byzantinischen, grün und golden verzierten Kuppeln zeichneten sich am grauen Horizont ab.

Es war Kolywan, der Zufluchtsort für Beamte und Angestellte aus Kamsk und anderen umliegenden Städtchen, wenn sie der Modergeruch und die Stechmücken aus dem Barabasumpf trieben.

Dieses Kolywan konnte nach Michael Strogoffs letzten Informationen noch nicht gefallen sein. Denn die beiden tatarischen Heersäulen waren — eine links nach Omsk, die andere rechts nach Tomsk – an diesem Gebiet vorbeigestoßen.

Der simple und logische Plan, den Michael Strogoff entwarf, lief darauf hinaus, vor den usbekischen Reitern, die ja am linken Ufer den längeren Weg hatten, in Kolywan zu sein. Dann konnte er sich dort noch, und sei es um den zehnfachen Preis, Kleider, Ausrüstung, Proviant und ein Pferd verschaffen und durch die Steppe weiterreiten – Richtung Irkutsk.

Es war drei Uhr am Morgen. Die Umgebung von Kolywan lag noch ruhig und verlassen da. Offenbar hatten die Bauern auf ihrer Flucht vor der Invasion, bei der jeder Widerstand zwecklos gewesen wäre, das Gouvernement Jenisseisk im Norden vorgezogen.

Michael Strogoff lief auf Kolywan zu – da hörte er in der Ferne die ersten Detonationen.

Er blieb stehen. Deutlich war ein dumpfes, die ganze Atmosphäre erschütterndes Rollen von einem trockenen Knattern zu unterscheiden. Beide Geräusche kannte er gut.

›Kanonendonner und Gewehrfeuer‹, sagte er sich. ›Also der Anfang von einem Gefecht zwischen dem kleinen russischen Korps und der Tatarenarmee. Hoffentlich komme ich noch nach Kolywan!‹

Michael Strogoff täuschte sich nicht. Die Detonationen wurden immer deutlicher. Und weiter links, am anderen Ufer des Obi, legten sich allmählich weiße Wolken auf den Horizont: kein Rauch, sondern dichte Dampfballen, wie sie durch Artilleriefeuer entstehen.

Dort hatten die usbekischen Reiter haltgemacht, um den Ausgang des Gefechts abzuwarten.

Da Michael Strogoff also von dieser Seite nichts zu befürchten hatte, lief er immer weiter, geradewegs auf die Stadt zu.

Inzwischen wurde der Kanonendonner immer stärker – und er kam auch näher. Es war nun kein verschwommenes Grollen mehr, sondern die Folge einzelner, deutlich voneinander abgesetzter Einschläge. Gleichzeitig wirbelte der Wind die Dampfwolken hoch; die Sicht wurde frei – man konnte erkennen, daß der Gegner im Süden Boden gewann.

Kolywan wurde also von Westen her angegriffen. Ob die Russen es gegen die Tataren verteidigten oder im Gegenstoß zurückzuerobern versuchten, konnte man allerdings unmöglich sagen. Michael Strogoff wußte nicht, was er jetzt tun sollte.

Er war nur noch eine halbe Werst von Kolywan entfernt, als mitten in der Stadt eine mächtige Feuergarbe aus den Häusern hochprasselte und unter Staub- und Flammenwirbeln der Turm einer Kirche zusammenbrach.

Hatte das Gefecht schon die Innenstadt erreicht? Man mußte es wohl annehmen. Dann waren jetzt Straßenschlachten im Gang.

War es für Michael Strogoff unter diesen Umständen zweckmäßig weiterzugehen? Lief er nicht Gefahr, in Gefangenschaft zu geraten? Und durfte er sich darauf verlassen, in Kolywan ebensolches Glück zu haben wie vor einigen Tagen mit seiner Flucht aus Omsk?

Er blieb unschlüssig stehen. Alle Möglichkeiten mußten jetzt genau durchdacht und gegeneinander abgewogen werden.

War es nicht doch besser, nach Süden oder Osten auszuweichen, weiterzumarschieren bis zu irgendeiner Ortschaft, vielleicht Diahinsk, und sich dort – koste es was es wolle – ein Pferd zu verschaffen?

Es schien der einzige Ausweg, und so ließ Michael Strogoff das Ufer des Obi links liegen und lief landeinwärts. Er wollte rechts an Kolywan vorbei.

Das Geschützfeuer war noch intensiver geworden. Überall züngelten Flammen aus den Häusern. Ganze Stadtviertel lagen in dichtem Qualm. Flächenbrände schienen sich auszubreiten.

Michael Strogoff lief, so schnell er konnte, quer durch die Steppe. Als Orientierungspunkt suchte er sich vereinzelt stehende Bäume aus.

Da tauchte links von ihm eine tatarische Kavallerieabteilung auf, die inzwischen den Obi überquert haben mußte. Die Reiter sprengten auf die Stadt zu. Wenn er sich nicht verstecken konnte, würden sie ihn wahrscheinlich bemerken.

Zum Glück stand nicht weit vor ihm in dichtem Gebüsch ein kleines Haus. Wenn es ihm gelang, noch ungesehen hinzulaufen, konnte er dort warten, bis der Reiterhaufen vorbei war.

Michael Strogoff überlegte nicht lange; er mußte es versuchen. Vielleicht bekam er dort sogar etwas zu essen und konnte sich einen Augenblick ausruhen. Er war halb tot vor Hunger und Erschöpfung.

So rannte er auf das höchstens eine halbe Werst entfernte Häuschen zu. Als er näher kam, sah er, daß es eine Fernmeldestation war. Vom Dach liefen zwei Drähte nach Osten und Westen, ein dritter auf Kolywan zu.

Nun hätte man eigentlich annehmen können, daß unter den gegebenen Umständen dieses Büro geschlossen sein mußte. Aber das war für Michael Strogoff unwichtig. Hauptsache, er war für den Augenblick in Sicherheit und im Notfall sogar imstande, die Nacht abzuwarten und dann erst wieder in die Steppe hinauszumarschieren, die von den feindlichen Patrouillen unsicher gemacht wurde.

Michael Strogoff lief auf die Tür zu und stieß sie rasch auf.

Es war nur ein einziger Raum. In ihm liefen alle Telegraphenleitungen zusammen.

Hinter einem Tisch saß der Beamte – pflichtgetreu und phlegmatisch. Ihn interessierte es nicht, was draußen vorging. Er hatte wie jeden Morgen seinen Dienst angetreten und wartete auf Kunden.

Michael Strogoff rannte auf ihn zu und fragte mit vor Erschöpfung halb erstickter Stimme:

»Was wissen Sie?«

»Wovon reden Sie?« antwortete der Beamte und legte die Stirn in Falten.

»Draußen ist doch ein Gefecht – zwischen Russen und Tataren!«

»Ja – es hört sich so an.«

»Wer wird siegen?«

»Woher soll ich das wissen?«

So viel Gemütsruhe und Gleichgültigkeit in einer so aufregenden Situation – das hätte Michael Strogoff noch nicht einmal bei einem Beamten für möglich gehalten.

»Ist der Draht noch in Ordnung?« fragte er.

»Den zwischen Kolywan und Krasnojarsk scheint man leider unterbrochen zu haben. Aber die beiden anderen, zwischen Kolywan und der russischen Grenze, funktionieren noch.«

»– für die Regierung?!«

»Wenn sie die Leitung braucht – ja. Sonst kann sie auch weiterhin privat benützt werden. Zehn Kopeken das Wort. Wenn es Ihnen beliebt, mein Herr – bitte!«

Michael Strogoff wollte diesem unvergleichlichen Gemütsmenschen gerade auseinandersetzen, daß er nicht gekommen sei, um ein Telegramm aufzugeben, sondern um sich zu verstecken, da wurde noch einmal die Tür aufgerissen.

Schon wollte er sich – im Glauben, es seien Tataren – durch einen Sprung zum Fenster hinaus retten, als er sah, daß die beiden Männer, die hereinkamen, mit feindlichen Soldaten nicht die geringste Ähnlichkeit hatten.

Sein Erstaunen und seine Erleichterung wurden noch größer, als er in ihnen zwei Leute wiedererkannte, an die er längst nicht mehr dachte und von denen er nie geglaubt hätte, daß sie ihm noch einmal begegnen würden.

Es waren die beiden Reporter Harry Blount und Alcide Jolivet, inzwischen aber keine Reisekameraden mehr, sondern Rivalen – sogar erbitterte Feinde. Denn nun hatten sie ja begonnen, auf dem Kriegsschauplatz aktiv zu werden.

Sie waren damals nur wenige Stunden nach Michael Strogoffs Aufbruch ebenfalls von Ischim aus weitergefahren und hatten den Kurier auf der gleichen Straße nach Kolywan überholt, denn er war ja unterwegs drei Tage lang bewußtlos in der Hütte eines Mujik am Ufer des Irtysch gelegen.

Heute früh hatten sie dicht vor der Stadt das Gefecht zwischen den russischen und den tatarischen Einheiten beobachtet und sich dann abgesetzt, weil die Kämpfe auf die Stadt selbst übergriffen und in Straßenschlachten ausarteten.

Sie waren hierhergelaufen, um von dieser letzten noch intakten und für den Publikumsverkehr offenen Fernmeldestation aus ihre Meldungen nach Paris und London zu schicken, wobei natürlich jeder darauf aus war, als allererster das Allerneuste zu bringen.

Michael Strogoff zog sich in eine dunkle Ecke zurück und konnte so unbemerkt alles sehen und hören. Vor allem hoffte er, etwas über die Lage in Kolywan zu erfahren, um endlich genau zu wissen, ob man noch in die Stadt konnte oder nicht.

Harry Blount war schneller als sein Kollege gewesen und hatte sich schon auf den Stuhl geworfen, der vor dem Schaltertisch stand. Alcide Jolivet war wütend und trippelte, ganz gegen seine Gewohnheit, von einem Fuß auf den anderen.

»Zehn Kopeken das Wort«, sagte der Beamte und nahm das Telegramm entgegen.

Harry Blount stapelte sorgfältig eine Säule Rubel auf die Tischplatte, zur großen Verwunderung seines Kollegen.

»Sehr schön«, nickte der Beamte.

Und mit unerschütterlicher Kaltblütigkeit begann er folgendes Telegramm aufzugeben:

daily telegraph london stop
gefecht zwischen russischen truppen und tataren
stop

Da er die Worte laut vorlas, hörte Michael Strogoff genau, was der englische Reporter seiner Zeitung anzubieten hatte.

die russischen einheiten unter empfindlichen beiderseitigen verlusten zurückgedrängt stop tataren am gleichen tag in kolywan eingedrungen

Das war der Schluß des Telegramms.

»Jetzt bin ich aber dran!« rief Alcide Jolivet, der seine an die liebe Cousine im Faubourg Montmartre adressierte Depesche natürlich gleichzeitig loswerden wollte.

Aber das gefiel dem Engländer wiederum überhaupt nicht. Er wollte unbedingt weiter als Kunde am Tisch bleiben, um das, was er durchs Fenster sah, sofort diktieren zu können. Er dachte also gar nicht daran aufzustehen.

»Verdammt noch mal – Sie sind doch fertig!« regte sich Alcide Jolivet auf.

»Keine Spur«, erwiderte Harry Blount schlicht und einfach.

Und fing zu schreiben an. Setzte sorgfältig ein Wort hinter das andere und reichte den Zettel schließlich dem Beamten hinüber, der mit ruhiger Stimme vorlas:

am anfang schuf gott himmel und erde –

Die ersten Zeilen aus dem Alten Testament. Harry Blount übermittelte sie telegraphisch nach

London, um die Zeit auszufüllen und dadurch seinem Kollegen gegenüber den Platz des Kunden zu behaupten, der bedient werden mußte. Das kostete seine Zeitung zwar einige tausend Rubel, dafür war sie jedoch der ganzen übrigen Weltpresse an Aktualität um eine Nasenlänge voraus. Vor allem Frankreich mußte warten!

Alcide Jolivets Verbitterung war verständlich. Unter normalen Verhältnissen hätte er den Trick seines Kollegen als durchaus legitim anerkannt, in diesem Sonderfall aber versuchte er doch, den Beamten zu überreden, er möge ihn jetzt endlich zwischendurch an die Strippe lassen.

Aber der bedauerte: »Der Herr macht nur von seinem Recht Gebrauch«, meinte er und lächelte Harry Blount liebenswürdig zu – und fuhr fort, dem *Daily Telegraph* pflicht- und wortgetreu den Anfang der Heiligen Schrift durchzugeben.

Während er an seiner Morsetaste den Text herunterklapperte, stellte sich Harry Blount seelenruhig ans Fenster und beobachtete durch sein Fernglas, was sich an der Front abspielte, um neues Material zu sammeln.

Dann nahm er seinen Platz wieder ein und ergänzte sein Telegramm:

zwei Kirchen explodiert stop feuersbrunst breitet sich zum rechten Flußufer aus stop und die Erde war wüst und leer und es war finster auf der tiefe –

In Alcide Jolivet stieg eine höllische Lust auf, dem sehr ehrenwerten Korrespondenten des *Daily*

Telegraph mit bloßen Händen den Hals umzu-
drehen.

Noch einmal intervenierte er bei dem Beamten;
und der blieb wiederum freundlich, aber hart:

»Der Herr ist völlig im Recht – völlig! Für zehn
Kopeken pro Wort kann er so lange telegraphieren,
wie er Lust hat.«

Und ohne mit der Wimper zu zucken, gab er
folgende Neuigkeit durch, die ihm Harry Blount
diktierte:

*russische flüchtlinge strömen aus der stadt stop
und gott sprach es werde licht und es ward licht –*

Alcide Jolivet wollte platzen vor Wut.

Inzwischen stand Harry Blount wieder am Fenster. Und diesmal war er von dem Schauspiel, das
sich ihm bot, so gefesselt, daß er seine Beobachtungen etwas zu sehr in die Länge zog.

Alcide Jolivet konnte, nachdem der Beamte den
dritten Vers der Bibel durchgegeben hatte, geräuschlos zum Stuhl schleichen und Harry Blounts
Platz ein- beziehungsweise übernehmen. Auch er
deponierte eine recht ansehnliche Säule von Rubel-
stücken und fing gleich an, dem Beamten mit lauter
Stimme zu diktieren:

*madelaine jolivet stop
zehn faubourg montmartre paris stop
aus kolywan gouvernement omsk sibirien sech-
ster august stop bevölkerung flieht aus der stadt
stop russen vernichtend geschlagen stop von tatarischer kavallerie verfolgt stop*

Harry Blount war inzwischen erschreckt zum Tisch zurückgerannt, aber Alcide Jolivet grinste ihn an und vervollständigte sein Telegramm in ironisch singendem Tonfall:

es läuft ein kleines mäuslein stop
mit einem grauen röcklein stop
durch paris stop

Da er es für unpassend hielt, Bibelverse in einen Kriegsbericht einzustreuen, nahm er lieber den Refrain eines Chansons von Béranger.

»Oh!« stöhnte Harry Blount.

»Ja – ich kann das auch!« lachte Alcide Jolivet. Inzwischen wurde die Lage rings um Kolywan immer bedrohlicher. Die Schlacht weitete sich aus, die Granaten explodierten immer näher.

Da wackelte plötzlich das ganze Telegraphenamt.

Eine von den Granaten hatte es getroffen und die Mauer durchschlagen. Der ganze Raum war voll Pulverqualm.

Alcide diktierte noch seinen Refrain zu Ende:

mit roten backen wie ein apfel stop
aber keinen sou im beutel –

– dann rannte er plötzlich wie ein Irrer zu der Granate hin, packte sie mit beiden Händen, warf sie zum Fenster hinaus, wo sie explodieren konnte.

Das tat sie dann auch fünf Sekunden später – das Häuschen schien zur Seite zu hüpfen.

Alcide Jolivet jedoch saß schon wieder auf sei-

nem Stuhl, denn er hatte ja wieder etwas zu berichten.

Er gab in aller Ruhe ein neues Telegramm auf:
*sechspfündige granate durchschlägt mauer des
telegraphenamts stop warten auf weitere granaten
gleichen kalibers*

Für Michael Strogoff gab es jetzt keinen Zweifel
mehr: Die Russen hatten Kolywan räumen müssen. Seine letzte Chance blieb also der Weg nach
Süden, durch die Steppe.

Da knatterte eine Gewehrsalve gegen das Häuschen. Ein Hagel von Kugeln zerschmetterte die
Fensterscheiben in tausend Splitter.

Harry Blount wurde an der Schulter getroffen
und fiel zu Boden.

Und Alcide Jolivet beeilte sich, seinem Telegramm noch einen Nachsatz hinzuzufügen:
*harry blount korrespondent des daily telegraph
an meiner seite von gewehrkugel niedergestreckt
stop*

Aber der gewissenhafte Beamte unterbrach ihn
und bedauerte:

»Mein Herr, die Verbindung ist leider unterbrochen.«

Er räumte seine Papiere vom Tisch, schloß das
Geld in eine Kassette, griff nach seinem Hut, bür-
stete ihn sorgfältig mit dem Ellenbogen und verließ mit einem letzten verbindlichen Lächeln den
Raum durch eine Nebentür, die Michael Strogoff
bisher nicht gesehen hatte.

Unmittelbar darauf wurde das Häuschen von
den Tataren gestürmt. Weder Michael Strogoff
noch die beiden Reporter fanden noch Zeit zur
Flucht.

Alcide Jolivet, in der einen Hand sein letztes

Telegramm, das den Empfänger nie mehr erreichen sollte, bückte sich, um seinen verwundeten
Kollegen hochzuheben und auf den Schultern weg-
zutragen; aber es war zu spät.

Beide Reporter wurden gefangengenommen.

Und mit ihnen Michael Strogoff, der noch versucht hatte, aus dem Fenster zu springen.

Die Erfindung des Verderbens
Roman. Deutsch von Karl Wittlinger.
detebe 64/XIII

Die Leiden eines Chinesen in China
Roman. Deutsch von Erich Fivian.
detebe 64/XIV

Das Karpathenschloß
Roman. Deutsch von Hansjürgen Wille
und Barbara Klau. detebe 64/XV

Die Gestrandeten
Roman in zwei Bänden. Deutsch
von Karl Wittlinger. detebe 64/XVI–XVII

Der ewige Adam
Geschichten. Deutsch von Erich Fivian.
detebe 64/XVIII

Robur der Eroberer
Roman. Deutsch von Peter Laneus.
detebe 64/XIX

Als Sonderbände erschienen:

Zwei Jahre Ferien
Roman. Deutsch von Erika Gebühr

Die großen Seefahrer und Entdecker
Eine Geschichte der Entdeckung und Erforschung der Erde
im 18. und 19. Jahrhundert. Mit zahlreichen Stichen
und Karten. Deutsch von Claudia Schmölders

Das erstaunliche Abenteuer der ›Expedition Barsac‹
Roman aus dem Nachlaß. Deutsche Erstausgabe.
Übersetzung von Eva Rechel-Mertens